カボチャ頭のランタン

Lanthan of pumpkin head 01

01

mm

illustration:kyo

リリオン Leirion
ミシャ Myxa

グラン Gran
アーニェ Aine

ダッシュエックス文庫

カボチャ頭のランタン01

mm

Contents

Lanthan of pumpkin head 01

第一章 7

第二章 27

第三章 99

第四章 177

第五章 199

第六章 275

第七章 301

第八章 349

第一章

三日ぶりに見上げる空は残火《ざんか》のような茜色《あかね》が広がっていた。夕と夜の狭間《はざま》、地上の程近くに墨《すみ》を垂らしたような濃紫《こむらさき》の夜が滲《にじ》み出している。

沈む夕日の傍に幾つか小さい星が見える。太陽が空を支配する日中には光に覆《おお》われて、夜になると地平の底へと太陽に寄り添いながら沈んでいく。

あの星々はこの時間帯にしか姿を現さぬ小さな輝きである。

うんざりするような、安心するようないつもの黄昏《たそがれ》だ。

「ランタンさん、相変わらず時間ぴったりっすね」

馴染《なじ》みの引き上げ屋《サベージャー》であるミシャが慣れた手つきでランタンの腰からフックを外し、鋼鉄のロープを丸めていく。ランタンは夕日に目を細めながら曖昧《あいまい》に呻《うめ》いた。

そんな疲れた様子にミシャは、労《ねぎら》いに頰《ほお》を緩《ゆる》める。

迷宮から引き上げられる際の浮遊感は何度体験しても好きになれない。それを知るミシャは丁寧《ていねい》に起重機《クレーン》を操ってくれるのだが、これはもう体質なのだろうとランタンは諦め気味である。

首を回すと肩が痛む。行きよりも随分《ずいぶん》と重たくなった背嚢《バックパック》の背負い紐が身体《からだ》に食い込んで稼《かせ》ぎの多さを伝えてきた。

「五分前行動が業界の常識でしょ?」

「そんなこと言ってくれるのはランタンさんだけっすよ」

ミシャは少女ながらに豪快な動作で丸めたロープを起重機に放り込む。そして振り返ると白く小さい歯をちらと覗《のぞ》かせてランタンに笑いかけた。ランタンもつられて頬を緩めたが、笑い声は喉《のど》を微《かす》かに鳴らしただけだった。

「お疲れっすね」

「まあね。ほんっと疲れたよ。ほら見て」

ランタンはそう言って背嚢を降ろして中を覗かせる。

「あらま、大儲《おおもう》けじゃないっすか」

収められた結晶を見てミシャは目を丸くした。

そこには迷宮兎《めいきゅううさぎ》から刈り取った笹形の魔精《ませい》結晶がざらりと重なっている。ランタンにしては珍しい雑な結晶の扱いもまたミシャを驚かせるものだった。

「現物払いでいい？　問題ないっすか」

「ああ、はい。問題ないっす」

引き上げ屋への代金は半額を前金として払っている。後払い分は用意してあったが、それは帰る道すがらの夕食代にしたくなった。本当は探索者ギルドに寄って結晶を換金する予定だったのだが、迷宮探索で予想外の苦戦を強《し》いられて気力を消耗《しょうもう》してしまったのである。

ランタンはミシャに魔精結晶を一枚渡す。ミシャは水晶製の小さなハンマーを取り出すと手慣れた動作でそれを叩いた。魔精結晶はキンキンと軽い音を立てる。

「三級品っすね」

無駄な飾言《しょくげん》は一つもない。悪びれることなく三級品と言ってのける遠慮《えんりょ》の無さはランタンの疲れを慮《おもんぱか》ってのことだろうし、そもそもとして遠慮のいらない間柄でもある。ランタンは文句も言わずに背嚢《バックパック》ごとミシャへと押しやって、ミシャは苦笑しながらその中に手を伸ばした。

「では失礼」

「うん」

「ひい、ふう、みい……はい。じゃあ確かに、頂いていくっすよ」

ミシャは金属製の集金箱に結晶を収めると、悪戯《いたずら》めかして商売用である満点の笑顔を作って頭を下げる。

「ありがとうございます。またご贔屓《ひいき》にお願いしますね」

「いいえ、こちらこそ」

ランタンもそれに軽口で応えて、まだ重たい背嚢の口をきつく閉ざした。

背嚢の中に入っているのは全て迷宮兎から刈り取った魔精結晶である。斥候兎《せっこううさぎ》とも呼ばれる兎の魔物は四、五匹で迷宮を徘徊《はいかい》し、探索者を見つけると牙を剝《む》いて襲いかかり、そして同時に仲間を喚《よ》ぶのである。単体の戦力はそれ程でもないのでさっさと殲《せん》滅《めっ》してしまえればいいのだが、一匹でも逃がしてしまうと後に訪れるのは地獄の消耗戦だ。

その地獄たるやげっそりとしたランタンの姿に見て取れる。特に単独《ソロ》探索者であるランタンにとって消耗戦など最も避けて然《しか》るべき状況だった。ああ失敗した、とこうして愚痴《ぐち》を吐けるのはランタンの探索者としての実力と幾ばくかの幸運の賜《たまもの》である。

ランタンが背を向けると、その背中にミシャが声を潜めてそっと告げた。

「下街に襲撃者《レイダー》崩れが入ったらしいっす。念のため気を付けてください」

「うん、ありがとう。まあ探索者自体が、みんな襲撃者と大差ないけど」

「ふふ、ランタンさんはそうは見えないっすけどね」

ミシャはランタンの横顔に微笑《ほほえ》む。

引き上げ屋《サベージャー》の少女と大差のない身長に、三日間の迷宮探索を経てなお不思議と清潔さを感じさせる横顔は疲労の分だけ幼く見える。そうかな、と首を傾《かし》げると黒髪が夕日に揺れた。雌雄《しゆう》の区別も曖昧《あいまい》な童顔は、夕陽の茜《あかね》で頬を染めると曖昧な均衡《きんこう》が傾きいっそ女のようである。

「では次の探索日程は明明後日《しあさって》の一四時で大丈夫っすね」

「あー、うん。たぶん」

「もう。はい、畏《かしこ》まりました」

「ちゃんと遅れないから。――じゃあね」

ミシャに背中を見送られ、ランタンはフードを目深《まぶか》に被《かぶ》ると重い足取りでその場を後にした。

迷宮特区と呼ばれる都市の中心部は、治外法権である下街とは別の意味で面倒の種が多く転がっている。今日のように背嚢が重い日はさっさと抜けるが吉である。

大中小の様々な迷宮口を開く特区には、今から迷宮へ出発する気力充分の探索者と、ランタンのように精根尽き果てた探索者、そして運び屋《ポーター》や引き上げ屋《サベージャー》が行き交っている。そしてそれらとは別に行き帰りの探索者を狙う商魂《しょうこん》たくましい商売人や流しの医者、治安維持のための兵士もいる。

そしてそれらの陰には迷宮から帰還し疲弊《ひへい》した探索者に襲いかかり生命ごと金品を奪わんと舌舐《な》めずりをする襲撃者《レイダー》と呼ばれる者どもも存在する。

迷宮特区では襲撃者を殺傷しても罪に問われない。殺さなければ殺されるのだ。何とも野蛮《やばん》であるが仕方がない。

ランタンはいつも通りに周囲を警戒しながらも、ミシャからの忠告を話半分に聞いていた。

都市の南側を下街と呼ぶ。

半開きの扇《おうぎ》状に囲い込まれる下街は廃墟同然の貧民街で犯罪者も多く潜んでいるが、探索者もまた多く住んでいた。そして下街は為政者《いせいしゃ》の建前《たてまえ》はさておき治外法権であり、探索者の大半は気性が荒く、襲撃者と耳にしたら嬉々として狩りに出かけるような野蛮人ばかりである。もしミシャの話が真実ならば、今頃大通りに襲撃者の首が晒《さら》されていても不思議はない。

しかしそれでも助言はありがたかった。

ミシャの目にはそれ程にランタンが疲れて見えたのだろう。ランタンは特区と下街の通用門である南門が近くなると、背嚢《バックパック》を背負い直し、重い身体に鞭打《むちう》って胸を張り背筋を伸ばした。

下街にある面倒事は何も襲撃者ばかりではない。掏摸《すり》や強盗もいれば、同業者相手に小遣《かつあげ》い稼ぎをする探索者もいる。立ち振る舞いから疲労を隠せば、それだけで面倒事が多少は遠ざかる。

もっともランタンは、自分に限ってそれは気休めでしかないと理解していたが。

南門を抜けると、灰色にくすんだ街並みが広がっている。南門から真っ直ぐに、地獄の底までを貫く下街最大の大通りでさえも舗装《ほそう》は荒れ果てている。

だがそこに行き交う下街の住人たちは、それなりに生き生きとしていた。

迷宮特区の近くでは通りの左右に露店、屋台が並んで探索者や上街から怖いもの見たさでやって来た世間知らずを相手に商売をしている。

武器防具の類《たぐい》から、合法違法を問わない薬品に、胡散臭《うさんくさ》い辻占《つじうら》や性別不明の娼婦《しょうふ》。魔物と偽って皮膚《ひふ》病で顔の爛《ただ》れた野良犬まで扱っているのだから質《たち》が悪い。

今はちょうど夕飯時なので飯屋台が多く出ていて、混沌《こんとん》雑多な匂《にお》いに腹の虫が鳴いた。

何を買って帰ろうか、とランタンは思う。

しかし大通りは下るにつれて売り物の質は下がり、かといって特区近くでは浮かれ気分の探索者や観光客をカモにしようとする輩《やから》が多い。ランタンは何の生き物かわからない肉や違法密造酒を取り扱っている屋台を避けて、脂《あぶら》の弾ける香りに引き寄せられた。

それは下街でよく見かける大鼠《おおねずみ》の肉ではないし、もう少しましな牙蛙《きばがえる》の肉でもない。それは牛の丸焼きである。

首と膝から下を切り落とし、皮を剝《は》いで内臓を綺麗《きれい》に取り除いてある。太い鉄串が尻から首まで貫通していて、一頭の牛が炭火で回し焼かれていた。豪快だが、下街ではなかなかお目にかかれない丁寧《ていねい》な仕事である。切り落とされた頭と臑《すね》と尻尾《しっぽ》は隣の屋台でスープにされていた。

この屋台は上街から新規顧客《こきゃく》を求めて出張販売しているらしい。けれど下街は貧民街と言ってよく、牛焼き屋台の商売相手はもっぱら探索者のようだった。

探索者の多くは高給取りであり、浪費家だ。迷宮探索にかかる費用は多く、だが出費の多さは倹約《けんやく》よりもむしろ金銭感覚の崩壊を招いた。探索によって明日の知れない人生を謳歌《おうか》するために、探索者は酒も飯も快楽も心の赴《おもむ》くままに貪《むさぼ》るのである。

ランタンは探索者にしては珍しく倹約家のきらいがある。だがやはり育ち盛りと言うべきか、この肉の焼ける匂いには抗《あらが》いがたく、隣のスープも負けず劣らずの芳香《ほうこう》を放っている。

屋台を囲むむさ苦しい客たちの隙間《すきま》に身体をねじ込む。

牛はもう随分《ずいぶん》と痩《や》せていた。注文が入る度《たび》に店主の蜥蜴《とかげ》人族が大振りな牛刀で肉を削《そ》ぐのだ。ごくりと喉《のど》を鳴らしたランタンに店主がギザギザの歯を剝《む》いて笑いかけた。フードの下にある幼げな顔を覗《のぞ》き込み、あるいはそれは優しく微笑んだのかもしれない。

昔のランタンなら逃げ出していた程の凶悪な笑みだった。

「一つどうだい？　うんまいぞお！」

「……お尻の所のお肉、ください。持って帰るから包んでもらえますか？」

「お、通だね。あいよ、たんと食べな。おっきくなれよ」

店主は愛想よく笑って、ランタンの望んだ通りに尻肉を薄く削いだ。油紙の上にこんもりと盛られた肉は程良く生々しく、ほくほくと湯気を立てている。緑の鱗《うろこ》に覆《おお》われた硬そうな指で店主は器用に肉を包む。冷めても美味《うま》いぞ、とランタンに寄越したそれはずしりと重く温かい。

金を払い、隣のスープ屋台で全く同じ顔の蜥蜴顔に持参のコップにスープを注いでもらう。白濁《はくだく》した牛骨出汁《だし》のスープは何とも濃厚そうだ。大蒜《にんにく》と胡椒《こしょう》の匂いがびりびりと香る。

歩きながら食べてもよかったが、住み家までそれ程距離があるわけではない。黄昏時《たそがれどき》ともなると初春の風に冬の冷たさが戻る。懐《ふところ》の暖かさはありがたくも、空腹の身には辛《つら》くもある。それでも落ち着いて食べたい気分なのは、やはり疲労のせいなのだろう。

大通りを外れて、下街をさらに南下し奥へと進んでいく。幾つか迷路のような辻を曲がると、そこは地獄に爪先《つまさき》を半分踏み込んだような場所である。しかしここは地獄の瀬戸際《せとぎわ》にあって平和である。良からぬ輩の出入りする下水口どころか、そもそもとして人気《ひとけ》がない。人気がなければ害獣どもの餌《えさ》もないので、驚く程に静かなのだ。

あるのは形を保った集合住宅《アパートメント》だけ。

二階建ての集合住宅は、一階部分は完全に廃墟となっていて居住できる状態ではなかったが、二階はそれなりに綺麗だった。今にも崩れ落ちそうな外階段を上がり、四つ並んだ扉の一番奥をランタンは塒《ねぐら》にしている。外観はさておき隙間風《すきまかぜ》も雨漏《あまも》りもない良い部屋なのだ。

ランタンは扉の前に立つと、腰に吊った戦鎚《ウオーハンマー》に手を伸ばした。静寂で満たされている筈《はず》の室内から声が聞こえる。ランタンはフードの下で眉を顰《ひそ》めた。

ここはランタンの部屋だが、勝手に住み着いているだけである。

数日部屋を空けているだけで他人に部屋を取られるのも珍しい話ではない。人が住んでいた部屋はつまりは管理されていた部屋なので住むには都合がいい。

こういった場合の対処法は三つある。

諦めるか、話し合いをするか、暴力によって決着をつけるかだ。そして下街で最も多く取られる方法は暴力であり、ランタンもそれを行使することを、好ましい手法であるとは思わないが、仕方がないと割り切っている。

特に疲れていて、さっさと食事を摂《と》って眠りたい時には躊躇《ためら》いも薄れるものだった。

ランタンは夕飯を扉から離れた場所に置き、ついで背嚢《バックパック》も下ろしてフードを外した。

ひんやりと冷たい扉に耳を当てる。ぼわぼわと反響して会話を聞き取ることは困難だが、複数の声を確認することができた。破裂するような怒声があることから何かしらの揉《も》め事なのだろうと察せられる。

三人、いや四人か。

ランタンは擦過音《さつか》が鳴らないように慎重にドアノブを捻《ひね》り、ゆっくりと扉を押し開いた。僅《わず》かな隙間から中を観察することはできないが、それだけで声はよく聞こえる。侵入者は扉が開いたことにも気が付かない程に白熱していた。

チンピラの集団が私刑のような話し合いをしているのだろうか。暴力に酔う声が三つと苦痛が一つ。何とも一方的でランタンは気分が悪くなった。

他集団の揉め事に首を突っ込むのは野暮《やぼ》であるが、ランタンにはちょうどよく大義名分がある。腹は減ったし、眠たいし、ここは自分の部屋であるし、暴力はいけないことだ。それに苛《いら》立《だ》ちに気配を隠しきれぬランタンに気が付けないあたり、侵入者の脅威《きようい》は低そうだった。

少し脅《おど》せば追い出せるかもしれない。

ランタンは迷宮作法《さほう》でベルトに結ばれた留め紐を解き、戦鎚の握りを確かめる。扉を開いた。

部屋には窓がない。けれど天井に吊された光源に照らされて仄明《ほのあか》るい。その明るさはいつものものだが、三日前とは明らかに別の、他人の臭《にお》いが充満している。床には幾つものゴミが散乱して、置きっ放しにしていた保存食が食い散らかしてあった。

そして土足に汚れたベッドが。

ランタンは急な乱入に色めき立つ室内に歩を進める。

私刑を受けて俯《うつぶ》せに動かぬ襤褸雑巾《ぼろぞうきん》のような者が一人。それを囲む暴力を執行していた者が二人。靴《くつ》のままベッドの上に胡座《あぐら》を搔《か》く者が一人。これがリーダー格だろう。

襤褸雑巾《ぼろぞうきん》はボロボロすぎてよくわからないが、三人の男はその誰もが暴力的な容姿をしている。探索者のようでもあり、襲撃者《レイダー》のようでもある。もしかしたらミシャの言っていた襲撃者崩れであるのかもしれない。

なるほど、崩れと呼ばれるだけのことはある。

「なんだぁテメエ?」

ランタンの姿を上から下まで眺めた男たちの目には侮《あなど》りがあった。胸を張ろうと背筋を伸ばそうと彼らに比べてランタンはあまりに小さく華奢《きゃしゃ》である。探索帰りの草臥《くたび》れた姿や頬《ほお》の白い顔。握り締めた戦鎚《ウォーハンマー》がいかにも重たそうで、それは戦士ごっこをする子供そのものである。

「ここの家主。出ていくなら見逃してもいい」

さも面倒くさそうに言い放ったランタンに男たちは顔を歪めた。侮りはしても侮られることは許せないのだろう。歪みは苛立ちと怒り、そして優位を確信する愉悦《ゆえつ》の混ざった笑みである。

「はんっ、どおりで綺麗《きれい》な部屋だと思ったぜ。汚しちまって悪かったなあ」

話し合いなんてするんじゃなかった。ランタンは内心拗《す》ねる。

眼前の男たちのようになりたいとは思わないが、もう少し男臭い顔ならこんな面倒もないだろうと思う。男たちは武器も抜かずにヘラヘラしているだけで、外套《マント》の隙間からちらりと覗く華奢《きゃしゃ》な肉付きを探る目付きは獣《けだもの》じみていた。

「まあ安心しな。これからは綺麗に使ってやるよ。なんならオメエも可愛《かわい》がってやろうかあ？」

　ランタンの視線が冷たくなった。ああもう話し合いなんてするんじゃなかった、と強く思う。その思いが軽蔑侮蔑を孕《はら》んだ溜め息に。

「こ――」

　の野郎バカにしてんのか、などと続く筈の罵声《ばせい》は言葉にならない。

　ランタンは一足飛びに二人の間を抜けるとリーダー格の顔面に戦鎚を振るった。

　ランタンの扱う戦鎚は片側が鎚《つち》であり、もう片方は鶴嘴《つるはし》になっている。ランタンは男の頬を鶴嘴で貫くと、そのまま力任せにベッドから引き摺《ず》り降ろした。嫌な音で傷口は広がれど、裂けはしなかった。人間はそれなりに頑丈だ。

「出ていけって言ったんだけど、理解できない？」

　ランタンは汚れたベッドを哀しげに見つめ、床で呻《うめ》く男の顔を踏み付けるとぐりと捻《ひね》って頬から鶴嘴を引き抜いた。男は絶叫とも呼べる悲鳴を上げたが、頬から抜ける息に緊迫感がいまいち足りない。ランタンは男を二人の方へと蹴り飛ばして、これ以上ベッドが汚れないように身体《からだ》を入れ替える。

　泥や食べ滓《かす》ならば洗えばいいが、血汚れがなかなか落ちないことをよく知っている。

　ランタンは三人に戦鎚を向けると、できるだけの威圧感を込めて睨《にら》む。

「出ていけ」

その言葉は悲しいかな聞き入れてはもらえなかった。

「ひめぇえら、ひゃれっ！」

床で呻いていたリーダー格が頬から空気の抜ける声で二人を嗾《けしか》けた。情けない姿を見せても手下二人を動かす力があるあたり、実はそれなりの実力者なのかもしれない。一人は剣を腰だめに構えて、もう一人は上段に振り上げて突っ込んできた。

「おおおおおっ！」

気合いの声が鼓膜を揺らすが、ただうるさいだけである。

ランタンは腹に向かって突き出される鋒《きつさき》を軽く払い、それだけで剣は飴《あめ》細工のように欠け、男は差し出した戦鎚《ウォーハンマー》へと慣性に従って自ら突っ込んでくる。

「ぐええっ」

鳩尾《みぞおち》に埋まった戦鎚をランタンは軽く捻って服を絡め取る。そして上段構えの男へと押し返した。薄汚れた粗衣《そい》が破れ、二人纏《まと》めて扉近くまで吹っ飛ぶ。がらんと剣が床に転がり、その音は何とも安っぽい。

「な、……んだよ。てめえ、くそがっ！」

傷口を埋めるように布きれを巻き付けたリーダー格がまともな言葉で怨嗟《えんさ》の声を上げ、顔は出血と怒りで真っ赤である。ランタンは突き付けられるナイフがそれなりの輝きを持っていることに気が付いた。この輝きに見合うだけの実力があるのだろうか。

男は怒ってはいたが不用意に斬《き》りかかってはこなかった。あれだけの動きでランタンの間合いを把握《はあく》したのか、一足一刀の距離には踏み入らない。扉の近くで二人の男が起き上がろうとしていた。嘔吐《おうと》でもされたら堪《たま》らないと手加減をしすぎたようである。

この期《ご》に及んでランタンは男のナイフを握る手、その指に装着している指輪に狙いを定めた。砕く。

一歩踏み出そうと僅《わず》かに前傾した瞬間、男が叫んだ。

「捕らえろ！」

声と殆《ほとん》ど同時に今まで倒れていた襤褸《ぼろ》雑巾《ぞうきん》が恐るべき速度で手を伸ばし、腕がランタンの片足に絡みつく。腕は二匹の蛇のようで痩《や》せた指先が脹《ふく》ら脛《はぎ》と太股《ふともも》に噛《か》みついた。

襤褸雑巾へ一瞬意識が。その瞬間を見逃さずランタンの喉《のど》を目がけてナイフが奔《はし》った。持ち手が変わっているあたり芸が細かく、それは必殺の一撃と言っていい。

喉を裂くその瞬間、男の口元に確信的な笑みが浮かび、凍り付いた。

戦鎚が足元から、僅かな腰の捻りと腕の振りだけで、男が知覚する間もなく振り上げられていた。暴風のような風切り音が聞こえたその時には、男はナイフを握った腕の肘から先を失っていた。戦鎚が関節を砕き、勢いそのままに引き千切《ちぎ》ったのだ。握られたままのナイフが冗談のように天井に突き刺さり、滴《したた》る血が雨漏《あまも》りのようだった。

「止めろおおおっ！」

リーダー格は悲鳴混じりの叫びを上げて、痛みを感じさせぬ俊敏さで反転すると手下も押し退けて一目散に逃げ出す。そんな手下二人も慌ててリーダー格の背を追った。何とも潔《いさぎよ》い逃げ足である。最初からこれを見せていれば腕を失うこともなかっただろうに。

見逃してもよかった。この襤褸雑巾《ぼろぞうきん》さえいなければ。

男の命令に従い、ランタンの前に立ちはだかった襤褸雑巾はさながら亡者のようだ。足首近くまで伸ばし放題になった白髪に、首を差し出すような酷《ひど》い猫背は、けれどランタンを見下ろしている。背が高い。本当に襤褸雑巾を身に付けているかのような粗衣《そい》に覆《おお》われた身体は、骨と皮しかない。白髪の隙間《すきま》から覗《のぞ》く落ち窪《くぼ》んだ瞳がぎょろりと大きい。

まさしく異形《いぎょう》であった。

瞳が恐怖に震えていなければ。

恐怖がある。今にも失禁しそうな程の恐怖が、襤褸雑巾の顔に満ち溢《あふ》れていた。だと言うのにもかかわらず、襤褸雑巾は哀れな程に細い手足を広げてランタンの行く手を遮《さえぎ》っている。

意思と行動がちぐはぐだ。

足止めはリーダー格の望みであって襤褸雑巾の意思ではない。だがそれを実行するということ、命令に従うことは襤褸雑巾の意思である筈《はず》なのだが、どうにも変だ。恐怖によって縛り付けられているのかもしれないが、現状のランタンに立ち向かう恐怖も並大抵のものではない。

殺すのは容易《たやす》いが、殺したくはなかった。

「ねえ」

問い掛けに返答はない。

襤褸雑巾は私刑を受け、真意がどうであれ命令を遵守《じゅんしゅ》し、僅かばかりの時間稼《かせ》ぎに捨て駒《ごま》にされる。それはあまりにも切なすぎると思う。襤褸雑巾がランタンを殺そうとしているのならばともかく、これはただ行く手を遮っているだけである。殺意は微塵《みじん》も感じられない。

少し小突いただけで砕けてしまいそうな痩軀《そうく》がランタンに戦鎚《ウォーハンマー》を振るわせるのを躊躇《ためら》わせた。

だが躊躇は一瞬。ランタンは襤褸雑巾の足元に狙いを定め、身体を沈めた。砂像のように打てば全てが砕けるわけではない。関節から狙いを外せば慈悲《じひ》にもなる。そう自分を納得させた。

「は」

低空の横振り。狙いは臑《すね》。その一撃に手を抜いたつもりはないが、しかし戦鎚は空を切った。

不測の事態に戦鎚の重みで身体が泳ぎそうになる。

靴底《くつぞこ》が摩擦で焦げて悲鳴を上げた。ランタンは咄嗟《とっさ》に踏ん張ると、反射的に戦鎚を切り返して思わず顔を狙った。しかし鶴嘴《つるはし》が刈り取ったのは白髪の一筋だけである。追撃の一撃も皮膚《ひふ》に掠《かす》りもしない。雷速の如き一撃が、襤褸雑巾には見えている。

リーダー格すら足元に及ばない体捌《さば》き。ますます解せない。

だがその理由が襤褸雑巾の首にあった。それにランタンは見覚えがあった。

戦鎚《ウォーハンマー》の軌跡に遅れて巻き起こった衝撃が白髪を吹き散らす。頭蓋骨《ずがいこつ》に皮を張り付けただけの痩せた顔。

女の顔だ。

そして痩せた顔すら重たげな細首に巻かれた首輪。その銀に脈動する首輪は奴隷首輪《スレイブチョーカー》と呼ばれる魔道の首輪だった。対《つい》になる命令指輪《オーダーリング》の持ち主の命令を、首輪の装備者に強制服従させる効果を持つ。複雑な命令や忌避《きひ》感の強い命令などは効果も下がるが、単純な命令ならばあるいは死ぬまで。

首輪を壊せば命令は失われる。だが襤褸雑巾《ぼろぞうきん》の反応速度は首輪だけの破壊を許さないだろう。ならば方法は一つ。殺せばいい。

ランタンの足元が爆《は》ぜた。紅蓮《ぐれん》の閃光《せんこう》に床が焦げ、滴《したた》った血が蒸発し黒ずむ。文字通りの爆発に押し出されたランタンは瞬間的に加速し、床から壁へと女の脇を抜けて、壁から玄関へと高速に弾け跳ぶ。

ランタンの超加速に魔道の命令が追いつかない。それでも素晴らしい反応速度で襤褸雑巾がランタンを振り返り反転したが、ランタンは既に廊下《ろうか》から身を躍らせていた。

血の道標の先に男たちの背中が見えた。ランタンは目を細める。彼我《ひが》の距離はひとっ飛び。ランタンは着地と同時に爆発加速を駆使して、男たちの背を抜き去り眼前に立ち塞がった。

「ひいっ」

ランタンは抜き去る瞬間に手下一人の後頭部を砕いた。男は顔面の穴という穴から血が溢れるのを隠すように俯《うつぶ》せに崩れ落ちる。残り二人の向こう側に、命令を遂行しようと激走してくる襤褸雑巾の姿があった。

哀れ。

女の呪縛を解くには装備者を殺せばいい。首輪だろうと指輪だろうと、どちらでも構わない。指輪はリーダー格の指に嵌《は》まっているが、ランタンは誰一人として逃がす気はなかった。

「わ、あ、悪かったっ。あいつは止めるっ。だから見逃して――」

「いやだ」

失血と恐怖で顔を青くした男たちが腰を抜かしたように這《は》いつくばった。必死に命乞いを始めるがランタンはそれを一蹴《いっしゅう》した。ここまで来てなんとも往生際《おうじょうぎわ》の悪い。どうせ甘さを見せたら、それに付け込むのだろう。あんな質《たち》の悪い魔道具を使うような輩《やから》はそうに決まっている。

男たちは項垂《うなだ》れた顔を上げて、無情なランタンを睨《にら》んだ。感情の混沌《こんとん》が渦巻く視線。それがランタンの視線と交わると驚愕《きょうがく》に変わった。

口元に酷薄《こくはく》な笑みが浮かび、三日月に裂けたそこからはあどけない冷笑が零《こぼ》れた。

焦茶色だったランタンの瞳に、炎が灯っている。

「は、は、はは」

男たちの表情が驚愕から、諦念《ていねん》へと変じた。発した笑い声が乾いている。

茶から橙《だいだい》に、橙から赤へと揺らめく光芒《こうぼう》の瞳は、世界の一切を染めあげる夕陽に似ている。

それは下街にまことしやかに語られる噂《うわさ》。

黄昏時《たそがれどき》に現れる気まぐれな幼神は、赤い揺らめきに見つめた者を決して生かして帰さない。

燃える瞳のランタンを見て、誰かが呼んだ。

「カボチャ頭……」

「なにそれ？」

無邪気に聞き返すランタンに、男の口が何かを呟《つぶや》く。

それは祈りのようで、それが男たちの最期の言葉になった。

戦鎚《ウォーハンマー》に合わせて爆音が炸裂《さくれつ》すると、死体が二つ増える。爆炎を纏《まと》った戦鎚は男たちの頭部を砕いて消し炭に変えた。黒く炭化した首からじくじくと血が染み出して、死体は幼神に祈りを捧げる姿勢で突っ伏す。地面に広がる血溜まりは、失われた頭部の影のようである。痛みのない死は、下街にあって幸運な結末であると言っていい。ランタンは熱を持った戦鎚を一振りして冷ますと、片手で器用に留め紐を結ぶ。

幕引きの奥に唯一の生き残りがいる。沸騰《ふっとう》した大気に立ち上る陽炎《かげろう》の向こう側で、子供のように顔面から転ぶ襤褸雑巾《ぼろぞうきん》の姿が目に入った。

「あーあ、痛そう」

焦茶色の瞳でランタンは呟いた。ぐるぐると腹の虫が鳴いて、欠伸《あくび》が一つ零れる。

第二章

下街でよくある揉《も》め事をよくある形で解決したランタンは、空腹の虫を宥《なだ》め賺《すか》しながら後始末を淡々とこなした。

男たちの死体を漁《あさ》ったのは彼らが何者であるかを知るためであったが成果はなく、金目の物は殆《ほとん》ど小遣いにもならないがこれを回収しなければならない。

死体は放っておけば害獣を引き寄せ、金目の物は放っておくとどういうわけか人を引き寄せるのである。害獣は死体を余す所なく処理してくれるが、人は大抵、問題事を連れてくる。再び住み家に目をつけられては堪《たま》らない。そういう理由で嫌悪感を我慢して追い剝《は》ぎまがいの真《ま》似《ね》をしなければならないのである。

それにこれも。

奴隷首輪《スレイブチョーカー》の対《つい》となる命令指輪《オーダーリング》をランタンはぶかぶかながらに装備して、襤褸雑巾《ぼろぞうきん》の首輪を外した。首輪は指輪を近付けると生き物のように震えて、はらりと緩《ゆる》む。外してしまえばなんと言うことはない銀糸の首輪であり、恐るべき力が秘められているとはとても思えない。

ランタンはそれを他の金目の物と一緒くたに纏《まと》めてしまう。不愉快な魔道具だが捨ててしまうには高価な品である。魔精《ませい》結晶と一緒に売り払ってしまおう。ランタンはそう考えを巡らせながら気を失っている襤褸雑巾を見下ろす。

死体は明日には骨も残らず処理されているだろうが問題は襤褸雑巾である。

保護してもいいが積極的にそれをする理由がなかった。結果として襤褸雑巾を救ったような状況になっているが、その過程は殆ど憂《う》さ晴らしに近い。けれど、理由がなくとも見捨てられないのがランタンの甘さでもある。

この暴力的な世界での生活にランタンは随分《ずいぶん》と馴染《なじ》んだ。

だがそれでも以前の世界で染みついた、甘やかな精神の全てを失ったわけではなかった。この世界でランタンの持つ常識は美点ではなく、他者に付け込む隙《すき》を与える欠点となることが多かったが、それを忘れようと努めたことはない。

ランタンはぐったりとした襤褸雑巾、――女を肩に担《かつ》ぎ上げた。

女はぞっとする程に痩《や》せていたが軽くはなかった。

背が高く、剝《む》き出しとも呼べる骨格がしっかりしているためだろう。

足を一歩進めるごとに、女の鳩尾《みぞおち》にランタンの肩がめり込み、女は蛙《かえる》の潰れるような呻《うめ》き声を上げている。風が吹くと瑞々《みずみず》しさの一つもない白髪がランタンの顔に絡みつき、鬱陶《うっとう》しげにそれを払うと蜘蛛《くも》の糸のようにはらはら千切《ちぎ》れた。そして何よりも酷《ひど》い臭《にお》いがした。

ランタンはもうずっと呼吸を止めていて、階段を上がる頃には酸素不足で視界の端が黒ずんでいる。ランタンは扉の傍《かたわ》らにある夕飯を見た瞬間、反射的に呼吸を戻し、吸い込んだ臭いに食欲を減じたが、それでも腹の虫は鳴くのである。

女を風下に横たえて、部屋の扉を開くとランタンは扉に背を預けて扉止めと化した。

戦闘の残り香はおかずにならない。空気を入れ換えなければ落ち着いて寝られない。

ランタンは腰のポーチからハンカチを取り出すと水筒でそれを湿らせて手を拭い、口元も綺《き》麗《れい》にする。それからようやく夕飯を手に取った。背嚢《バックパック》から食べ残しの黒パンを取り出して、すっかり冷めた肉と白く脂《あぶら》の固まったスープを見つめ、溜め息一つ。

ランタンは腰から狩猟刀を抜き取った。これぐらいかな、と爆発一発。加熱された刃でスープを攪拌《かくはん》し、濡れた刃を拭うように黒パンに切り込みを入れる。そして黒パンに肉を挟み込むと、冷えた肉と黒パンはあっという間にローストビーフサンドへと変貌《へんぼう》を遂げる。

「いただきます」

ランタンは肉パンに齧《かじ》りついた。

肉は冷めていてもとても美味《うま》い。香辛料と塩の加減が抜群だった。赤身肉であったがぱさぱさしておらず、しっとりと柔らかい。けれど黒パンは乾燥してざらついて、噛《か》み締める度《たび》に口内から水分が失われた。ランタンは肉パンを口内に残したままスープを啜《すす》る。すると口の中でパンがほろほろと崩れていく。途端に小麦の甘さが染み出して、ランタンはほっと一息吐いた。

上品な食べ方ではないが、正しい食べ方である。

三日間、携帯性と保存性を重視した素っ気ない迷宮食ばかりだったため、あっという間に肉パンを食べ終わった。もう茜《あかね》色の夕焼けは失われ、外気ははっきりと肌寒い。こうなると完全に晩冬である。ちびちびと飲む温かいスープが何ともありがたく、おまけのように入っていた尻尾《しっぽ》の軟骨をランタンは口の中で転がした。

それをぷっと遠くに飛ばす様子は無邪気な子供のようだ。ランタンはスープを飲み干し仄《ほの》かに白む息を吐き、すぐに睡魔が訪れる。大きな欠伸を吐き出して、勢いをつけて立ち上がる。呼吸を止め、ランタンは女の首根っこを掴《つか》んで部屋の中に引き摺《ず》り込み扉を閉めた。内側から鍵を掛けて、ドアノブに女の両手首を縛り付ける。

ランタンは女を助けたが、女がランタンに助けられたと思うとは限らない。そのまま逃げ出すのならば構わないが、感謝しながらも寝首を掻《か》こうとする矛盾《むじゅん》めいた行動もありがちだ。女が敵対行動を取っても対処できる自信はあるが、助けた者を殺すのは馬鹿らしい。

囚人のような姿は窮屈《きゅうくつ》だろうが、女はまだ侵入者の生き残りでしかない。生死を分けたのはランタンが哀れみを覚えたかどうかの違いでしかなかった。

女の処遇は目覚めてからだ。ランタンはもう考えることが面倒くさくなる程に眠気に支配されていた。部屋の惨状《さんじょう》を重い目蓋《まぶた》の下で睥睨《へいげい》し、床に散らばったゴミ屑《くず》を蹴り飛ばすように部屋の隅に纏め、ベッド上の有様に無表情になった。

悪臭の染みついた枕を壁に投げつけて、シーツで汚れを包み込むとそれを苛立《いらだ》ちのままに壁際に放り捨てる。背嚢と戦鎚《ウオーハンマー》をベッド脇に立てかけて、ランタンは靴《くつ》だけを脱いで剝《む》き出しのマットレスにようやく身を横たえた。

ランタンは自分の匂《にお》いを確かめるように外套《マント》に包まって、あっという間に眠りに落ちた。

金属音がランタンを夢の中から引き戻した。覚醒《かくせい》は一瞬で、ランタンは女の目覚めを悟った。

ランタンは外套《マント》に包まれたまま、しばらくその無遠慮《ぶえんりょ》な音を聞いていた、どうやら女は拘束《こうそく》から逃れられないようであるし、ドアノブの破壊も不可能なようだった。うるさいことにはうるさいが、そこに危険が伴《ともな》わなければただの雑音である。無視を決め込んで再び寝ようか。

ランタンが目蓋を再び下ろすと、金属音に声が混じった。

最初は言葉ではない呻《うめ》き。そして。

「だ、れかぁ……たすけ、……ぁ」

掠《かす》れた声だった。瑞々しさのない女の髪を思い出す。ぶちぶちと千切《ちぎ》れた声は、裂いた喉《のど》から零《こぼ》れ落ちるようだ。

女は何度も何度も、助けを求める。時折咳《せ》き込み、引きつった荒い呼吸が痛々しい。声が震え、次第に湿り気が混ざり始める。女はランタンには気が付いていないようだった。女の求める助けは、迷子の泣き声のように無指向に発露した不安そのものである。

ランタンは鳩尾の辺りから全身に冷たさが広がっていくのを感じた。過去に自身も経験のしたことのある不安がランタンを支配しようとしている。目蓋の裏にいつかの孤独が蘇《よみがえ》った。

ランタンは眠ることを諦めた。金属音はただの雑音だが、泣き声は精神攻撃そのものだ。それは耳の奥底で反響して、脳を掻《か》き回し、そこに沈殿する過去の記憶を浮かび上がらせる。こんな状況で眠ることはできない。

鼻の奥が痛む。それは涙であるのかもしれない。

ランタンは身体《からだ》を起こすと視線を女に向けた。その気配に女は驚き身体を震わせて、凍ったように身を固くした。光源の落ちた室内は真っ暗で、その表情を窺《うかが》うことはできない。

ランタンは小さく喉を鳴らして苦笑する。

暗闇の中に浮かぶランタンの輪郭《りんかく》に、一体どんな想像を膨らませているのだろうか。

ランタンは厳《いか》つい人相体格が圧倒的多数派の探索者の中にあって、稀《まれ》に見る大人しい容姿をしている。その姿を侮《あなど》られることは多くとも、恐れられることは皆無である。

ドアノブが女の震えにカタカタと鳴って、ランタンが魔道光源《ランプ》を指で弾くと衝撃を受けた光源は柔らかい光を室内に広げた。

光に目を焼かれた女が小さく悲鳴を漏《も》らす。

「ひゃ」

女が腕で顔を隠すように身体を縮こませている。ランタンが近付くと怖々と顔を擡《もた》げた。

光を恐れているのか、それともランタンを恐れているのか。表情の引きつる顔が、ランタンを見た途端に仄《ほの》かに和《やわ》らぐ。目が赤く充血していたが、頬《ほお》は濡れていない。

真っ直ぐの視線。さてどうしたものか、とランタンは一瞬だけ思案して。

「おはよう」

女は落ち窪《くぼ》んだ眼窩《がんか》にあって、零れ落ちそうに大きな目を瞬かせた。その目は妙に幼さを感じさせる。瞬く音が聞こえそうな程の沈黙が広がり始めて、ランタンは性懲《しょうこ》りもなく再び、おはよう、と繰り返した。ランタンの首筋が仄かに赤く、それはランタンなりに気を遣ったユーモアであったのかもしれない。

「……お、おはよう、ござい、ます」

じっと見つめるランタンに根負けしたのか、女はついに目覚めの挨拶《あいさつ》を口にした。ランタンは満足気に頷《うなず》き、腰を屈めると女と視線を合わせる。

「さて、幾つか聞きたいことがあるんだけど。最初に一つ」

ランタンはぴんと人差し指を立て、女の手首を指差した。

「ちゃんと答えてくれたら、それは外すから」

「言う、わ。……ちゃんと、わた、し」

怯《おび》える視線と、割れた声が痛々しくランタンは差した指を唇に当てて黙るように促した。

「頷いてくれるだけでいい。それを外したら、貴女《あなた》は暴れる?」

女は唇を真一文字《まいちもんじ》にきつく結んだまま慌てて首を横に振った。すると白い髪が女の顔を覆《おお》い隠し、髪に目隠しされた女は、見えないことを恐れるように頭を振り乱した。

「動かないで」

一言だけで女は動きを止めた。それは奴隷首輪《スレイブチョーカー》が未だに効力を残しているかのようである。ランタンはあっさりと女の拘束を解いてやった。ランタンにはどうにもこの女が嘘をつけるとは思えなかった。女は自由になった手で首に触れて、首輪がないことを確かめるように何度も撫《な》でる。手首に赤く擦り傷ができていた。

「あ、あ、ありが、とう、ございま、す」

女は手首の傷を気に掛けず、ただランタンに感謝を伝えた。するとランタンは何だか落ち着かない。下げられた頭、女の後頭部を見つめる目付きはいっそ耐えるようで、ランタンはすぐに視線を逸《そ》らした。

「別に、いらないから。そういうの」

ランタンは差し出された感謝を突き返して、代わりに手を差し伸べる。

「立てる？」

女はその行動に困惑していた。女はランタンの手を取らず、立ち上がろうと蠢《うごめ》いているが腰が抜けているのか、結局は座り込んだままだ。そしてついに観念したのかランタンの手を見つめて、震えながら手を伸ばした。まるで自らの汚れを恐れるように。

「誰がここまで運んだと思ってるの？」

「あっ」

我慢できずランタンは女の腕を摑むと一気に引っ張り上げた。そしてそのままずんずんと部屋の奥へと引っ張っていく。骨張った手首は枯れ枝のように細い。けれどそこには生命の脈動が確かに感じられる。ランタンは振り返り、戸惑う女の顔を見上げた。

女は今にも倒れそうだった。ランタンは部屋の隅にある一人掛けのソファを引き寄せる。

「座って」

「で、も」

「いいから」

ランタンは突き飛ばすように女を座らせる。女は慌てて浅く腰掛けて、ランタンは言葉に迷う。ランタンの呆《あき》れた視線に気が付くと、女はそっと目を伏せた。艶《つや》のない髪や痩《や》せた肌は、女を老いているように見せるが、振る舞いや恥じらう姿は瞳と同じく不思議と幼い。

「ちゃんと座って」

「……はい」

女はおずおずと深く腰掛け、それでも背もたれを使うことはない。ランタンは探索に使った水筒にまだ水が残っていることを確認すると、それを女に手渡した。

「飲んで。いや、飲め。ゆっくりね」

命令すると、女は両手で大事そうに水筒を掴みそれを傾ける。命令通りにゆっくりと水を口に含み、染みこませるようにそれを飲み込んだ。余程に喉が渇いていたのだろう、ランタンを気にしているのも初めのことで、すぐに乳を吸う赤ん坊のように止まらなくなった。

ランタンはベッドに腰を下ろす。

「んっ」

女が空気を飲み込んで小さく呻《うめ》く。中身を飲み干したのだ。哀しそうに何度も水筒を揺らし、怯えた視線をランタンに向けた。飲み干したことを咎《とが》められると思っているのだろう。

「足りないなら、底を叩いて」

水筒の底には水精結晶が嵌《は》め込まれている。魔道光源《ランプ》と同じく特定の衝撃を加えることにより力を発揮する。光源は光を、水精結晶は水を発する。結晶に封ぜられた魔精《ませい》は既にかなり消耗《しょうもう》しているが、あと一度ぐらいは水筒を満たせるだろう。

「だいじょうぶ、です」

女が遠慮《えんりょ》をしているのがわかったがランタンは頷いた。

掠れてひび割れていた声に瑞々しさが戻りつつあるようだ。掠れていた時は不協和音のような不快さのある声だったが、なかなかどうして悪くない声である。本調子になったのならば、もしかしたら可憐《かれん》な声なのかもしれない。

「あ、あのっ」

「何?」

女の視線が思いがけず強い。

「助けてくれて、ありがとう、ございます」

「いらないって言ったと思うけど。そういうのは、別に――」

ランタンは落ち着かずそっぽを向こうとしたが、絡みついた視線がそれを許さなかった。

「わたし、覚えてる。あなたを止めようとして。……すごく怖かった。あの人の腕がちぎれたとき、わたしも、おんなじみたいになるんだって、そう思って、……いやだって思っても、あの、首輪が、わたしを」

女が震えを誤魔化《ごまか》すように水筒を引っ掻《か》いている。言葉遣いも下手《へた》な敬語から段々と地が染み出していた。恐怖を思い出して、しかし見つめる視線に怯《おび》えはない。

「でもあなたは、わたしを殺さなかった。殺されてもおかしくないのに……」

「つまり、貴女はあの男たちの仲間でいいんだね」

首輪により支配されていても、女の意識は自分を男たちの仲間だと認識している。

「うん、わたしは……」

女は泣きそうに顔を歪めて、言葉を詰まらせる。ランタンは女が言葉を見つける前に、すっと目を細めた。そして発せられた声は底冷えしている。

「お前らは襲撃者《レイダー》か?」

「ちがっ、う、ます」

襲撃者は探索者にとって明確な敵である。ランタンは単独《ソロ》探索者であったが、探索者ギルドに属するものとして探索者に仇《あだ》なす者を生かしておくわけにはいかない。

「わたしは、最近、あの人たちの、仲間に、なったの。……あの人たちは、探索者、です」

「貴女は?」

「わたしは探索者見習い、の……運び屋《ポーター》、見習い、です」

その返答にランタンは妙な顔つきになった。

運び屋は、探索者の代わりに迷宮で荷物を運ぶ者である。

迷宮探索には様々な物資が必要で、それらは命綱《いのちづな》と言い換えてもいい品々である。しかし物資を増やせばそれはそのまま探索での枷《かせ》となり、戦闘行為では命取りとなる。また持ち込みの物資が増えれば、それだけ持ち帰ることのできる迷宮資源は目減りしていく。

その解決として雇われるのが運び屋だ。

運び屋は探索者見習いであることが多い。探索者見習いは運び屋を経験することによって、探索者との繋《つな》がりを結び、また迷宮内でのイロハを教えられ経験を積んでいく。それ故に安い賃金で雇えるので探索者もこれを重宝《ちょうほう》している。

「運び屋見習いねえ」

「うん、あの人たちが、わたしは役立たずだから、運び屋の、見習いから始めろって。わたし、探索者になりたくて、どうしても……なりたくて」

「……見習いって何をやるの？　運び屋とは別？」

探索者見習いと運び屋は殆ど同意である。しかし運び屋見習いとなると、それはなかなか聞き慣れない言葉であった。

「わたしは、あの人たちの代わりに荷物を持って、いっしょに探索をしました」

「それは普通の運び屋《ポーター》だね」

「……ほかにも、食事を作ったり、あの、……囮《おとり》をしたり、しました」

「それは……普通の運び屋の仕事じゃないね」

運び屋は通常、戦闘には参加しない。命綱に自ら切れ目を入れる馬鹿はいない、とランタンは思っていたのだがどうにもそうではないらしい。

そもそも魔物の注意を引きつける囮役は前衛職、一人前の探索者の仕事である。それを。

いや、とランタンは思う。

女の反応速度を思い返せば、低難易度の迷宮探索ならその荒技も可能かもしれない。だがやはり、それでも荷物を背負ったままでそれを行うとなれば並大抵のことではない。真っ当な探索者に雇われていれば相応の給金も得られただろう。しかし女は己の能力には無自覚で。見習いという言葉に騙《だま》されていいように使われていたのだろう。

「お金はある？」

ランタンが聞くと女は顔を暗くして、予想通りに首を横に振った。

「わたしは、役立たずだったから」

女の顔にあるのは悔しさと、納得だった。男たちとの探索生活で、女は否定され続けたのだと思う。自己評価があまりにも低く、悔しさも男たちに向けられたものと言うよりは自らの無力さを嘆くようだった。

「僕には貴女を裁く権利がある。始末は自分で付ける。それが下街での仕来《しきた》りだから」

「……はい」

女の顔には悲壮《ひそう》感がいっぱいで、ランタンはまどろっこしい己をなじる。

「始末はもう付けたよ。男たちの命で充分。だから貴女はお好きにどうぞ」

ランタンを見つめる女の目が、はっと見開いてすぐに潤んだ。ぷくりと丸い滴《しずく》が浮いて今にも零《こぼ》れそうだ。

ランタンはあたふたする内心を抑え込むのに必死だった。こんな反応をする女性への対処法など全く知らない。ベッドから慌てて立ち上がると、瞳に溜まった滴が零れるより先にえいと払う。それだけで、どうすることもできず立ち尽くした。

女はぐずぐずと鼻を鳴らして、何度も瞬きをする。まだ湿り気の残る瞳をランタンに向けて、口を開こうとして躊躇《ためら》った。女は口を、あ、の形に半開きにして慌てて口を押さえる。

ランタンが要らないと受け取らなかった、ありがとう、を何度も口の中で繰り返す。女はそっと眼差《まなざ》しを伏せて、長い睫毛《まつげ》がランタンを扇《あお》いだ。

「ええっと、それで。貴女はこれからどうするの？」

「わたしは、――探索者になりたい」

だろうね、と声に出さず呟《つぶや》く。

女が運び屋見習いという怪しげな職種に身を窶《やつ》していたのは、まさに探索者になりたいがためのことだろう。

迷宮は宝箱のようなものだ。極低難易度の迷宮を専門にして日銭を稼《かせ》ぐような探索者もいるが、高難易度の迷宮に挑みこれを攻略する高位探索者ともなれば莫大《ばくだい》な財産だけでなく地位も名誉も手に入れることができる。それでいて探索者になることは難しいものではない。

探索者ギルドに幾ばくかの登録料を支払えば、その瞬間から探索者だ。それだけで迷宮特区の管理迷宮に挑む許可が下りる。しかしこれに挑まなくても登録の際に与えられる探索者証は、自らが探索者であることを保証してくれる。

また都市外に生まれる管理外迷宮を専門にする自称探索者も存在する。例えばあの三人の男たちは探索者証を所持していなかったので、これであると推測できる。だがそれでも自らを探索者だと名乗ったのならば、まあ探索者なのである。

探索者になることは簡単で、毎年膨大《ぼうだい》な数の探索者が生まれるらしい。けれど迷宮は枯渇《こかつ》せず、また迷宮に対して探索者が飽和《ほうわ》することもない。迷宮で果てる探索者も多いからだ。新人探索者ばかりではなく、熟練探索者であっても未帰還の危険は常にある。

だがそれでも命を対価に一攫千金《いっかくせんきん》を狙う者は後を絶たない。女も、理由は何であれ、その大勢の内の一人に過ぎない。

「危険な仕事だよ」

ランタンは真剣な声で女に忠告した。けれど女の目に宿る意思は固い。

「わたしは、探索者になりたいです」

ランタンの忠告は純粋な善意から出たものだ。

だがランタンは女の瞳に安心もしていた。女には明確な目標があるようで、あの素晴らしい反応速度もある。身体《からだ》が万全の状態ならば、その身体能力は更なる冴えを見せるだろうというのは想像に難くない。探索者にとって、それは大きな武器である。

多少短慮ではありそうだが、今回の件を教訓にすればまた騙されることもないだろう。

「お金も何もないのに？」

「それは……」

女は襤褸《ぼろ》を一枚纏《まと》っているだけだ。いくら性能の良い身体を持っていても、それだけで探索者をすることはできない。先立つ物がなければ登録料すら払えないし、女の外見では運び屋《ポーター》に志願しても、余程の目利《めき》きか、悪食《あくじき》な探索者に巡り会わなければ選んでもらえそうにない。

ランタンは男たちから回収した品々をテーブルに並べる。銅貨ばかりの巾着《きんちゃく》に、無価値に程近い装飾品。剣はくず鉄と言って差し支えなく、けれど登録料ぐらいは捻出《ねんしゅつ》できるだろう。

「あの首輪は流石《さすが》に渡せないけど、これだけあれば登録料にはなる」

「ひ――」

ランタンがそう言うと、天井からぼとりと腕が落ちてきた。ああ、そういえば忘れていた。天井に突き刺さっていたナイフがようやく抜けたのだ。落ちた衝撃で腕はナイフを手放して、ランタンは腕を玄関近くに放り投げ、ナイフの柄《え》を女に差し向けた。

「結構いいナイフだし、これを売れば最低限の装備を用意できるかな。運び屋《ポーター》としてのだけど」

それで無一文になってしまっても、下街での生活に金はかからない。

住み心地はさておき風雨をしのげる廃墟はそこら中にあるし、食料は大鼠《おおねずみ》なり牙蛙《きばがえる》なりと捕らえて食べればいい。事実、下街の住人の多くはそうやって生活しているし、教会も配食会なるものを開いている。

女は腕が降ってきた驚きのままにランタンの顔と、受け取ったナイフを見比べた。膝上《ひざうえ》の水筒をお守りのように撫《な》でながら、そっとランタンに尋ねる。

「あの……、あなたは探索者なの？」

「まあ、そうだね」

嫌な予感がする、とランタンは思う。

「このナイフも、お金もいらない」

ランタンは難しい顔をして黙っている。女は気にせずに言葉を続けた。

「わたしを運び屋としてやとって、ううん、わたしを、……わたしを使ってください！」

「いやだ」

間髪《かんはつ》容《い》れないランタンの拒否に女はぽかんと顔を歪めた。その顔は、やはり幼い。

「なんでよっ！」

今までのしおらしさをどこにやったのか、女は椅子《いす》を蹴って立ち上がると、かっと赤く頬《ほお》を染めて声を張り上げた。急な負荷に喉《のど》が掠《かす》れて、しかしそれは力強く響く。

水だけでこれ程に回復するなんて、なんて探索者向きなんだろう。

ランタンは驚きに目を丸くして、大きな瞬きを女に向けた。

「あっ、あう……何で、ですか？」

そんなランタンに女ははっと我に返り、すとんと腰を抜かすように椅子に座った。クッションが女の尻を跳ね返すように包み、震えた身体に剝《む》き出しのナイフが少しばかり危なそうだ。

ランタンが鞘《さや》を渡すと、女は気を落ち着けるようにそっとナイフを収める。

ランタンは女が立ち上がった際に床に転がった水筒を拾い上げた。底に装着された水精結晶を指で弾くと、静寂の中に硝子《ガラス》を打つような音が響いて女は身を縮ませる。神経質な高音とは裏腹に、水精結晶は湧水《ゆうすい》のようにとぷとぷと水を発して水筒を満たした。

声を張り上げて女の喉が再び嗄《か》れた。ランタンは水筒を女に渡したが、女はそれを受け取っただけで口を付けなかった。ただじっとランタンを見つめて、口を開くのを待っていた。

ランタンは微《かす》かなため息を漏《も》らす。

「僕は単独《ソロ》探索者だから、……運び屋は必要としていない。理由はそれだけ」

ランタンが簡潔に理由を告げると、不安げに見つめていた女の眼差《まなざ》しがきっと吊り上がる。

女は顔を、頬や目尻耳まで真っ赤にしてランタンを強く睨《にら》んだ。

「あなたはわたしのことを馬鹿にしてるの!?　いくら単独《ソロ》だからって、たった一人で迷宮に行くような馬鹿がいないことぐらい、わたしだって知ってるわ！」

女はランタンを馬鹿呼ばわりしたことにも気が付かぬ程の勢いで一息にそう言いきって、けれどそれでも興奮が収まらず鼻息を荒げている。

「馬鹿って、もう。まあ、そうなんだけどさ」

ランタンは苦笑して微かに呟《つぶや》く。馬鹿呼ばわりはもっともなので怒る気にはならない。

ランタンは嘘を言ってはいないが、女の憤《いきどお》りもわからないことではなかった。

迷宮探索は本来、探索者の集団によって行われる。地形や気候、出現する魔物など、迷宮の予測不能な自体に柔軟に対応するためには、まず何よりも数を揃《そろ》えることが重要だった。

個人の技量は無論あるに越したことはないが、欠点のない万能戦士などそうそう存在しない。ゆえに各々《おのおの》の得意な役割を以《もっ》て、他者の不足を補う。これが迷宮探索の基本だった。

もっとも集団の頭数が増えればその分だけ利益が等分されることになるので、探索班の員数が二桁《けた》になることは稀《まれ》であったが。

しかしそんな探索者の中にあって単独を冠する者が少数ながら存在する。

だが真に孤独を伴《ともな》って迷宮を探索する者をランタンは己の他に出会ったことはない。

単独探索者も迷宮に運び屋《ポーター》を連れて行く。ならば何故、彼らを単独探索者と呼称するかと言えば、運び屋は探索者ではないのでこれを伴っても探索者の集団にはならない、という言葉遊びが真っ当な意見として受け入れられているからである。

どうしたものか、とランタンは肩を竦《すく》めた。

ランタンは馬鹿にしたつもりは微塵《みじん》もないのだが、女は痩《や》せた頬を子供っぽく膨らませていかにも不満げだった。

「じゃあ仮にさ、僕が運び屋を雇うとして」

「……うん」

「貴女《あなた》を雇う理由って何？」

「わたしお金はいらないし、料理もできます！　がんばります！」

「お金は要らなくても渡すけど、……迷宮で料理ねえ。しないわけじゃないけどさ、基本は迷宮食だからなあ。ビスケットとか黒パンとか。作ってもお湯にぶち込むだけの乾燥米とかかね」

「……わたし探索したことあります。外の迷宮だけど、迷惑はかけないから！」

外の迷宮。管理区域外の迷宮を未管理迷宮と言い、これは比較的に攻略難易度が低いことで知られている。それを迷宮ではないとは言わないが、あの男たちの実力から推測するに、女の探索したことのある迷宮は極低難易度迷宮の、それも上層を彷徨《さまよ》い歩いた程度だと思われる。

それを探索と呼ぶのは詐欺《さぎ》のようなものである。

「僕に案内役《ガイド》でもさせたいの？」

金銭によって探索者を雇い、迷宮を案内させることは儘《まま》ある。

例えば新人探索者たちが金を出し合い熟練探索者に実地指導を請うこともあれば、金持ちが道楽として危険な迷宮を安全に散策するために護衛を求めることもある。

だが貴種である単独探索者《ソロ》ランタンに値段を付けるとすると、それは恐ろしく高額だ。

「そんなっ、つもりじゃない……」

女の顔が歪んだ。先程のような強い感情ではない。弱々しく、理解されないことを苦しむように目を伏せて、呼吸は溺《おぼ》れて喘《あえ》ぐようだった。

ランタンはそんな女を冷たく見つめて、けれど堪《こら》えるように指先が膝に爪を立てる。

「……そんな顔しないで」

思わず零《こぼ》れたランタンの囁《ささや》きはごく小さく、だが女は素直に唇を結ぶ。気持ちを落ち着けるように深く鼻から息を吸って、ゆっくりと吐き出した。そんな健気《けなげ》な姿にランタンははっとして己を恥じ、掌《てのひら》に浮いた汗をズボンで拭い、こっそりと太股《ふともも》を抓《つね》る。痛み。

「でも、やっぱり、……現実問題として貴女は、その、素人《しろうと》だし、装備だってないし、それを揃《そろ》えるお金だって」

「だけど、……わたしは」

「探索者になりたい？」

女ははっきりと頷《うなず》く。

「じゃあやっぱり、まずはギルドに登録をするといいよ」

探索者証は最もわかりやすく、そして自らを探索者たらしめる確実な証《あかし》である。

「わたしが、なりたいのは……！」

名許《ばか》りの探索者ではないのだろう。

女は驚く程に素直であったが、探索者になることにだけはひどく固執しているようだった。

ランタンは言葉の選び方が絶望的に下手《へた》な己に嫌気が差し、乾いた唇をちらと舐《な》める。これ程に長々と人と会話をすることは久し振りのことだ。喉にちくちくとした痛みが浮き始めている。唾液《だえき》を飲み込むが、ただ乾燥した食道を滑り落ちただけだった。

「ええっと、その、言葉が足らなかったね。探索者証を得て、それで終わりにするかは貴女次第だよ。さっきは素人って言ったけど、初めは誰でもそうだし。今は少し痩せすぎだけど、……背だって――」

僕よりずっと、とは言葉にしない。

「――高いし、身体能力だって優れてる、たぶん。だから、ちゃんと食事を摂《と》って、身綺麗《みぎれい》にすれば、まずは運び屋《ポーター》として雇ってもらえると思う」

ランタンは女の手から水筒を取り戻すと喉を潤した。女の視線が、流れる水が透けるように白いランタンの喉を見つめた。水筒を口元から離し、ふう、漏らした吐息が甘い。

「えっと、それで、そこで貴女がちゃんと頑張れば、見てくれる人はちゃんと見てくれるよ。

探索者見習いはそうやって探索班の一員になるらしいし、もしそうでなくてもちゃんとした経験は積めるし、そうすればもう素人ではないし、……ええと」

ランタンは女が受け取らなかった品々を指差した。

「それに加えて、少しぐらいなら生活費とか渡してもいい。僕の運び屋《ポーター》になんてこだわる必要はない、と思うのだけど」

女の身体能力はその片鱗《へんりん》を垣間見《かいまみ》ただけでも、人並み外れて優れていることがわかる。その力が十全に発揮され人の目に留まれば多くの探索者から勧誘があることは必至だった。それも運び屋としてではなく、探索者としての勧誘である。

「さっきも言ったけど僕は単独《ソロ》探索者だ。もし貴女を連れ立って探索するとして、僕が倒れたら探索はそれでお終《しま》い。きっと貴女も道連れだよ。けど他の、普通の探索班ならそうじゃない。助けてくれる仲間は多い方がいいよ」

女はランタンの言葉を静かに聞いていた。先程までの感情の揺らぎを全て呑《の》み込んで腹に収めているようだったが、眉や瞳にまた別の、新しく生まれた感情が見え隠れしていた。

「あなたは、とても優しいのね。わたしのこと、すごく大切にしてくれる」

ランタンは黙っていた。こんなものは優しさではないと思うが、女の口が笑むように綻《ほころ》んだ気がしてそれを口に出すことはできなかった。

「わたし、探索者になれるかな？　ちゃんとした強い探索者に」

「……他人を評価できるような、ちゃんとした探索者じゃないよ。僕は」

「お願い、なんとなくでもいいの。教えてほしいの」

あなたに。

ランタンが口から出任せに、褒めるにしろ貶《けな》すにしろ適当なことを言ったとしても、女はきっと探索者になるだろう。どんな言葉を使っても、結果は変わらないとランタンは思う。

だがそれでもランタンは重たげに、真剣に口を開いた。

「僕の前に立ちはだかった時の、あの時の動きは素晴らしかった。僕の戦鎚《ウォーハンマー》を避けられる人は、そんなにいない。探索者の中にも」

それがランタンに言える限界だった
しかしそれでも女は嬉しそうに目を細めて、溢《あふ》れそうになる喜びを呑み込むように喉《のど》を震わせ、噛《か》み締めるように何度も頷くようだった。

「わたし、やっぱりあなたと迷宮に行きたい。……わたし、すばらしいなんて、初めて」

女は胸の前で手を重ねる。ランタンの言葉を大切に包み込むように。

そんな女をランタンは複雑な表情で見つめた。

「僕は、馬鹿な単独探索者だ」

ランタンはそれが残された最後の武器だというように繰り返す。

「だから、運び屋なんて要らない」

呻《うめ》くような言葉とは裏腹な、ランタンは酷薄《こくはく》な冷笑を唇に浮かべる。優しげな童顔に浮かぶ歪《いびつ》な笑みに迫力はなく、だが女は震えて表情が強張《こわば》る。痩《や》せた顔の中で痩せた唇が引き伸ばされて、そこに滲《にじ》むのは後悔だった。

「ごめんなさい、一人でなんて、そんな人のこと知らなかったから……。でも、今はあなたが嘘を言っていなかったって、信じられるわ」

女が頭を下げ、白い髪が滝のようにざらりと流れて、膝に折り積もり床にまで溢れた。女はもう一度、謝罪を口にしてしばらくそのままで、ランタンは髪の中から浮き上がった女の痩せた項《うなじ》、そこに浮かぶ頸椎《けいつい》の棘《とげ》を、女が再び頭を擡《もた》げるまで黙って眺めていた。

「ねえ」

舌足らずな呼びかけにランタンは視線を動かし、女の問いかけは無邪気さすら感じさせる。

「ねえ、どうして？　どうして一人がいいの？」

「それは」

「なにか、理由があるの？」

「それは――……」

尋ねられてランタンは言葉を詰まらせた。

ランタンは己を異邦人だと認識している。

朧気《おぼろげ》な過去の記憶にある己の生まれた世界は、この世界とは別の物である。

ランタンは自分の意志とは関係なく、不運としか言い表せぬ不条理さでこの世界へと落ちてきたのだと、そう思っている。

ランタンはこの世界に這《は》い出てから、常に独りだった。

この世界は何もかもがランタンの知らない常識で動いていて、頼ることのできる人間は一人も居らず、不潔で、暴力的で、ランタンに優しくはなかった。

危険な世界で天涯孤独。それが当時のランタンが認識した全てだった。

恐怖により大人しくて、どうしようもなく常識知らずで、不安さゆえに従順で、童顔なりに繊細な顔立ちをしていたランタンは気が付けば奴隷《どれい》身分に置かれていたことがある。

奴隷商人やその教育係はランタンにとって人食いの化け物のように恐ろしく、折檻《せっかん》を受ける同じ身分の奴隷を目撃したランタンは状況に抗《あらが》うことができなかった。

そこでは大人しさは美徳だった。素直なランタンはそれ程手酷《てひど》い扱いは受けず、それどころか生まれたばかりの赤子のように物を知らず、その癖《くせ》に物覚えはよかったので言葉に始まるこの世界の様々な知識を教え込まれた。

知識はランタンの自己認識を確固たるものにするもので、発狂しそうな程の絶望は一つランタンに力を与えた。いや、気付いたのだ。

男たちの頭部を消し炭に変えた爆発能力。

奴隷身分から抜け出し、探索者をやっていけるのはこの能力のおかげだった。

この世界に落とされた時に、同時に名前や色んな記憶も落としてしまって、その代わりに拾った能力なのだとランタンは認識している。

能力は暴力的で、この世界に、探索者としての自分によく馴染《なじ》んだ。

気が付けば孤独も。

探索者ギルドに登録すると、出会ったばかりの同期と探索班を組んだり、先輩探索者に己を売り込んだりする新人探索者たちを横目に、ランタンは独りで迷宮に挑み続けた。

「なんでだろう……？」

ランタンは小さく呟《つぶや》く。両手で頭を抱えて、がりがりと爪を立てて、髪を掻《か》き回した。

独りでいることは、当たり前のことで理由を考えたことはなかった。最初はきっと誰も信用できなかったからだ。人食いの奴隷商も、新人の探索者も、あるいは道々に行き交うただの人々も、全てがランタンにとっては恐ろしい化け物と同様だった。

だが今は。

この世界の常識や秩序や人々は、やはり当時の認識と同じく野蛮《やばん》であるが、誰も彼もが心を許す頃ができない人面獣心の化け物ばかりではないこと、ランタンはもう知っていた。

例えば引き上げ屋《サベージャー》のミシャにランタンは当たり前のように命を預けている。迷宮へ降ろしてもらう時も、迷宮から引き上げてもらう時も起重機《クレーン》の操作一つで、あるいはミシャが引き上げに来ないだけでランタンの命は迷宮に散ってしまう。

例えば金も実績もないランタンに武器を融通してくれた老職人もいる。探索者ギルドで柄《がら》の悪い同業者に絡まれていた時に追い払ってくれたギルド職員だっていた。他にもランタンはこの世界で幾つもの優しさに支えられたからこそ、こうして生きていられる。

何も知らなかった最初とは違う。

力が無くされるがままだった奴隷時代とは違う。

優しさを知らなかったあの頃とは違う。

ランタンは床に落ちる自分の影と顔を突き合わせて、まるで相談事をしているかのようだった。顔を上げたランタンの表情は妙に清々《すがすが》しいが、同時に子供っぽい拗《す》ねた雰囲気《ふんいき》があった。

「わからない」

唇を曲げる。

「一人でいることに理由は、たぶんない」

視線を逸《そ》らして唇を歪めたランタンの童顔に女はぱちりと大きく目を瞬かせる。そして途端ににこにこと表情を崩した。きらきらの視線に晒《さら》されたランタンは、もっと嫌そうな表情を作ったが女は全く気にも止めていなかった。

「ね、それならいいじゃない。一人の理由がないのなら、二人だっていいはずよ」

「だけど……」

ランタンは苦し紛《まぎ》れに口を開いたが、その先がすぐには出てこなかった。否定の理由を必死になって探す自分に気が付いて、だが開いた口を閉じるために無理やりに言葉を吐き出す。

「僕にこだわる理由って、何？　探索者やるなら、やっぱりちゃんとした人たちがいる所の方が安全だよ」

言葉が上滑る。ランタンはその薄ら寒さに嫌気が差した。ちゃんとした人たちがいようと迷宮探索に安全などはない。

すっかり謝る機会を逸して意固地《いこじ》になる子供の気分を思い出して、ランタンは正に年相応の姿を剝《む》き出しにしていた。そんなランタンに女は言う。

「わたしを恩知らずにさせないで……、わたし、がんばるから！」

女の直向《ひたむ》きな素直さも、ランタンは恥ずかしい。身を切り裂かれるような気分で、もう女の視線をまともに受け止めることができない。逸らした視線が落ち着かずに彷徨《さまよ》って、ふと女の首が目に入った。

首輪の外された細い首から、視線を下げると胸が呼吸の深さに膨らんだり萎《しぼ》んだりしていた。更に視線を下げると、膝の上で色を失う程に手が握り締められて、小刻みに震えていた。

血の気を失った真白い指に見覚えがあった、行く当てがなくて座り込んだ路地で、軟禁された奴隷商の一部屋で、迷宮の壁に背を預けてランタンは同じように拳を固めた。

「ああ、くそ」

ランタンは額に拳を当て、そのままこつこつと己の額を小突く。

その手が女に摑《つか》まれた。女は椅子《いす》を蹴ると縺《もつ》れ転がるようにしてランタンの手を取って包み込む。未だに血の気の戻らぬ白い手が不思議と温かい。女がすぐ目の前にいた。枯れ木のような白い身体《からだ》に、赤や紫、黒い程の痣《あざ》が露出した皮膚《ひふ》に幾つも浮いていた。

対峙《たいじ》して、抱え上げ、引き摺《ず》り、向かい合って言葉を交わし、ランタンは女のすぐ傍にあったが、その傷を今初めて見たような気がする。ずっと見えていたのに気にも留めていなかった。

女の境遇は、この世界ではありふれているとは言わないが、珍しい話ではない。ランタンだってそうだった。不幸も不運も、人々は笑い話にするか、同情するか、あるいは興味を示さないかもしれない。だがそれで終わりだ。

可哀相《かわいそう》だからと誰彼構わず手を差し伸べれば、身を引き裂かれてしまう。

そんなことは聖人か、奇人か、馬鹿のすることだ。

ランタンは、女の姿に在りし日の己を見た。

ランタンは己を救ってくれる存在を強く願っていた。願いながら、誰も彼もを怖がって、帰りたいと何度も泣いて、自分を通り過ぎた人間を呪った。

汚れた女の姿が眩《まぶ》しい。それは在りし日に斯《か》くありたかった己の姿である。

ランタンは恐ろしくて助けを口にすることはできなかった。それでいて誰かに助けてもらいたかった。女ははっきりとランタンに向かって手を伸ばしていて、それを頑《かたく》なに拒むランタンに向ける視線に、呪うような八つ当たりは微塵《みじん》もない。

凄《すご》いな、と素直に思う。恥ずかしさにランタンは眼差《まなざ》しを伏せて、再び己の影を見る。

斯くありたい過去の自分には終《つい》ぞなれなかった。

ランタンは既に助けを求める側ではない。

だが求めた誰かにならば、今ならなれる筈《はず》である。

女を暴力の渦から、魔道の拘束《こうそく》から解放したじゃないか。じゃあどうだ。その手を握ることは難しいことか。見捨てるのか。けち、ばか、あほ。なんでたすけてくれないんだ。やさしくしてくれたっていいじゃないか。みんなきらいだ。もういいもん。

足元で在りし日の己のようにうずくまる影が呟《つぶや》く。うるさいな、とランタンは口元を歪めた。もん、なんて言わなかったと思うし、少しばかり自己嫌悪に浸《ひた》っているだけなんだから急《せ》かすなよ、とランタンは影を忌々《いまいま》しく踏み潰す。

人に優しくすることは当たり前のことだ。できること、できないことの選択はあっても救いを求める手を、わからない、から拒《こば》むなんてことは恥ずべきことだと知っている。

そして探索者としての歳月は、ランタンにできることを増やした。

「ねえ急にどうしたの？　大丈夫なの？」

女の声にランタンは無口になった影から視線を持ち上げた。

「うん、大丈夫。――ちょっと死にたくなったけど」

「ええっ！　ね、ほんとに大丈夫なの？」

心配げな女の声がランタンの顔にぶつかって弾ける。まるで頬《ほお》を張られたようで、気持ちがぴりっと引き締まった。睫毛《まつげ》が絡まりそうな程女の顔が近い。ランタンは女の壊れそうな細い肩を押し返して、大きく一つ深呼吸をした。

「ほんとに大丈夫だから、貴女《あなた》と迷宮探索しないといけないし」

ランタンがしれっとそう言うと、女はぽかんと惚《ほう》けた。表情の一切を失った顔は赤子のように無垢《むく》であり、それが喜びに染まるのは一瞬のことだった。ぱっと花咲くような笑みを浮かべて、肩を押し返すランタンの腕をかいくぐって頭を掻《か》き抱こうとした。

並の相手ならばそのまま首を絞《し》めるも折るも、それこそ抱きしめるのだって自在の素晴らしい動きであったが、ランタンはそれを上回る体捌《さば》きで女の腕から逃げ出した。目標を見失い、ただ空中に突き出された手を握ってやる。

女はランタンの身のこなしに驚いて、握られた手の柔らかさや温かさに笑った。

「ほんと？」

「本当」

「うそじゃない？」

「嘘じゃないよ」

「なんで急に？」

「なんとなくね」

「わたしがんばるから！」

「うん、頑張って」

女はどうしてもランタンを抱きしめたいのか、手を握っているのをいいことにそのまま少年を一気に胸に引き寄せて力一杯に抱きしめた。だがランタンは身体を捻《ひね》って蛇のように女の胸の中からすり抜ける。あっという間もなく、腕の中から消えたランタンに女は目を丸くした。

「……すごい！」

わっと感嘆の声を上げた女に、ランタンははにかんだ。

興奮した女は今すぐにでもランタンの腕を摑んで迷宮へと飛び出しそうな勢いだった。だがランタンは袖《そで》を摑んだ女の手を素っ気なく叩き払って、ベッドにどさりと腰を落ち着ける。

喜び一転、女はきょとんとして小首を傾《かし》げる。そんな女にランタンは呆《あき》れながらに言う。

「その格好で、どこに行くつもり？」

ランタンが指摘すると女は自分の姿を見下ろした。そして動物が毛繕《けづくろ》いするように手櫛《てぐし》で髪を搔《か》き回して、部屋中の掃除をした雑巾《ぞうきん》を仕立てたような粗衣《そい》の皺《しわ》を伸ばす無駄な努力をした。最後に裾《すそ》をきゅっと伸ばす悪あがきをして。

「どう、かな……？」

「動く死体《リビングデッド》って感じ」

「ひどい！」

詰め寄ろうとする女をランタンは追い払ってソファに座らせる。

女だけに限った話ではないが、ランタンの常識と照らし合わせるとこの世界の住人は誰も彼もが不潔だった。そもそもとして毎日風呂に入る習慣がないのだろうし、さすがに女性はある程度は身綺麗《みぎれい》にしてはいるが、男性の、特に探索者の多くは行水《ぎょうずい》や濡らした手拭いで身体を清めることすらも滅多にしない。

女の鼻は馬鹿になっていて自分では気付いてはいないのだろうが、控えめに言っても濡れた犬以下の臭《にお》いがした。だが動く死体呼ばわりされて既に傷ついている女に更なる追い打ちを掛ける程ランタンは非道ではないので黙っている。

ランタンは大きく欠伸《あくび》を漏《も》らした。眦《まなじり》に浮いた涙を拭う。

「まず身綺麗にしないといけないけど、まだどこの店も開いてない」

ベルトに結んだ時計を外し、文字盤を女に向ける。月が沈み始めて、地平が薄ぼんやりするような何とも眠たい時間である。

ランタンの欠伸に釣られたのか、女も同じように大きな欠伸をして目を擦った。

「だからまずは、できることをしよう」

「うん」

「じゃあ――」

寝よう。

「自己紹介ね。だってわたしもあなたも、名前だって知らないんだもの」

目をとろんとさせていたランタンは一瞬で覚醒《かくせい》して言葉もなくただ頬を引きつらせる。

自己紹介。そんな当たり前の常識がすっぽり頭の中から落っこちたのは、世界を渡った影響か、あるいは眠気のためか。

一緒に迷宮へ行く。

それは生死をともにすることに他ならないのに、女の名前すらを知ろうとしない。

それは孤独をこじらせた結果である。

ランタンは、ね、の形に半開きになった唇を、頬の引きつりを誤魔化《ごまか》すように笑みへと歪めて取り繕《つくろ》う。

「わたしはリリオンって言うの。もう貴女《あなた》なんて呼ばないでね」

リリオンは胸に手を当てて名乗る。

「りりおん、リリオン」

ランタンが確かめるように何度か名前を繰り返して口に出すと、リリオンは少年の口から跳ねるように、甘く縺《もつ》れるように自らの名が呟《つぶや》かれる度《たび》に喜びを露にした。

「僕はランタン、です。これからよろしく、リリオン」

差し出した手を躊躇《ためら》いなく握る。女の痩《や》せた細い指は力強く、ランタンもまた己が手にするものを確かめるようにその手を握り返した。

「うん、よろしくねっ、ランタンっ」

◇◇◇

交換したのは名前だけ。

つつがなく自己紹介も終わり、ついに眠気の最高潮に達したランタンが仮眠を摂《と》り、ようやく目覚めるとリリオンの顔が目の前にあった。リリオンにも眠るように促したのだが、どうやら彼女は眠れずにいたようだ。肉体精神ともに様々な疲労があるはずなのに、そういったものを上回って興奮状態にあるのだろう。

顔を覗《のぞ》き込んでくるリリオンの淡褐色《ヘーゼル》の瞳が、不眠と興奮により血走っていた。

悲鳴を上げなかった自分を褒めてやりたい。ランタンはリリオンの死霊系《アンデッド》魔物じみた容貌《ようぼう》をまじまじと眺めながらそう思う。容貌ばかりではない、やはり寝て起きても変わらずに臭い。迷宮内の目覚めとどちらがましだろうか、とランタンは思う。眠気は一気に消し飛んだが、爽やかな目覚めからは程遠い。

ランタンはリリオンの顔面を押し退けて、欠伸《あくび》を吐き出しながら身体《からだ》を起こし、筋を引き千《ち》切《ぎ》るような勢いで身体を伸ばした。

「おはよう、リリオン」

「おはようランタン！」

ランタンは平静を装って挨拶《あいさつ》をして、リリオンはランタンの内心になど全く気が付かず元気な挨拶を返す。ランタンがぐるりと視線を巡らせて、ソファの上に転がる水筒に手を伸ばすとリリオンは声を上げた。

「あっ」

水筒は軽い。空《から》っぽだ。水精結晶から絞《しぼ》り出した最後の水は、寝ている間に飲み干されてしまったようである。寝起きの粘着《ねばつ》く口内が気持ち悪いのは、昨晩よく喋《しゃべ》ったせいだろう。

「あ、あう。ごめんなさい」

リリオンは先の元気もどこへやら、身体を小さくして俯《うつむ》いた。たかが水の一杯に酷《ひど》い怯《おび》え様だった。ランタンは近くまで降りてきたリリオンの頭へ反射的に手を置いた。叩くでも撫《な》でるでも、押さえつけるわけでもない。ぽん、と軽く。

「これぐらいで謝らなくてもいいよ。予備の水精結晶を切らすような真似《まね》はしないし」

ランタンは水筒の底に埋まった力と色を失った結晶を抜き取ると、水精の名にふさわしい透明な水色の結晶と入れ替えた。そして新品の結晶に衝撃を与えると、それは水を放出し、ほんの僅《わず》か色褪《いろあ》せる。

ランタンはリリオンに見せつけるように水筒に口を付けた。きんと冷えた水が口内の不快を押し流していく。刺激された腹の虫が鳴いた。

「あはっ」

その音を聞いてリリオンが小さく笑い声を零《こぼ》したが、また彼女の腹も少年よりも大きな音で空腹に鳴いた。リリオンはすぐに腹を隠して、頬《ほお》に色味が浮き上がる。

ランタンはリリオンに水筒を押しつけ時間を確認する。確かに腹も空くだろう。下街の朝飯屋台は昼夜の仕込みのために一度店を閉めるような微妙な時間帯だ。

もともと上街まで足を伸ばして、探索者ギルドで換金を済ませようと思っていたので丁度《ちょうど》良い。だがどうしても時間はかかる。ランタンはちらりとリリオンを見た。上街から帰る頃には餓死《がし》しているかもしれない、と言うのは大げさか。

「これ、あげる」

ランタンは背嚢《バックパック》から迷宮食のビスケットを取り出して渡す。味はともかくとして栄養価が高く腹持ちが良い逸品だ。スープがあれば上等で、水分がなければパサつきに喉《のど》が塞がれることが確実な罠《わな》のような一面もあるが、探索者には馴染《なじ》みの深い食べ物である。

「食べていいの？　ありがとう！」

「僕は取り敢《あ》えず上街でお金作ってくるから、それで食いつないどいて」

指ごと食べるんじゃないかという勢いでビスケットに齧《かじ》り付き、一気に口中の水分を失ったリリオンは目を白黒させて、更にランタンの言葉にも驚いて激しく咳《せ》き込んでいた。

大慌てで水筒に吸い付いて、ごっくんと音を立てたリリオンは疑問をいっぱいに湛《たた》え、その重みに首を傾《かし》げる。

「わたしも行く」

「だめ」

「行きたい！」

「だめです」

駄々子のように奥歯を嚙《か》んで呻《うめ》き声を漏《も》らすリリオンの恨めしそうな視線を受け流し、ぱっと背嚢《バックパック》を背負い外套《マント》を羽織《はお》る。腰に戦鎚《ウォーハンマー》を結べばあっという間に出かけの準備は終わる。

「そんな格好で、女の人が外を出歩くもんじゃないよ」

ランタンはその姿を指差す。

ぼさぼさの頭も、やつれた顔も、汚れた服も。下街では似たような格好の人間は掃いて捨てる程いたが、ランタンの常識からするとやはり好ましくはない。よれて裾《すそ》の短い服から剝《む》き出しとなった足も色気のあるものではないが、それでも簡単に見せびらかすものではないと思う。

「ちゃんと留守番してれば、服もご飯も買ってくるよ」

ランタンが言い聞かせると、リリオンは悲喜こもごもな混沌《こんとん》とした表情を作る。土産《みやげ》は嬉しいのだろうが、自由に出歩きもしたいのだろう。今まで一切の自由が奪われていたのだからわからないでもない。

「ちゃんとできたら、また上街行くから。装備も調えないといけないし」

「わかった。はやく帰ってきてね！」

「うん、すぐに帰ってくるよ」

ようやく納得したリリオンに部屋の隅に纏《まと》めたゴミを外に出すように頼んで部屋を出た。ついでに転がっていた片腕を蹴り出す。

貧民街である下街だけではなく、上街にだって屑籠《くずかご》が用意されているわけではない。けれど街にゴミが溢《あふ》れるようなことはない。放置されたゴミは、それに価値を見出《みいだ》した貧者たちがどこかへ持ち去り、その価値すらないものは風雨に任せて消え去るのを待つだけではなく超雑食性の害獣、大鼠《おおねずみ》の餌《えさ》となったりしている。

現に男たちの死体は衣服の一切れも残さずに失われていた。黒ずむ血溜まりだけが、そこに何があったのかを示している。地面に伸びる引き摺った跡を追いかければ大鼠の巣に辿《たど》り着くことができるが、そんなものに用があるのは悪徳肉屋か食うに困った貧者ぐらいのものだ。

ランタンは影に似た血溜まりと点々とする黒ずんだ足跡を見送って、足早に上街を目指した。

都市は、その中央に迷宮特区を封じる形で円環状に広がっている。そして南西と南東の二カ所に上街と下街を断ち分ける隔壁《かくへき》が横たわっている。そこでは掃《は》き溜《だ》めから良からぬ輩《やから》が入り込まぬようにと騎士が目を光らせていて、ランタンは疚《やま》しいことはなくとも、彼らを通り過ぎるのがあまり好きではない。

隔壁に差しかかる少し前から、戦闘靴《ブーツ》の踵《かかと》が硬い音を立てる。舗装《ほそう》が割れて砂利《じゃり》も同然となった地面から、ぱっと石畳《いしだたみ》へと切り換わるのである。だが変わるのは足元ばかりではない。門を抜けるとそこは別世界のような街並みが広がっていた。

南東門を通った先は、東区と呼ばれる上街の居住区域である。

濃淡の様々な白壁と木枠の家屋。屋根は暖色の屋根瓦《がわら》でそれは炎の波が広がっているようだった。生活臭があり、しかしそれは清潔な匂《にお》いだ。

南東門の近く、下街の側から離れるにつれて住む人々の生活水準は向上するが、この瀬戸際《せとぎわ》であっても下街とは比べるべくもなく衛生的だ。

ランタンは南東門を通り過ぎ、一つも角を曲がることなく真っ直ぐと進む。南東門を行き交うのは殆《ほとん》どが探索者であり、誰も彼もが西へ西へと足を進める。東区を抜けると中区となり、そこは商業区域である。

目抜き通りまで出ると、そこにある活気はいつもお祭り騒ぎだった。

行き交う人々の姿は多種多様。

半数以上が人族で、髪目肌色が様々なのは過去から今に至るまで迷宮を求めて外から人々が流入した結果だった。だが人族の差異など些細《ささい》な違いに過ぎない。亜人族たちの種種雑多な獣頭人身はもう何人族なのかランタンには判断が付かない。

亜人族たちの姿は視界に入ったときの驚きが大きく、今はもう慣れたものであったが、それでもふとした時に思わず視線が吸い寄せられることがある。ただ耳と尻尾《しっぽ》だけに獣の特徴を発現させる血の薄い亜人族もいるが、獣をそのまま人の金型に嵌《は》め込んだような者たちも多い。毛皮や鱗《うろこ》に包まれた体軀《たいく》に、風にそよぐ三本髭《ひげ》や、歩く度《たび》に揺れる尻尾。笑うと牙が零れ、青い舌がちらりと覗《のぞ》く。

野暮《やぼ》ったい装備に身を包む探索者。輝く鎧《よろい》を身に纏った気障《きざ》ったらしい騎士。掏摸《すり》を追いかける無骨な鎧の厳《いか》めしい衛士《えじ》。通りにずらっと並んだ店々とその呼び込み。一秒でも遅れたか殺されるとばかりに駆けていく使いっ走り。好き勝手に注文する客を巧みに捌《さば》く飯屋台の店主。どこかでは笑い声の混じった怒声や、仲睦《なかむつ》まじく買い物をする彼ら彼女らが目に入る。

喜怒哀楽が渾然一体《こんぜんいったい》となった目抜き通りの雰囲気《ふんいき》は、活気に溢れているどころか、生命に溢れていると呼べる程に明るいものだった。目抜き通りをこのまま真っ直ぐに北上すると大教会があり、そこには上街を包むよう東西に腕を伸ばす緑の並木が広がっている。

並木に隔てられた向こう側が北区であり、そこは土地を一つ高くして街を見下ろすように貴族や大尽《だいじん》の居住区があって、ランタンどころか一般市民には縁がない。

ランタンは喧噪《けんそう》の隙間《すきま》を横切って目抜き通りを外れ、どんどんと西へと進んでいく。西区は工業区画で中区との境目辺りは、商工入り交じる汽水域《きすい》であった。

汽水域は、探索者通りと呼ばれる。

探索者通りのとある店には様々な武具が陳列されており、また他に目を向ければ一種類の武器しか置いてないような専門武器店もあり、別の店先では若い鍛冶《かじ》職人が回転する砥石《といし》に刃を当てて、火花と金属音を高らかに奏でていた。昼間からへべれけを製造している酒場もあれば、独特の臭気を撒《ま》き散らしている薬屋もある。

すれ違った探索者の集団は帰還したばかりなのだろう、かなり疲労しているようで、そんな彼らに娼婦《しょうふ》が呼び込みを掛けていたが稼《かせ》ぎがよくなかったのか集団は振り返りもせず宿に呑《の》み込まれていく。大胆《だいたん》に肌を露出した娼婦の悪態を背後に見送ると目的地に辿《たど》り着いた。

細々《こまごま》とした店舗《てんぽ》の連なる探索者通りに突如《とつじょ》現れる場違いな程に巨大な建造物。戦闘要塞だな、とランタンはその威容を見上げる度《たび》に思う。それは鋼《はがね》を思わせる色合いのせいなのかもしれないし、立ち入ることを躊躇《ためら》わせる重厚な扉のせいなのかもしれない。

これこそがランタンの所属する探索者ギルドである。

重たそうな扉は、けれど開閉に殆《ほとん》ど力は必要なく、そして音もなく押し開かれる。魔道による消音処理であるらしい。扉ばかりではない。壁にも床にも消音の魔道が仕込まれていて、はっきり言えばそれは金貨の山を踏みつけにするようなものだった。

そして更に勿体《もったい》ないことに、玄関広間には多くの探索者がうろうろしており、彼らの喧《やかま》しさは消音魔道ではどうにもできない程なのである。武器防具がガチャガチャと鳴る音ばかりではない。足音や話し声に笑い声、くしゃみの音などは爆発物のようだった。

相変わらずの喧噪《けんそう》だった。

ランタンは体重を感じさせない静かな足取りで玄関広間を抜けて買取施設へと足を進めた。

金銭を扱うためか、こちらは流石《さすが》に静かだとは言えなくともうるさくはない。複数ある受付の一つが運良く空いており、ランタンは小走りでそこへ向かった。

　腕輪型の探索者証を左腕ごと受付に差し出す。

「買取をお願いしたいのですけど」

「はい、畏《かしこ》まりました。では探索者証の確認をさせて頂きます」

　牛人族である受付嬢は生え際《ぎわ》辺りから角《つの》の生えた頭を下げてランタンを迎える。角と瞳孔《どうこう》の大きな真っ黒の瞳、ややぼてっとした鼻頭。台の下には尻尾や蹄《ひづめ》もあるのかもしれないが、ランタンにはそれを見ることができない。

　受付嬢は手袋をした手でランタンの腕を取り、探索者証の表面をつるりと撫《な》でた。すると表面にぼんやりと白い光で文字が浮かび上がる。感情を読み取るのが難しい黒い瞳が、その文字を解《ほど》くように読んでいく。

「はい、乙《おつ》種探索者ランタンさまですね。いつもご利用ありがとうございます」

　手が離れると文字が消えた。だが受付嬢はランタンの小さな手を両手に握ったまま微笑《ほほえ》んだ。

「買取の品は何になりますか?」

「結晶と魔道具も、あとは、……ごみ、じゃない。屑鉄《くずてつ》です」

　魔道具と聞いて受付嬢は一瞬だけ反応を見せたが、それは続いた言葉に苦笑へ転じる。そしてようやく手を離し、手元の書類に書き込みを加えてランタンに渡した。

「では鑑定部屋にどうぞ。中に待つ鑑定士へ、書類をお渡しください。双方にとって良い取引であることをお祈りしております」

いつもと変わらないやり取りにランタンは頷《うなず》いた。

書類には部屋番号が記されており、ランタンは指定の鑑定部屋へ足を進める。探索者ギルドとの取引は明朗会計の単純な換金であるが、ランタンはこれがあまり得意ではない。提示された金額に頷くだけでいいのだが、どうにも気が重いのだ。探索者の中には金銭交渉を行う者もいるらしいが、ランタンにとっては想像するのも嫌な難事である。

鑑定部屋は部屋数を多く取るためか天井が低く、やや狭いので圧迫感がある。清潔感があるのはいいのだが、それもまた圧迫感を増す一つの要素であるし、ゆったりとしたソファや無駄に大きなテーブルも物理的に部屋を狭くしている。

壁の棚《たな》には拡大鏡や天秤《てんびん》のようなわかりやすい道具から、一体何をどうするのか理解できない不思議な物体まで様々な鑑定道具が収まっていた。

鑑定士がソファの脇に立っていた。人族の男である。

背はそれ程高くはないが服の上からでもわかる筋肉の盛り上がりに、禿《は》げていたがもみあげから伸びる髭《ひげ》は口を覆《おお》い隠す程で、それが顎《あご》の下で三つ編みになっている。右眉から頭頂を駆け後頭部に抜ける一条の傷痕が生々しい。迫力のある男だった。

元探索者であろう男は渋いバリトンでランタンを迎えた。

「ようこそ、おかけください」

ランタンはその言葉に従って、背嚢《バックパック》を下ろしソファに腰掛ける。それをきちんと見届けてようやく男もソファに腰を下ろす。洗練された動作ではなく、探索者らしい荒々しさが抜けきらぬが、一つ一つを丁寧《ていねい》にこなしているという感じだった。

ランタンは男に書類を渡し、それに目を通している間に背嚢の中身をテーブルに並べる。

汚れ一つない真っ白なテーブルクロスはいかにも高価そうであるが、他に置くべき場所がないので仕方がない。それなりのナイフに、屑鉄以上の価値がないので砕いた剣の残骸《ざんがい》と似たり寄ったりの装飾品。迷宮兎《めいきゅううさぎ》の魔精《ませい》結晶と、魔道の首輪と指輪。

「では鑑定を始めさせて頂きます」

男は荒々しい彫刻のような手に手袋を嵌めた。受付嬢の手袋が単純な白だったのに対し、男の手袋には銀糸で刺繍《ししゅう》が施されている。甲側にはギルドの紋章、掌《てのひら》側には複雑な紋様が指先まで一面に刺繍されている。

剣や装飾品は予想通りに纏《まと》めて秤《はかり》に掛けられて、ナイフも殆ど一瞥《いちべつ》しただけだった。

魔精結晶は男が手に取ると小さく音を立てる。硝子《ガラス》が震えるような澄んだ高音であり、手袋の刺繍が淡く光り結晶と反応していた。結晶内に封ぜられた魔精の量や品質を調べているのだ。

男は数ばかりある結晶を、面倒くさがる素振りも見せずに一枚一枚丁寧《ていねい》に鑑定していく。

「……ふむ」

黙々と鑑定していた男が、小さな感嘆を漏《も》らした。

最後に手に取った奴隷首輪《スレイブチョーカー》が蛇のように脈動する。そしてテーブルの上では命令指輪《オーダーリング》も共振してちりちりと音を立てていた。もしかしたらランタンが考えるよりも高品質であるのかもしれない。男は魔道具から発せられる力を、指先でなぞり読み取っていく。

「この品はどちらで？」

ランタンは襲撃者《レイダー》崩れの男たちからこれを得たが、男たちはどのようにしてこれを入手したのだろうか。購入したという線はないだろうし、リリオンの持ち物であった線もまずないと言っていい。これはどうにも男たちには過分な品で、ならばランタンと同じように他者から奪い取ったという線が最も妥当《だとう》か。

何にせよ推測に過ぎないし、答えは失われている。

ランタンは男の問い掛けに答えなかった。

「出過ぎた真似《まね》を。失礼しました」

「え、いえ……」

「素晴らしい品だったので思わず」

男の瞳がぎらりと笑っていた。鑑定士の澄まし顔ではなく、探索者が与太《よた》を飛ばすような荒々しさと愛嬌《あいきよう》の混じり合った顔だった。男は手袋で自分の禿《は》げ頭をつるりと撫《な》で上げた。

貴重な魔道手袋で汗を拭った男にランタンは思わず目を丸くする。

「こちらは余所《よそ》に持って行った方がよろしいでしょうな」

探索者ギルドの鑑定は基本的に駆け引きを許さないが、それと引き替えに法外な安値で買い叩かれるということもない。一定の換金率は評定が渋いと言い換えることもできたが、ランタンにとっては面倒事が少ないことの方がありがたかった。

「いいんですか？　僕は別に安くても構わないですけど」

「……あまり不用意なことは言わん方がいいしょう」

ついランタンが口を滑らせると、男は少しだけ眉根に皺《しわ》を寄せた。

高品質の魔道具は然《しか》るべき場所に持ち込めば、値段が倍は違うこともある。そしてランタンの言葉は金銭への無頓着《むとんちゃく》さと言うよりは、聞く人にとっては舌舐《な》めずりをしたくなるような隙であった。

男の一つ目の助言は探索者ギルド鑑定士の立場から外れて一人の元探索者が若き後輩へと送った言葉であり、二つ目の言葉は親心とすら呼べるような幼い子供へと向ける心配だったのかもしれない。

ランタンが恥じるように眼差《まなざ》しを伏せて謝意を示すと、男は眉根を解《ほぐ》す。目尻に浮かび上がった深い皺は、男の強面《こわおもて》に老いを滲《にじ》ませた。もしかしたら親心どころか、爺心《じじごころ》であったのかもしれない。

だがそれも一瞬のことで男はすぐさま表情を鑑定士たる澄まし顔へと戻し、ランタンは探索者らしいはっきりとした顔つきになって男に対峙《たいじ》する。

「それでは」

男は品を一つ一つ手に取ると、それらに値段を付け、理由を説明し、ランタンに異議があるかを問うた。鑑定眼どころか、理由の真偽を判別する前提知識が乏《とぼ》しく、異議があっても本職相手にそれを口に出す意気地《いくじ》のないランタンは、そもそもとして探索者ギルドの仕事を信用しているので従順に頷く。

そして提示された総額に不満の一つもないのである。

結晶が数にものを言わせたのだろう。そうなると喉元《のどもと》過ぎれば何とやらで、迷宮兎《めいきゅううさぎ》との地獄の消耗戦《しょうもうせん》も悪いものではなかったと思えてくる。何とも現金なものだな、とランタンは緊張から解放されて年相応に微笑《ほほえ》みながら男に感謝を告げる。

「ありがとうございます。大満足です」

つられて男も笑った。

「ではすぐにご用意させて頂きます」

男はテーブルクロスの四角をさっと抓《つま》み、あっという間に広げられた品々を包み込んだ。男はそれを抱えて立ち上がると一礼して、部屋の隅にある扉の奥へと消えていった。支払い金を扉の向こうで用意しているのだ。

すぐ戻ってくることは経験から知っていたが、ランタンは大きく伸びをするとだらしなく背もたれに身体《からだ》を預けた。腰に提げた時計を確かめる。

出がけにリリオンと約束した、すぐ、はいつまでがそうなのだろうかと諦めるように思う。

◇◇◇

「おそいっ！」

ランタンがどうやって部屋の扉を開けようかと迷っていると、リリオンが待ち構えていたらしく扉を開け放ち、ランタンは危うく扉に殴打《おうだ》されるところだった。もっとも探索者の身体能力を以てすれば、それを避けることなどは文字通りに朝飯前である。ランタンはむくれるリリオンをあっさりと通り過ぎ、ひょいと部屋の中へと足を進めた。

肌を刺すような怒気は不安さの裏返しなのだろう。しかしリリオンはランタンの姿を見ると、あるいはその両手を塞ぐいっぱいの食料を目にすると、少女のような嬌声《きょうせい》を上げて喜んだ。

テーブルの上にどさりと荷物を置いて、ベッドの上に背嚢《バックパック》を放り投げランタンは振り返る。

「ただいま」

「おかえり！」

リリオンの視線はランタンの頭上を飛び越してテーブル上の料理へと向かっている。それなりに掃除された部屋の中があっという間に食欲をそそる香りに満たされたのだ。リリオンは料理の中に顔を突っ込むかのように、ふんふんと鼻を鳴らしている。

餓狼《がろう》と呼べば格好が付くがランタンはただ、犬だ、とその姿に思う。

リリオンはまだたっぷりと熱を保有し、何とも柔らかそうなパンから立ち上がる小麦とバターの甘い香りを嗅《か》いでは頬《ほお》を緩《ゆる》め、串焼き肉の滴《したた》る脂《あぶら》に唾《つば》を飲み込み、重ねられた薄切りの牛肉と乳白色《にゅうはくしょく》の牛骨スープの湯気に待ちきれないとばかりにランタンを振り返った。

きらきらの瞳にランタンは食事の許しを出したくなったが、まだ頷くことはできない。

リリオンの風体《ふうてい》は食事をするには汚すぎる。

「他にも土産《みやげ》があるよ」

ランタンはそう言って適当に見繕《みつくろ》ったチュニックを取り出して広げてみせた。するとリリオンは揺らめく赤布に突進する闘牛のようにランタンに飛びかかる。止まれ、と口に出す暇もない。ランタンは滑るような動作で半身を引いてリリオンを避けた。

勢いのままに扉に激突しそうで、ランタンは咄嗟《とっさ》に手を伸ばしてリリオンの髪の中に手を突っ込み、後ろ襟《えり》を引っ摑《つか》んだ。

「あ」

襤褸《ぼろ》はその力に耐えきれず濡れた薄紙のように呆気《あっけ》なく引き裂かれた。

真ん中から割れた髪。覗《のぞ》いた背中が垢《あか》じみてなお白い。骨が剝《む》き出しなのかと、そう思った。項《うなじ》に浮かぶ頸椎《けいつい》の棘《とげ》に皮膚《ひふ》が赤く痛々しい。背骨から枝を伸ばす肋骨《ろっこつ》の影が胸の方へと弧を描き刻まれて、くっきりと皮膚《ひふ》を押し上げる肩甲骨《けんこうこつ》は羽を伸ばしきれぬ天使のようである。瘦《や》せている。削《けず》れている。失われている。

「わ、あ。ごめん！　なさい」

ランタンは目を逸《そ》らし慌てて、破れた襤褸布をどうにか継ぎ合わせるように背を隠した。掌《てのひら》に背骨の硬さが触れる。

「ううん、平気よ！　だってこんなにきれいな服があるんだもの！」

にこにこしながら振り返り、ランタンの腕からするりとチュニックを受け取る。リリオンは身体に服を合わせながら、踊るような足取りでランタンにその姿を見せびらかした。

「どうかしら？」

「――とても、似合うよ」

ぴんと背筋を伸ばしたリリオンは、ランタンの見立てよりも背が高い。大きめに買った筈《はず》のチュニックが、少しばかり丈《たけ》が足りない。袖《そで》は七分で裾《すそ》は膝頭が覗くだろうか。チュニックは簡素ながらもさっぱりした白地であったが、汚れの下にある肌がやはり眩《まぶ》しい程に白い。

あの一瞬見えた背中は見間違いではないのだ、とランタンは思う。

「ランタンっ！　ありがとう、大切にするわ！」

その肌よりも更に眩しくリリオンは満面の笑みを浮かべた。ランタンもつられて頰を緩め、次の瞬間に凍り付いた、なんとリリオンは恥ずかしげもなく襤褸を脱ごうとするのである。

「待てっ!」

ランタンが焦って声を上げなければ、リリオンは脱皮するかのように一気に服を捲《めく》り上げていただろう。リリオンは裾をぐっと握った中途半端な姿で、大声を上げたランタンに対してきょとんとした視線を向けた。

「なあに?」

「なにじゃないよ、ああもう急に」

リリオンは肌を晒《さら》すことに羞恥《しゅうち》を覚えていないようである。

ランタンはリリオンの年齢を計りかねているところがあって、その長身や痩せた顔つきのせいでだいぶ年上として見ていたが、けれど言動の端々《はしばし》に感じる幼さが気になってはいた。

この世界の人間の年齢は、どうにも見た目からは推測することが難しい。例えば探索者は魔精の影響で実年齢よりもずっと若々しく強靭《きょうじん》な肉体を手に入れているし、亜人種に至っては外貌《がいぼう》から年齢を判別することは、動物の年齢を探ること程に困難である。

「ねえ、リリオンって何歳《いくつ》?」

「えっと、今年で――」

嘘だ。

はっきりとランタンの頬が引きつった。

喘《あえ》ぐように唇を震わせて、それは怒鳴《どな》り声だったのかもしれない。

「その身長でそんな歳なわけないよ！　嘘だよ！　なんでだよ！」

ランタンは鼻息を荒げ腰に手を当てて仁王立《におうだ》ちになり、自分よりも頭二つ以上高い所にある顔を睨《にら》んだ。自分よりも年下で、こんなに背が高いなんて全くそんなふざけた話はない。ランタンは面白くなさそうな唇の形を作って、そんなランタンにリリオンが問いを返す。

「ランタンは何歳なの？」

「一三か、四か、五ぐらい」

「……どうしてあやふやなの？」

「記憶が曖昧《あいまい》だから」

ランタンは答えながらも、もうなんだよ、と内心の憤《いきどお》りを隠す。言葉を理解しかねて困惑するリリオンに、ランタンは会話を打ち切るための冷静さを取り繕《つくろ》った視線を向けた。

年齢によって外見が変わるわけではないし、積み重なった数字に興奮や罪悪感を覚えるわけではないが、これ程に幼年ならば肌を見たことに慌てるのも馬鹿らしい。

「まあいい。よくないけど、いい。リリオン、ご飯を食べるのも、着替えるのにも、まず綺麗《きれい》にしないとダメだ」

「ええっ、だってごはん冷めちゃうわよ」

「その格好で食事をすることは許しません」

ランタンは仁王立ちでいっそう胸を張り、取り敢《あ》えず年下であるという与太《よた》を納得する。そしてそれを優位性として、頭の位置はどうしようもなく下であったが上から物を言いつけた。

それでも不満げな顔のリリオンに、ランタンは狩猟刀を抜き取ると外套《マント》で刃を磨き、薄曇りであったが鏡としてリリオンの顔を映し出す。リリオンは白刃に反射する自分の顔を見て、猫が顔を洗うように顔を擦る。だが汚れは薄く引き伸ばされただけである。

「女の子は、ちゃんとしないとね」

「でも、ごはん冷めちゃう」

「ごねるともっと冷たくなるよ」

リリオンは色気よりも食い気が優っているようだったが、ランタンは断固としてその我が儘《まま》を認めなかった。なんだかんだとランタンも空腹なのである。空腹こそが最高のスパイスだとは思うが、現状のリリオンと対面して食事を摂《と》る気には全くならない。

ランタンからすると、リリオンは病気になりそうな程に不潔で野生動物以下の臭《にお》いがする。

「用意はしてあるから、隣の部屋に行くよ」

「……ごはん」

ランタンだって食べるのならば温かい料理がいい。

未練がましい視線を料理に向けるリリオンの腕を引っ摑み、ランタンは少女を引き摺《ず》るように部屋を出て隣の部屋へと向かった。

隣の部屋は住むには少しばかり荒れている。扉はやや歪んでいて開閉に悲鳴のような音を伴《ともな》うし、窓には蜘蛛《くも》の巣のような白く罅《ひび》割れた硝子《ガラス》があった。その罅は窓枠をはみ出して壁まで浸食していて、更に言えば天井の隅には大きな穴が空いている。穴は床にまで続いていて、まるで隕石《いんせき》が落ちたようだった。穴の縁まで行けば危ないが今のところ床が崩れる気配はない。

「なあに、ここ？」

「風呂」

部屋の中央に唐突《とうとつ》に湯船が鎮座《ちんざ》している。

がらんどうの部屋に湯船がぽつねんと横たわっている風景はなかなかに奇妙なものであるが、ランタンにとっては大切な部屋であり、ベッドと一、二を競うお気に入りの場所だった。

「お風呂？　でもわたしには、ちょっと小さいかも」

湯船はランタンでもどうにか足を伸ばせるかといったところで、リリオンが入浴する際には膝を抱えることになるだろう。

「行水するには充分だよ」

ランタンは水精結晶を取り出すと湯船の上で無造作《むぞうさ》にそれを握り砕いた。途端に手の中からバケツを引っ繰り返したかのように水が溢《あふ》れる。生温《なまぬる》く、飲料にするにはどうにも不味《まず》い。飲むと腹を下すという噂《うわさ》もあるが、安いのでこれを常飲する無頓着《むとんちゃく》な探索者は多い。

ランタンは掃除、洗濯、入浴用としてしかこれを使用しない。けれどリリオンは砕かれる水精結晶に何度も目を瞬かせた。安いと言っても、相応の値段がするのである。

二つ、三つとばきばき砕いて、ようやく湯船の半分程に水が溜まる。それを確かめてランタンはリリオンを振り返る。リリオンはむくれているが、ランタンはもちろん無視する。

「リリオン。手桶《ておけ》はここにあるから、手拭いは何枚使ってもいいよ。これは最後に身体《からだ》を拭くためのだから濡らしたらダメだよ。あ、あと靴《くつ》はまだ使うから。服は捨ててもいいけど、靴は濡らすんじゃないよ」

ランタンは濡れた指であれやこれや指し示すが、リリオンはその指先を追わなかった。

「聞いてる？」

「きいてるわ」

「そう、ならいいけど。じゃあちゃんと洗うんだよ。基本は上から下に。まず髪を梳《と》かして、髪を洗う時は乱暴にしちゃダメだからね。これ使って。ちゃんと腹の指で頭皮を揉《も》むようにして、顔を洗う時は耳の後ろも洗って、それから——」

「もうっ！」

リリオンは捲《まく》し立てるランタンの指を摑んで急に叫んだ。

ランタンは一瞬指をへし折られるのかと思ったが、リリオンはそのまま握手をするように上下にぶんぶんと振った。

「握手なら後でね」

「ちがうっ」

リリオンは薄い頰《ほお》を膨らませた。

「そんなに言うならランタンが洗ってくれればいいでしょ！」

「はあ？」

「だってランタンの言うことよくわからないわっ！　きれいにしないと、なんでごはん食べられないのよっ!?」

ランタンは喉《のど》の奥で小さく呻《うめ》いた。

咄嗟《とっさ》に吐き出しそうになった何の遠慮《えんりょ》もない言葉をどうにか吞《の》み込む。リリオンが癇癪《かんしゃく》を起こすように、ランタンもまた空腹で気が立っているのである。脳への栄養が足らず、思考が回らないのである。

「わかった」

ランタンは戦闘靴《ブーツ》を蹴っ飛ばすように脱ぎ、靴下《くつした》も引っ剝《ぺ》がして、ズボンの裾《すそ》を神経質に膝まで、袖《そで》を肘まで捲り上げて、その手を湯船にたっぷりと溜まった水の中へと埋めた。

ぼこん、とランタンの手の周囲の水が高熱により気化し水面で爆《は》ぜた。一瞬で水から熱湯へと変わったそこから手を引っこ抜き、ランタンは冷ますためにもう一つ水精結晶を砕き、更に殺菌消毒作用のあるアラム石の粉末をばらまいた。

「今のなに？」

「何を指してるのかわからない」

爆発のことか粉末のことか。

ランタンはそっけなく疑問を一蹴《いっしゅう》する。そして一つ、二つと指を立てた。それは選択肢《し》だ。

「自分で脱ぐか、脱がせてほしいか。それは選ばせてあげる」

ランタンが言うが早いかリリオンはあっという間に裸になって、襤褸《ぼろ》布同然の服を丸めて隅の穴へと投げ捨てた。一糸纏《まと》わぬ汚れた姿を、リリオンは何一つ隠そうとはしなかった。

完全に露になったリリオンの肉体には、やはり肉がなかった。

胸の膨らみはただの種でしかなく、肩甲骨《けんこうこつ》や鎖骨《さこつ》、骨盤が今にも皮膚《ひふ》を突き破らんばかりだった。手足はひょろりと長く、棒のように真っ直ぐで、小振りな関節さえ目立つ。長身は、子供の肉体を力ずくで引き伸ばしたような痛々しさがある。

ぼさぼさの髪は薄汚れた毛皮じみて、それは人間ではなく痩《や》せた獣も同然だった。

「座って。まず髪梳《す》くから」

木製の腰掛けはランタンには丁度《ちょうど》良いが、リリオンには低すぎる。ランタンは座面にタオルを敷いてやった。リリオンは薄い尻をちょこんと乗せて、だが長い脚は折り畳《たた》むと窮屈《きゅうくつ》なので放り出していて、毛先は床に折り重なった。

金属製の極細歯の櫛《くし》はいわゆる虱《しらみ》取りである。ランタンは長い髪を根元から丁寧《ていねい》に梳《くしけず》り、歯の根元に溜まった雲脂《ふけ》や抜け毛や切れ毛、それに卵や虱どもを無表情に吹き飛ばしていく。

わかっていたことであったが気持ち悪い。リリオンの髪は虱の楽園であり、乾燥してぼわぼわしているのにもかかわらず、同時に皮脂《ひし》でべっとりもしている。

だがうんざりするランタンを余所《よそ》に、リリオンは踵《かかと》を支点に足を揺らしてご機嫌だった。

「リリオン、上向いて」

「んー」

生え際から、全ての髪を後ろに梳《けず》っていく。ランタンは手桶に湯を汲《く》み取って、言われるがままに上を向いたリリオンの頭に遠慮なく湯を浴びせた。足元に蠢《うごめ》く虱どもが抜け毛に絡め取られ、湯に流されて穴へと吸い込まれていった。床が都合良く傾いているのだ。

長い髪が湯を吸って頭が重たそうだった。

「少し滲《し》みるだろうけど、気にしないで」

「うん」

ランタンは虱駆除薬を掌《てのひら》に伸ばして、リリオンの頭皮を揉みほぐし、そして毛先にまで浸透させていく。つんと鼻を刺す薬草臭《くさ》さは、煮詰めた緑の臭《にお》いそのものだ。

「あっ、あ、あう」

「我慢だよ。すぐ流すから」

ぎゅっと目を瞑《つむ》るリリオンだったが、たっぷりの湯で薬を洗い流してやるときつく閉ざされた目蓋《まぶた》がふやけたように緩《ゆる》む。やることは変わらない、頭皮を揉み、毛先まで丁寧に。

「んふふふ」

あれ程食事に執着していたのに、今は洗ってもらう心地の良さに浸っていた。

洗い終わった髪をぎゅっと絞《しぼ》り、ぐるりと丸めて乾いた布で頭ごと包み込む。細く切れやすいリリオンの髪を、女の命だ、と自分に言い聞かせて丁寧《ていねい》に扱ったが、優しくするのもここまでである。ランタンはリリオンに濡らした手拭いを一枚渡した。

「前は自分でやるんだからね」

ランタンはそう言い放つと、リリオンが何か文句を言う前に問答無用で手桶に汲んだ湯を盛大に浴びせた。そして石像でも磨くように濡らした手拭いでリリオンの身体を擦りに擦った。

白い手拭いはあっという間に黒く染まり、ランタンはそれを次から次へと穴へと捨てて、新しい物へと交換する。

肌から垂れる滴《しずく》は工業区で見られる有毒廃液のようであり、擦れば擦る程に、まるで皮膚どころか無い筈《はず》の肉が剝《は》がれるように垢《あか》が削《けず》り落ちて、リリオンは擽《くすぐ》ったそうに身を捩《よじ》った。薄っぺらい身体のどこにこれ程の垢を纏っていたのか。ランタンの額に汗が浮く。

「あは、くすぐったいわ。ランタン」

「ああもう、動くな。ちゃんと洗えって。あ、こら、横着しない」

むずむず暴れるリリオンをランタンは押さえつける。大型動物を洗っている気分だった。

「ちゃんと指の間まで洗った？」

「あらったわよ」

「足の指だよ」

「ちゃんとしたよ」

「爪の隙間《すきま》は？」

「んー、今やるから。——ほら」

「うん。ちょっと伸びてるね。後で削るか。よし、じゃあ流すよ」

湯船に溜めた湯はもう殆《ほとん》ど温《ぬる》くなっていて、湯船を傾けることでどうにか手桶に一掬《すく》いできる程しか残っていない。ランタンはその最後の湯で、満遍《まんべん》なくリリオンの身体を濯《すす》いだ。

温められて血が巡り、リリオンの身体は薄紅に上気している。

ランタンが大きな布をリリオンの肩に被《かぶ》せてやると、少女は身を隠すように水気を拭った。

「ランタン、どう？」

リリオンが布をはだけて、その裸体を惜しげもなくランタンに見せつけた。

髪は纏めたままでその身体を遮《さえぎ》り隠すものは何もない。

雪のように白く輝く裸体にランタンは目を奪われた。痩せた子供の身体であることに変わりはない。骨だって剝《む》き出して、けれどどうしてこれ程に、とランタンは思う。

「綺麗《きれい》だよ」

「やったあ！」

飛び跳ねんばかりに喜ぶリリオンからランタンはそっと目を逸《そ》らす。大きく息を吸い込んで、ゆっくりと吐き出した。一度高鳴った心臓がまた穏やかに響き始める。

ランタンはぱちんと手を鳴らした。

「ほら、食事にするよ。さっさと服着て」

チュニックを投げ渡すと、リリオンはその場に布をばっと手放して、大事そうにそれを受け取った。いそいそと頭からそれを被って、途中で腕が引っかかったりもしたがどうにか顔を出すと髪を包んだ布を外し、ぶんぶんと首を回している。まだ少し湿った髪が淡く波打っていて、薬の匂《にお》いがミントのように爽《さわ》やかだった。

リリオンは新品の服が嬉しくて、くるくると回った。裾《すそ》がふわりと膨らみ、白い太股《ふともも》が付け根近くまで露わになっても気にしない。

こんなに喜んでもらえるならば、もう少し上等な服を買ってこればよかった。

二人は部屋に戻り、まだ辛《かろ》うじて温かい料理を前にランタンは、もうちょっと、とリリオンを宥《なだ》める。リリオンの髪を手櫛《てぐし》で纏めて、服を買った時におまけでもらった飾り紐で、ざっくりと縛ってやった。ただ無造作《むぞうさ》に縛っただけである。

「わあ」

けれどリリオンは大変に喜んだ。

解いたままではきっと頰《ほお》にかかる髪を食べてしまうだろう、という程度の気遣いでしかなかったのだが、リリオンは結び目に触れて頰を緩《ゆる》める。

離れ際にランタンは思わず頭を撫《な》で、濡れた髪が柔らかい。

「はい、食べるよ。いただきます」

ランタンが几帳面《きちようめん》に手を合わせ、食事が始まった。

まず二人は同時に果実水で口を潤した。果実水は僅《わず》かに発酵《はつこう》していて舌先でぴりりと泡が弾ける。林檎《りんご》の香りが鼻に抜けて、酒精が僅かに喉《のど》を炙《あぶ》る。さっぱりした喉越しが心地良い。

串焼きは羊肉である。臭《くさ》みを取るために香辛料がたっぷりと塗《まぶ》してあり、それは炙った木の実のような香ばしさがある。肉を噛《か》むとむっちりとした肉汁が溢《あふ》れた。濃いめに味付けられた塩味と肉汁が混ざり、これがまた甘いパンとよく合った。

ランタンはぺろりとパンを平らげて、果実水をコップに注ぐ。

リリオンは片手に肉串を構えて、こちらは薄焼きパンを持っていた。そのまま食べようとしているリリオンを制し、ランタンはそのパンの上に肉と豆を辛《から》く味付けしたものを載せてやった。勢いよく齧《かじ》りついたリリオンは辛さに驚きに目を丸くしたが、果実水でそれを飲み込むと、鼻をぽっと赤くしながら果敢《かかん》にも再び齧り付いて止まらない。

ランタンはその辛肉豆を薄パンに載せると蒸かした芋《いも》を混ぜ込んだ。辛肉豆の刺激がそれにより和《やわ》らいで、複雑な香辛料の香りの中に芋のほろほろとした甘さが溶け込んでいく。削ったチーズを追加して、満足気に頬をもぐもぐと動かすランタンを見てリリオンが早速真似《まね》をする。

幸せそうな顔だ。

ランタンはリリオンの顔を眺めながら牛骨のスープをそっと啜《すす》る。

昨日食べたスープである。上街で屋台を開いていた蜥蜴《とかげ》人族の店主はランタンを覚えており、昨日の今日で再び注文を入れると大いに喜んで、スープにはおまけの臑《すね》肉や尻尾《しっぽ》肉がごろごろと入り込んでいる。持ってくかい、と差し出された牛頭はもちろん拒否した。本気なのか冗談なのか、好意なのか嫌がらせなのか判断は付かない。

丁寧《ていねい》にじっくりと牛骨を煮込み、別に作った野菜のスープで割ったそれは、昨日飲んだものよりもさっぱりしていて上品な味がした。下街好みの味、上街好みの味と作り分けるあたりに料理人としての技術と矜持《きょうじ》が垣間見《かいまみ》られる。そしてどっちも美味《うま》いのだから堪《たま》らない。

ランタンはスープを飲みきって、ほっとした吐息を漏《も》らした。しかしリリオンは育ち盛りの子供そのものの食欲を見せて、ランタンの余らせた肉にがぶりと噛み付き、栗鼠《りす》のように頬を膨らませ、ぎしぎしと咀嚼《そしゃく》している。

脂《あぶら》に照り光る唇が、ぷっくりと膨らみ柔らかそうだ。

「……ん？」

リリオンの、頬に剃刀《かみそり》を入れたかのように薄かった唇が、今は少し厚みを持っていた。ごっくんと肉を飲み込むと、しかしその頬にはまだ丸みがある。

果実水を一気に呷《あお》って満足気に漏らした吐息が甘く、唇を舐《な》める舌が鮮やかに赤い。

食べた側から力が宿る。

食らった肉がそのまま肉に、飲んだ果実水がそのまま血になったかのように、リリオンの身体《からだ》が一回り大きくなって、女らしい柔らかさを取り戻しつつあった。火を入れた炉にどんどんと石炭を放り込むように、リリオンはテーブルの上に残った料理を食らい尽くしていく。

ランタンと同じように締めにスープを飲む。すじ肉も軟骨も、あるいは白く硬い骨さえも気にせずバリバリと噛み砕き、それら全てをスープで胃の腑《ふ》に流し込んで、リリオンはそのまま眠りに落ちそうな程、幸せそうに目を細めた。

そして慈《いつく》しむような手つきでぽっこりした腹を撫でている。

ランタンはそんなリリオンを引きつりながら見ていた。この世界はランタンにとって不条理で意味不明なものが多かったが、この少女も大概《たいがい》である。

年下なのに背が随分《ずいぶん》と高いことは、面白くはないが理解はできる。だがたった一食で、それも一時間足らずで骸骨戦士《スケルトン》が受肉を果たすのならば、幾つもの迷宮の難易度に致命的な上方修正が施《ほどこ》されることだろう。それは迷宮の摂理《せつり》に逆らうことだ。

今、ランタンの目の前にいるのはやせ細った子供ではなく、すらりとした少女だった。

ランタンは混乱していたが少女のその変容を、何とも探索者向きなことだ、と自分に言い聞かせて納得する。これを疲労の抜けと呼んでいいかは不明であるが、探索においてこの性質は得難い長所であることは間違いない。

ランタンは果実水に手を伸ばし、それが空《から》であったので水筒から水を飲む。

冷たくて美味《おい》しい。視線をリリオンに向けると、少女が手を伸ばしている。

「わたしにも、お水ちょうだい」

そう呟《つぶや》いた唇は脂でぬらぬらと濡れて、唇の端から頬へと赤い汁が伸びていた。

「いいけど、ちょっと待って」

ランタンはリリオンに水筒を渡したが、口を付ける前に濡らしたハンカチで顔を拭《ぬぐ》った。頬はまだ薄いが、やはり柔らかい。けれど顎《あご》の辺りは細く骨張っている。顔をこねくり回すように拭かれるのを、目を瞑《つむ》ってされるがままに我慢している表情は子供のそれである。

「うん、綺麗《きれい》になった」

「うふふ、きれい、きれい」

リリオンが目を開くと、今までよりもはっきりと瞳が生気を取り戻し、視線が交わると笑みが弾けた。淡褐色《ヘーゼル》の瞳に映る自分の顔をランタンは無表情だなと思う。水筒に吸い付く少女に向けて、少し頬を吊り上げてみる。

「さて買い物だけど、どうする?」

「行く!」

間髪容《かんはつい》れずリリオンは声を張り上げ、びしりと手を上げた。

だが立ち上がったのは左手だけで、リリオンの尻はソファに埋まったままである。立ち上がる気配は感じられず、リリオンは自分のことなのに首を傾《かし》げる。

「あれ？」

「満腹で動けないんでしょ？」

「……大丈夫！」

リリオンはそう言ったものの身動きが取れない。脳が未だに己を痩《や》せていると認識して、重たくなった身体に戸惑っているのかもしれない。いや、これは普通に食べ過ぎなのだろう。

ランタンはテーブルを片付けながら苦笑する。

買い込んだ食料は昼飯の名目であったが、余った分は夕食に回そうと思っていた。だがその目論見《もくろみ》はリリオンによって阻止《そし》され、阻止した少女は不可解そうに腹を撫でている。

「まだ日も高いし、少し休んでから出ようか」

「……うん」

「お店は結構遅くまでやってるからね」

「……ランタン」

ゴミを纏《まと》め、テーブルを拭くランタンの背に声が掛けられた。

「なに？」

「どこ行くの？」

「上街の目抜き通りだよ。上街には――」

リリオンは眠たげに首を横に振った。

外より訪れて上街から都市に入るには検問を抜けなければならず、検問はそれなりに厳しいものである。あの男たちでは検問を抜けることはなかなかに難しいだろう。けれど下街からならば、それも簡単であるとは言わないが、その手段は腐る程に存在している。

「……でも、市場は、ちょっとだけ見たわ」

「ああ闇市ね。全然、闇じゃないけど。あれもなかなかだけど、上街の商店街はもっと凄《すご》いよ」

「ほんとう？……ん、たのしみね」

リリオンの目蓋《まぶた》はもう殆《ほとん》ど閉じており、言葉尻は睡魔に溶け伸びている。

ランタンが仮眠を取っている間、リリオンはずっと起きていたようだし、留守番中も眠らずに待っていたらしい。風呂と食事でようやく気が緩《ゆる》んだのだろう。

ランタンはリリオンの手から零《こぼ》れ落ちそうな水筒をそっと抜き取った。

瞬き一つ。その瞬間にリリオンはもう寝息を立てていた。桃色の唇、その隙間《すきま》から響く寝息は穏やかである。夢の中ではまだ会話が続いているのか、それとも更に食事をしているのか。

リリオンの唇が小さく動く。髪と同じ色の睫毛《まつげ》が淡く震えた。

よく寝ている。

ランタンは何故だか少しだけ意地悪さを発揮して、少女の頬《ほお》に生まれた肉を抓《つま》んでみたが、まったく起きる気配がない。ランタンは抓んだ頬を今度は撫で、そっと首筋に触る。血の流れを指先に感じ、ランタンは項《うなじ》から背に手を回す。

「よっと」

リリオンを抱え上げてベッドに寝かしてやった。

食べた料理の重量よりも、なんだか体重が増えているような気がした。腕に残った重みは、昨日肩に担《かつ》ぎ上げた時とは比べものにならない。ランタンはリリオンの小さな頭部の脇に腰掛けて、すうすうと寝息を立てる顔を覗き込んだ。

睫毛が長い。その先端をそっと触ると、擽《くすぐ》ったそうに甘えた声で呻《うめ》いたがやはり起きない。

子供の寝顔。

こんなに背が高いのに、あの言葉は嘘ではないのだろう。

ランタンは内心の葛藤《かっとう》に決着を付けて、それを口に出した。

「九歳の、女の子」

幼い。

けれど、だからといってこの無防備さにランタンは心配になった。

リリオンが身を置いていた境遇は最低に類するものだろう。暴力や、男や、人間そのものを軽蔑《けいべつ》し恐怖を覚えてもおかしくない程に。

ランタンが一瞬、唇を噛《か》んだ。

しかしリリオンは留守番をしていろと言えばきっちりと留守番をしていたし、恥じらいもなく裸になるどころかその身を任せるし、満腹になったらこの有様である。

ランタンは頰を突く。この指に悪意があったらどうするつもりなのか。

この無垢《むく》で天真爛漫《てんしんらんまん》な性格は幼さのためか、それとも生来のものか。どちらにしろ良し悪《あ》しであるが、もし万が一、年齢通りの夢見がちさにランタンを白馬の王子か何かと思い込んでいるとしたら、とても面倒である。どのように対応していいかわからない。

「は」

ランタンはそんな風に考えて、一人で赤面して顔を覆《おお》い、後悔たっぷりな呻き声を上げた。

自意識過剰も甚《はなは》だしい。ただ野生動物の餌付《えづ》けに成功しただけだ。それだけだ。

ランタンは何度も確認するように頷《うなず》いて、それから虚無感に身を委《ゆだ》ね、ふらりとベッドから立ち上がる。

僕も寝よう、とソファへ移動しようとして、もう一度だけリリオンの顔を見つめた。薄く開いた唇の端から透明な涎《よだれ》が垂れそうになっている。野生動物、野生動物とランタンは心の中で唱えながら、涎を拭ってやった。

餌付けした動物を面倒だからと無責任に放り出すのは、それは自分の手で殺すも同然だ。

ランタンは穏やかな寝顔に優しく微笑《ほほえ》み、頰を抓《つね》ってからソファに座り目蓋を下ろした。

頰を抓られたらどうしようかな、と考えながら微睡《まどろ》みに身を委ねる。

第三章

リリオンは陽の光の中を跳びはねるように歩く。ぴょんぴょんと躍る三つ編みが楽しいのか、ふわりと広がった裾《すそ》が嬉しいのか。リリオンは道の先でくるりと回ってみせた。

何だかんだと部屋の中にずっと閉じ込められていたので、ちゃんとした外出は二日ぶりであるらしい。ランタンが結ってやった三つ編みは尻尾《しっぽ》のようで、リリオンは己の尻尾を追いかけ回す犬のようにくるくるとはしゃいでいる。

たっぷりの食事。たっぷりの睡眠。そして陽の光を浴びたリリオンは狭い部屋の中から解放されて更に大きくなったような雰囲気《ふんいき》があった。

空いっぱいに手を伸ばす少女の姿は銀を鈴なりに実らせた花木を思わせる。

「ねえランタン、はやくはやく」

白い腕を振ってリリオンはランタンを呼んだ。

リリオンの脚は長く、その分だけランタンとの歩幅に差がある。そんなリリオンが早足になると、ランタンは駆け足にならなければ追いつけない。今にも走り出しそうなリリオンを宥《なだ》めるのはなかなかに大変だ。

ランタンはリリオンの隣に並ぶと、少女が早足になりそうな気配を察する度《たび》に服を掴《つか》まえて動きを制する。ランタンがちょうどいい位置に垂れる三つ編みを、思わず引っ張ってしまった時などは、リリオンは目を潤ませてランタンを睨《にら》んだ。

陽の下に出ると白かと思っていた髪色が銀であることに気が付く。

白銀の髪は様々に色を変えた。影の中では象牙《ぞうげ》色のように深く、次第に色を濃くする夕日を浴びればその髪は桃色を帯びる。ならば月夜ならば紫銀か、それとも月の白金か。

ランタンは三つ編みをこっそりと指で弾く。

リリオンは背嚢《バックパック》を背負っている。質素なチュニックとは不釣り合いの、身長に見合った大型の背嚢はランタンが外套《マント》の下に隠しているものより一回り大きい。背嚢はそれ自体が迷宮探索用のものであり、またその中身にはリリオンの生活用品もあったが、頑丈な戦闘靴《ブーツ》や探索服などのランタンとお揃《そろ》いのような品々が詰め込まれていた。

相応の重量がある筈《はず》なのだがランタンが大盤振る舞いしたので背嚢は完璧《かんぺき》に荷重を分散させて少女の肩には食い込まない。

「ランタン、次はどこ行くの?」

リリオンの笑顔が眩《まぶ》しくて、ランタンは思わず目を細めた。

だがそれは微笑ましいものを見たという笑みではなく、多分に疲労の混じった苦笑である。人混みをあっちへこっちへと彷徨《さまよ》うリリオンを連れての買い物は、一人気ままないつもの買い出しの倍の労力を要して足らない。

「あとは武器と、寝具かな」

ランタンの部屋には一つしかベッドがない。一日二日ならばソファで座り寝をさせてもいいが、ずっとそれでは可哀相《かわいそう》である。一回り肉付きのよくなったリリオンには一人掛けのソファは窮屈《きゅうくつ》だろうし、身体《からだ》が資本の探索者にとって睡眠の質は死活問題である。

ベッドは無理だろうから、床敷きの寝具で我慢してもらおうか。ランタンが眉根を寄せて悩んでいると、リリオンはそんなランタンに目尻をぽっと赤く色づかせた。

「武器っ、いいのっ!?」

「わっ、何が？」

リリオンは抱きつくようにランタンの腕を取り耳元で叫んだ。ランタンは痺《しび》れる鼓膜と少女の体温に目をぱちくりさせて驚いている。

「急に、もう」

「だって、運び屋《ポーター》は武器持たないのよ」

呆然《ぼうぜん》とするような声音《こわね》に、ランタンは思わず笑った。

運び屋は武器を持たない。正確には自刃《じじん》用の刃物しか持たない、が正解であるが、ランタンはあえてリリオンの言葉を否定はしなかった。運び屋が武器を使用するのは玉砕《ぎょくさい》覚悟か、魔物によって与えられる残酷《ざんこく》な結末に抗《あらが》い、自らに決着を付ける時だけだ。

「探索者になるんでしょ？」

リリオンはあの夜、探索者になりたい、とそう言った。そしてランタンは。

「僕は単独《ソロ》探索者だから運び屋は要らない、だからリリオンは――っ！」

言葉の途中でリリオンは、ランタンを痩《や》せた胸の中に引き寄せてぎゅっと抱きしめた。

ランタンの顔をリリオンの心臓の鼓動が叩く。薄く、けれど柔らかな胸をあっさりと貫くその音色は、リリオンの興奮がそのまま響いて、まるで歓喜を歌うようである。リリオンはランタンの髪に顔を埋めて、犬のように何度も頬《ほお》を擦りつけた。

「ええい、もう離れろ」

ランタンは驚きもしたが、流石《さすが》に微笑《ほほえ》ましく思い少女の頭を優しく撫《な》でてやる。だがやがて本物の犬のように顔を舐《な》めだしそうな程にリリオンの興奮は止まらず、ランタンは慌てて少女の顔を押し退けて引き剝《は》がす。リリオンは一瞬だけ不満そうな表情を作ったが、ぼさぼさになったランタンの髪に気が付くと、慌ててその髪を撫でつけた。

「あう、あの、武器……」

「買ってあげるから。いいから行くよ、ほら」

ランタンは頭を撫でる手を邪魔くさそうにどけて、その手を繫《つな》いでリリオンを引っ張った。

「リリオンは、何か経験はある？」

「……剣」

リリオンは少しだけ寂しそうな表情を作り、おずおずと言葉を続けた。

「少しだけど」

その囁《ささや》きには僅《わず》かばかりの恥じらいがあるような気がした。

探索者を目指していてちゃんとした経験がないことを恥じているのだろうか。けれど探索者の多くは自己流戦闘術の創始者ばかりだから気にすることではない。

　ランタンは少しだけ心臓が早くなるのを感じた。踏み込んでいいのだろうか、と思う。自分が過去を語ることを好まないせいもあり、もう一歩が踏み込めない。何気ない話題が急に重たくなりそうな気がして、ランタンは尻込みをした。言葉を慎重に選び、声が僅かに強張《こわば》った。

「剣、か。どんなのを使っていたの？」

「これぐらいの、すごい重い剣だったわ。えいって一回振るだけで、指がじんじんしちゃって。両手で持ってね、こう」

　リリオンはランタンと手を繋いだまま、両手を広げて剣の大きさを示してみせた。その記憶がどれ程正確かはわからないが、刃渡りは一メートル強。片手用長剣よりは長く、両手用大剣にしては短い。ランタンの頬が引きつったのは、情報の曖昧《あいまい》さのせいではない。

「でも最後には、ちゃんと片手で振れるようになったのよ。……それは、なくしちゃったけど」

　今よりももっと幼い頃に、それを片手で。年齢だけを思えば俄《にわか》には信じがたい。

けれどこの世界では、それがまかり通るのも事実である。

ランタンはそれを己の身体で実感している。そっと腰の戦鎚《ウォーハンマー》に触れた。

　同年代に比べても小さな手。決して肉付きの良いとは言えない細腕。ランタンの腰に下がる戦鎚は、重量にして五キロを超え、その大半は鎚頭《ヘッド》にある。しかし先端に重心の寄った戦鎚をランタンは自在に扱うことができる。

そして武器屋には、この戦鎚など比べるべくもない超大超重の武器が飾られていたりもするのである。それも客寄せの飾りではなく、実用品として。

リリオンもそんな世界に生きる一人なのだ。

「ねえランタンの、その鎚《ハンマー》はどこで買ったの？」

「これは、工房で作ってもらった特注品だよ」

ランタンは腰に下げる愛用の戦鎚を撫でる。その視線は少なからず誇らしげだった。

装飾も何もない戦鎚だが、折れず曲がらずの靭《しな》やかな柄《え》と、何もかもを貫く鶴嘴《つるはし》と、鱗殺《うろこごろ》しと呼ばれる弧を描く打撃面。そしてランタンの爆発能力の行使に耐えることができる堅牢《けんろう》な造りを実現するためにかなりの出費を強《し》いられたものである。

だがそれは命の値段と言い換えてよかった。迷宮探索をする際、この戦鎚を握り締めてどれ程の死地を踏み越えただろうか。

「まあ、これはちょっとお高いよ」

リリオンの命を預ける相棒を探しに行くとはいえ、この戦鎚と同程度のものとなると流石のランタンも気軽に出せる金額ではなくなる。

ランタンはリリオンにある程度の物を見繕《みつくろ》うつもりではいたが、そもそも駆け出しの探索者の多くは倉庫の片隅から引っ張り出したなまくらや、武具店に十把《じっぱ》一絡《ひとから》げに売られている大量生産品で済ませるものだ。あまり甘やかすのも成長を妨げる要因になる。ランタンはどこかで聞いた噂《うわさ》を思い出し、きっとそれは安物に納得をするための口実なのだと思う。

「だけど、話を聞くのはいいかもしれないね」

「え？」

「これを作ってくれた職人さんにさ。向こうは専門家だし、これの整備《メンテ》のついでに助言を貰いにね。どう？」

「うん、……ちょっと聞いてみたい、かも」

「よし、じゃあ通りを抜けるよ」

ランタンが頷《うなず》くと、リリオンは追いていかれまいとして絡めた指の力を強めた。

目抜き通りを行き交う人の往来は、そこを抜けようと思うと濁流《だくりゅう》のような無秩序さを剝き出しにする。自らも濁流の一員である時はただ流されるばかりで気付きもしないが、いざ抜けようとすると人の流れは歩みに絡みつき、雑踏の中に引き摺《ず》り込もうと牙を剝く。

「おいで、遠回りだけど、こっちの方が早い」

ランタンはするりするりと人混みの中から抜け出して、リリオンを流れから強引に引き摺り出した。リリオンは繫いだ手を離したかと思うとランタンの腕にぎゅっとしがみついた。

建物と建物の間隔は狭く、それは猫の通り道のようである。リリオンは空の狭さゆえの薄暗さや、目抜き通りの喧噪《けんそう》が幻だったような静けさに満たされた細道を怖がったのか、ランタンから離れようとはしなかった。

小躯《しょうく》と痩躯《そうく》。腕にしがみつき身を寄せて、二人の脚が絡まり縺《もつ》れそうになる。だがランタンは、少し道幅が開けてもリリオンに離れるようにとは言わなかった。

それは腕に押しつけられる柔らかな感触や、リリオンの温かさに絆《ほだ》されたからではない。

下街と比べればその治安に天と地の差がある上街であったが、薄暗い裏通りには人混みに嫌気が差して道を逸《そ》れたり、迷い込んだりする人々を獲物にしている者たちがいる。

三人の男たちが通路を塞いでいて、ランタンは喉《のど》の奥で小さく笑った。先日の男たちも三人組であった。それが昨今の流行なのだろうか。

暢気《のんき》なランタンとは違い、リリオンは少し怯《おび》えていた。その震えを隠すようにランタンにしがみつく力をいっそう強めるが、それはより強くランタンへ怯えの感情を伝えるだけだった。

リリオンはこの三人の男たちに、先日の男たちを重ね合わせているのかもしれない。

「迷宮の魔物は、もっと怖いよ――」

「わたし、怖くないよ」

視線は男たちに向けたままにランタンがこそりと呟いて、抱きつく腕を放すように促した。

リリオンは口で強がってはいたが、腕を放すまでに時間を要し、それからランタンの小さな背中に隠れた。

ランタンが男たちを見ているように、男たちもランタンたちを見ていた。

値踏みする視線は、確かに先日を思い出させる。いいカモを見つけた、という下卑《げび》た視線である。昨日の今日では会話によって揉《も》め事を回避する気も起きない。

だが下街には下街の流儀があるように、裏通りには裏通りの流儀がある。

それは上下をはっきりさせることだ。できるだけ簡潔に、穏便に、素早く、容赦《ようしゃ》なく。

「——魔物は急に襲ってくるから、ねっ」

魔物は男たちのように舌舐《な》めずりなどしない。

ランタンは一足飛びに間合いを詰めると、真ん中にいた男の腹に有無を言わさずに前蹴りを叩き込んだ。爪先《つまさき》を向ければ文字通りに鳩尾《みぞおち》をぶち抜いていたであろうその蹴りは、手加減として靴底《くつぞこ》で男の身体を押し飛ばしただけである。

男はくの字に折れ曲がり反吐《へど》を吐きながら人形のように吹き飛んで、地面を三度転がってようやく止まった。男はぴくりとも動かないが死んではいない。殺さないことも流儀の一つだ。

残された男たちはにやついた顔もそのままに、反吐に沈んだ男を視線で追って言葉もない。

ランタンが突き出した蹴り脚を下ろし踵を踏み鳴らすと、男たちは弾かれたようにランタンを振り返った。その目には理解の追いつかない呆然《ぼうぜん》とした恐怖が滲《にじ》んでいる。

「選べ。向かってくるか、道を開けるか。三秒待つ」

ランタンが人差し指、中指と順に立てると、その指が目に突っ込まれるんじゃないかと恐れるように目を瞑《つむ》り、二人は横の壁と一体となった。嵐が過ぎ去るのを待つように息を殺した。

素直で大変よろしい。

「行くよ」

ランタンは残りの三指を広げた手をリリオンに向けて、少女がその手を握ると手を引いて二人の男の間を通り過ぎた。

「さっきの見てた？」

「うん、ランタンってすごいね。あんな風に優しく蹴って」

優しく蹴った結果を二人はぴょんと跨《また》いで、その先に歩みを進める。

「普通は見えないいんだよ」

ランタンが言うとリリオンは小さく首を傾《かし》げた。ランタンが振り返ると、リリオンは首を傾げたままに視線の先を追いかけた。

「だからあんなことになってる」

反吐に塗《まみ》れた男は、二人の男たちに介抱されている。乱暴に頬《ほお》を叩かれ耳元で大声で呼びかけられて、結局、意識が戻らず肩に背負われて運ばれていく。暫《しば》くは満足に食事もできないだろう。だが息の根が止まるよりはずっとましだ。男たちにとっても、ランタンにとっても。

治外法権も甚《はなは》だしい下街とは違い、上街で人死にを出せば事件になる。だが、それでもやはりあの程度の暴力沙汰《ざた》は特に咎《とが》めのない日常の一幕である。

幸運なことに裏通りではこれ以上の面倒事には出くわさなかった。

道幅も広がり裏通りから生活道路に抜けて、目抜き通りの喧噪《けんそう》がまた近付いてくる。それに合流することなく、通りの縁を沿うように中区を抜けて、西区へと足を進めた。

工業区域、職人街である。

職人街へ近付くにつれて人々の喧噪は、様々な物を作る音へと変わっていく。

低く断続的に響く機械音や、一定の拍子を刻む機織《はたお》りの音。金属を加工する鎚《つい》と金床《かなとこ》の重奏に、材木を切り出す鋸《のこぎり》の小気味良い断《いなな》き。荷馬車の足音、商品の重みに軋《きし》む車輪。

親方職人の異国語のような響きの指示に、野太い返事が木霊《こだま》する。打ち鳴らしたような怒鳴り声があったかと思うと、破裂するような陽気な笑い声もまた響く。それらがまるで楽団演奏のような一種の秩序をもって奏でられていた。

職人街の通りは目抜き通りと遜色《そんしょく》ない程道幅が広く、人混みがないためにより広々として見える。そこにはかっぽかっぽと荷馬車が行き交っていて、その後を付ける馬糞《ばふん》拾いの孤児や買い付けの商人、ランタンのような探索者の姿もちらほらと散見する。目抜き通りのように目的なく買い物をする人々の姿はなく、ここには目的ある人々しかいない。

通りの左右に連なる工房は、この街で売られている何もかもを製造している。

武具工房の集まる一画では、炎の熱気が立ちこめている。脳髄《のうずい》に叩き込まれるような金属音がそこかしこで鳴り響いていた。熱に乗って響く音が空気に溶け込んでいて、呼吸をする度《たび》に喉が焼けるようだ。

リリオンは三つ編みを鎖骨《さこつ》を通して胸の前に垂らした。

目抜き通りでは気になる物があれば右へ左へとふらふらしていたが、職人街の熱気には怖《お》じけずいているようだった。鍛冶《かじ》職人たちは誰も彼もが油染みて黒く汚れ、炉の熱で炙《あぶ》られた皮膚《ひ》《ふ》が赤く、金槌《かなづち》を振りかぶる背中の筋肉が見事に盛り上がり、顔には男臭《くさ》い髭《ひげ》を蓄《たくわ》えていた。

控えめに言っても鬼のようである。

「リリオン、ここだよ」

ランタンは言って、だが閉ざされた入り口に困ったように眉根を寄せた。扉には鍵がかかっていて、工房の方も奇妙に静まりかえっていた。休日である。だがランタンは探索者としての知覚能力を存分に発揮し、人の気配を察知すると勝手知ったるというように店の裏へと回った。鎧戸《よろいど》を開け放った石造りの工房は、煤《すす》や炎によって重い灰色に汚れている。

そこに金属音は一つもなく、炉もただ暗闇を囲っているだけで、一瞬にして別世界に足を踏み入れたような静寂だけがあった。

静寂の中で一人の老人の顔が煙草《たばこ》の火に照らされた。

「こんにちは、お邪魔していいですか?」

「あ?　おう、坊主《ぼうず》か」

木の椅子《いす》に腰を降ろして、ぼんやりと眠たげにしていた老人はランタンが声を掛けると火の着いたままの煙草を握り潰し、もじゃもじゃの髭に覆《おお》われた顔を向ける。太く嗄《しゃが》れた声を紫煙《しえん》とともに吐き出して、のっそりと椅子から立ち上がった。静寂に椅子の軋《きし》みが混じる。

この老人が工房の主、グラン・グランである。背が低く見えるのはひどい蟹股《がにまた》のせいで、脇の締まらない筋肉が老人を何歳も若く見せる。だが首の後ろでくるんと縛った癖《くせ》のある赤茶の髪は、褪《あ》せたように色を薄くして幾筋も白いものが混じっていた。

「お久しぶりです。今日はお休みでしたか」

「まあな、たまには人も炉も休ませてやらんと」

ランタンが申し訳なさそうに頭を下げると、重たげに片手を持ち上げ、そして掌《てのひら》をランタンに差し出した。煙草の火を握り消して何ともない熟練職人の分厚い掌である。ランタンは腰から戦鎚《ウオーハンマー》を外すとそれを生みの親へと渡した。

戦鎚を受け取ると濃く太い眉の下で、黒目がちの目が鋭く細められた。つつ、と柄を撫《な》で歪みを確かめ、太い指先が鎚頭《ヘッド》の欠けを調べている。ふむ、と煙臭い頷《うなず》きが一つ。

「よく使ってあるな。だが、まだ整備はいらんだろう」

そう言ってグランはランタンへ戦鎚を返し、その視線をリリオンの方へと向けた。厚い目蓋《まぶた》の下で瞳がぎょろりと動き、リリオンの姿を上から下まで品定めするように見回した。

「……また、何とも珍しいもんを連れてるな」

その声には疲れにも似た響きがあった。リリオンはびくりとしてランタンの背に隠れるように小さくなる。ランタンはそんなリリオンを前に引っ張り出して、軽く腰を叩いて勢いづける。

「ほら、挨拶《あいさつ》して」

「り、リリオン、です。はじめまして」

「ああ、俺はグランだ」

リリオンは喉《のど》に詰まった飴《あめ》を吐き出すような辿々《たどたど》しさで、殆《ほとん》ど囁《ささや》くような声で名乗った。

いつもなら熱気の溢《あふ》れる工房には冷気とも言える静けさがあり、髭面の厳《いか》めしい老人は認めた者には自らの作り出した武具を、そうでない者には金槌の一撃を振り下ろす気難しい鍛冶の神が顕現《けんげん》したようである。

怯えるリリオンにグランは髭に隠された口元に苦笑を浮かべた。

「で、今日は何の用だよ。祝儀《しゅうぎ》の催促《さいそく》か？」

ランタンは常に一人で工房を訪れる。そんな少年が少女を伴《ともな》ってきたのだから、これをからかわない手はない。グランが厳めしい顔ながらも瞳に茶目っ気を滲《にじ》ませて、ランタンは呆《あき》れた溜め息を吐き出した。

「武具工房に求めるものはただ一つだけです」

「それもそうだな。中に行くぞ。祝儀は出さんが茶ぐらいは出してやる」

グランは手招いて歩き出し、ランタンたちはグランの背を小鴨《こがも》のように追いかけた。工房を抜けて商談用の応接室に行くのかと思われたが、通されたのは生活感溢れる居間である。休日前に弟子たちが掃除をしたような痕跡があるものの、テーブルの上には昼食かそれとも朝食か、あるいは前夜の夕食の食器が出しっ放しでいかにも男やもめといった感じだった。

「まあ適当に座んな」

言われたがランタンは座らずテーブルの上に散らばる食器を手早く纏《まと》めて流しへ放り込み、台布巾を見つけると清潔そうな水に浸してきつく絞《しぼ》り、食べこぼしを拭き包み、それも流しへ。そして三つの湯飲みをざっと洗い、呆れた視線のグランの向かいに座る。

リリオンに隣へ座るようにと椅子を引いた。

グランは卓上の小型コンロに燐寸《マッチ》で火を入れて、その上に薬缶を載せた。火を消した燐寸を床に捨てて踏み付けて、目分量でどさりと茶葉をぶち込んだ。

「武器はまあいいんだがよ。坊主、その嬢ちゃんはどうしたんだよ？」

グランは厚い胸板が窮屈《きゆうくつ》そうに腕を組んで、太く吐き出した息が髭を揺らす。

ランタンはふと考えを巡らせてみた。どうしたんだと、問いかけを突き付けられると、リリオンとの関係を表すこれといった言葉が思い浮かばなかった。共に探索をする仲間であるのだろうが、何かしっくりこないし、かといって友人というわけでもない。保護した子供、と言うのが最も適しているだろうか。いや、しかし。

「嬢ちゃんよ。嬢ちゃんは、巨人族《ジャイアント》だろ」

頭の中で言葉をこねくり回していたランタンは、グランの言葉の真意を理解できない。

巨人族。そんな種族もいるんだな、と思うだけである。

だが隣でリリオンが罅《ひび》の入った氷のような音を立てた。それは強く握られた拳が軋む音だ。

白い顔を青くして、グランの言葉を肯定も否定もせずに、僅《わず》かに顎《あご》を引いて固まっている。

ランタンはそんなリリオンの顔を見て、視線をグランへと移した。

「坊主、知ってるか？」

「いいえ」

ランタンは首を横に振った。リリオンが何族かも知らなければ、巨人族が何であるかも知らなかった。人族に他の生物が混じったような亜人族たちとはまた別の区分なのだろうか。

しかしそれにしてもリリオンは子供にしては大きいが、いくら何でも巨人というのは大げさだと思う。それもただリリオンが幼体であるためなのだろうか。それともこの世界の巨人は、それなりの大きさなのかもしれない。

「そうか。だからこうして連れてきたんだろう」

「……どういうことですか。何か巨人であることに問題でも？」

グランは顎髭を揉《も》みしだき、たっぷり煮出した茶を湯飲みにざぶざぶと注いだ。三人の誰もそれに手を付けず、黒い瞳がちらりとリリオンを見た。グランの瞳に潜む感情をランタンは読み取ることができなかった。けれど、それは悪いものではないと思う。

「古い種族だ。迷宮が生まれるより以前に、世界を支配していた。人も亜人も何もかもと争って、その全てに打ち勝った。力によって全てを支配していたんだ。神話の時代の話だが、事実でもある。迷宮が生まれ人々が魔精によって力を得るにつれて衰退したがな。今は数も減らして極北にある巨人族の国に封じられて、殆ど人目に付くことはない」

「ふうん」

ランタンは興味なさそうに小さく鼻を鳴らした。

グランの言葉はまだ続きそうだったが、その先の言葉は想像できる。

力によって押さえつけられてきた被支配側の種族は、自分たちを支配していた巨人族に対して決して好ましい感情を持ってはいないだろう。そしてその世界を支配していた巨人族が衰退すれば、その先に待っているのは立場の逆転した差別だけである。

だが起源をこの世界に持たないランタンにとっては、人々と巨人族の確執など何も関係のない話であった。話を聞く限り支配期間は相当に古い話である。神話の時代がいつか知らないが、それをまだ引き摺《ず》っている人間がいるのだろう。その時代を過ごしたわけでもなかろうに、何とも暇なことだ。

ランタンはあからさまな溜め息を吐いて、ふうふうとお茶を冷まし唇を湿らした。

グランがわざわざこの話をしたのは何故だろうか。

例えばグランが偏狭《へんきょう》な巨人族差別主義者でありリリオンを糾弾《きゅうだん》しランタンの目を覚まさせるために、という線はまるっきりない。もしそうならグランは手ずから茶などを入れて卓を囲みはしないだろうし、そもそもそんな面倒くさい性格をしていないことを知っていた。

この厳めしい老職人は弟子たちにはたいそう厳しいのだが、ランタンにはなんだかんだと甘いのである。

「ランタン」

一瞬、名を呼ばれたとは気付けなかった。

ゆっくりと紙を裂くような、掠《かす》れた声でリリオンが名を呼んだ。

「だまってて、ごめんなさい。わたしには巨人の血が、流れています」

どのように言葉を返していいか、ランタンにはわからない。ランタンはそんなことを気にもしなかったし、そもそもそれを言う義務もなければ、自らの出生を謝るなどランタンの常識の埒外《らちがい》である。ぎくりと固まったランタンが言葉を探し迷い、間を埋めるようにグランが聞いた。

「純血統《ピュア》巨人族じゃないのか？」

グランの言葉にリリオンは小さく頷《うなず》く。

「ママが半巨人族《ハーフ》で、お父さんは人族だってママが……」

リリオンはすんと鼻を鳴らして顎を持ち上げた。そこに母親の大きさを幻視しているのか。もしかしたら涙を堪《こら》えているのかもしれない。微《かす》かに震える喉に、ランタンは思う。

四分の一の血統。それは巨人族ではなく人族だろう、とそう思った。だがこの世界ではどうやらそうではないようだ。ランタンがどれ程に無関心であろうとも、それこそこの世界の差別問題とは何も関係のない話なのである。

「ランタン……」

再び名を呟《つぶや》かれてはっとした。

この子は、なんて切ない声を出すのだろう。

「どうでもいい話だよ」

リリオンの口を塞ぐように、ランタンは珍しく声を張って言葉を吐き出した。己の名に続けて吐き出される言葉は少女の口から絶対に言わせてはいけないという確信があった。口から音となって零《こぼ》れ落ちた瞬間に、それは何よりも残酷《ざんこく》にリリオンの心を傷つけるだろう、と。

リリオンの顔色は優れない。表情もぎこちない。テーブルの下で指先が落ちつきなく動いていて、ランタンが手を伸ばしてそれに触れると、やはり氷のように冷たい。

ランタンは抱きしめるように、強くその手を握った。

グランが言いたいのはつまり被差別者を連れて歩くことの意味である。リリオンは自分の存在が掛ける迷惑を先回りしてランタンに謝ろうとした。

ランタンから見れば身長の高い少女でしかないが、グランは一目見て少女が巨人族《ジャイアント》であることを見抜いていた。けれど一通り街を連れて歩いて、少女由来の問題事は起こっていない。チンピラに絡まれたのはむしろ、いかにもちょっかいをかけやすいランタンの外見のせいである。

やはりそれ程気にしなくてもいい。

だが人族と巨人族にはその身長差以外で、見る人が見ればわかる明確な差があるのだ。そしてそれに気付く者が、グランと同じだとは限らないのだ。

グランはランタンの世間知らずさを知っているからこそ、わざわざ忠告をしてくれた。そしてリリオンに告白の機会を与えた。きっと少女にはそれを隠す気などなく、一時浮かれていて、そんなことはすっかり忘れていたのだと思う。

出会いがそうさせたのならば。

ランタンは頰《ほお》を淡く緩《ゆる》め、そして厳めしさの奥に甘さを隠しているグランに無言の謝意を伝える。聞こえる空咳《からせき》はきっと照れ隠しである。

「ああ悪い、つまんねえ話だったな」

「ええ、それよりも武器の話をしましょう」

ね、とランタンがリリオンに顔を向けて笑いかけると、リリオンはぎゅっと手を握り返して、小さく頷いた。

◇◇◇

風切り音は軽薄な口笛に似ている。

ひゅるん、と振り下ろした鋒《きっさき》に音が纏《まと》わり付いていた。

グランがまずリリオンに渡した片手用直剣は鉄製の簡素な造りのものだった。刃渡りは八〇センチに足りず、片刃で背に贅肉《ぜいにく》のような厚みがあり、鋒《きっさき》は切り落として角となっているので刺突《しとつ》に向かない。鍔《つば》はなく、削《けず》り出しの金属柄に革が巻き付けてあるだけだ。

リリオンは右肩担《かつ》ぎの構えから、踏み込みと同時に剣を振り下ろす。その一撃はなかなか様になっていて、続く逆袈裟《ぎやくけさ》からの横薙《よこな》ぎも淀《よど》みない。素振りの度《たび》にひゅるひゅると風が鳴く。

「どう？」

感触を尋ねるとリリオンは残心もへったくれもなく剣を降ろし、躊躇《ためら》いがちに首を振った。

「少し、軽いわ」

リリオンがそう言うとグランが髭《ひげ》の中で低く笑い、ランタンを横目に見る。

「軽いってよ」

その一言にランタンは不満気に鼻を鳴らす。

ランタンは今でこそ戦鎚《ウォーハンマー》を軽々と振り回せるが、過去のランタンはこの鉄剣を振り下ろし床を叩いた。この剣の鋒がないのは、その名残《なごり》である。ランタンは当時の手の痺《しび》れと、グランの重い溜め息を思い出した。

「いちいち言わなくていいですよ。もう」

しかし、その鉄剣をリリオンは軽々と振り回した。やや身体《からだ》が泳ぐのは身体が未だに万全でないためか、それとも鉄剣があまりにも軽すぎるからか。きっとその両方なのだろう。そして、それでもそれなりに見えるあたり、少女の能力の高さが窺《うかが》える。

「ちょっと貸して」

ランタンはリリオンから鉄剣を受け取ると、洒落臭《しゃらくさ》く手首を回し、連続して三度空を斬《き》った。どうだと言わんばかりにグランへと振り返るが、老職人は一瞥《いちべつ》もせず次の剣を用意していた。ランタンは素っ気ない横顔を睨《にら》む。わっと目を丸くするリリオンだけが救いである。

「次はこいつだな」

次の剣も片刃である。鋒に向かって幅広になり、造りは粗野で鉈《なた》を思わせる。だが刃渡りは先程の鉄剣と同じ。重量はおそらく倍に近い。リリオンは再び右肩担ぎの一刀から始めた。

「えいっ！」

声は先程よりも刀身が重いためだろうか。先太りした刀身の重心は先端に寄り、風切り音が先程よりもかなり重い。だが軽々と扱っている。ああこれは。軸足が滑るのは身体ではなく靴《くつ》のせいだ。購入した戦闘靴《ブーツ》を、迷宮探索で降ろそうなどという暢気《のんき》な考えが仇《あだ》になった。

けれどグランはリリオンの素振りを見て唸《うな》っている。

「どうだ嬢ちゃん。……今度は遠慮《えんりょ》はいらんぞ」

グランが腕を組みながら言うと、リリオンは迷うような素振りでランタンを振り返る。ランタンはその視線を更に壁際に立てかけられた無数の剣へと促した。

グランが用意した試し振り用の剣である。刃渡りも重さも形状も様々な剣を用意している。一つ一つを吟味《ぎんみ》するには時間がかかりすぎる程の。

「遠慮しなくていいよ。時間は有限だしね」

「うん。あの、だいぶ、……軽いです」

「だろうな」

グランは呆《あき》れつつも、あっさりと頷く。リリオンの剣が振れすぎているのは一目瞭然《いちもくりようぜん》だった。

次の剣は用意した剣の中で最も刃渡りがあり、ゆえに最も重たい剣である。刃渡りは一メートルを超え、真っ直ぐで野暮《やぼ》ったい造りをしていた。両刃で厚みがある。切れ味はおまけ程度で、殆《ほとん》ど棍《こん》と変わらないのではないかと思う。

柄が短く片手用長剣であるのだが、どうにも不格好だ。重心を整えるためか、鍔と柄頭に後付けの飾りがあり、きっとそのせいだろう。

「てえいっ！」

裂帛《れっぱく》が甲高《かんだか》く、ランタンは少し気が緩《ゆる》んだ。

風切り音は今までと違う。今までが空気をかき混ぜていただけならば、間違いなくこの素振りは空気を斬った。鋒にまで充分な速度が乗って、斬撃は鋭さとともに重さを感じさせる。

このまま迷宮に放り込んでもそこそこの活躍をしそうだ。

ランタンは予想以上の身のこなしに、緩んだ気を引き締める。

迷宮特区や探索者ギルド、あるいは道ですれ違う駆け出しの探索者たち。どこにそんな金があるのか揃《そろ》いの装備に身を包んで徒党を組む彼らよりも、安物のチュニックに身を包み、襤褸《ぼろ》靴《ぐつ》を履《は》いて不格好な剣を振る少女の方がはっきりと輝いて見える。

ランタンもグランも、一心に素振りをするリリオンから目が離せなかった。

リリオンの身体は万全ではない。身体にいくらか肉が戻ったとはいえ、まだ瘦《や》せすぎで骨張っていることに変わりはない。どこにこの長剣を振るう筋肉があるのかと、そう思う。

リリオンの剣舞は見事である。

だがリリオンの顔は晴れなかった。今はまだランタンよりも細い腕をしているというのに、どうやらその剣がまだ軽いらしい。その身に流れる巨人族《ジャイアント》の血に因るものか、黄金のような身体能力だ。きっとその黄金は迷宮を行けば、さらなる輝きを見せるだろう。

リリオンは真一文字《まいちもんじ》の水平斬りで素振りを終えた。振り切った姿の残心は、鼻から息を吐いて霧散する。ランタンはリリオンの可能性に頰を緩めて、しかしグランは深く眉間《みけん》に皺《しわ》を寄せて難しい顔をしている。リリオンから剣を返してもらって、やはり重々しい溜め息を一つ。

「ここに並んでんのは、うちの弟子どもが打った出来損《できそこ》ないだ。なのになあ」

グランは困り顔のリリオンと、ランタンの顔を続けざまに見た。

「ったくどうして探索者って奴は。下手《へた》なもんでも振れちまうから若い職人が育たねえんだよ」

グランの目にも、リリオンの身体能力はやはり探索者並と映ったようだ。それは老職人の荒々しい賛辞であったが、リリオンはおろおろとしてランタンに縋《すが》るような視線を向けた。

ランタンはリリオンに微笑《ほほえ》みかけて、安心させるように腕を叩いた。

「リリオンのこと、探索者だって」

うか、尻にはじんとした熱がある。

「えっ、わっ、わたし、まだ」

ランタンは微笑みを苦笑に変えて、リリオンの尻を引っぱたいた。身体を動かしたせいだろうか、尻にはじんとした熱がある。

「ありがとうございますっ」

吃驚《びっくり》して頭を下げる少女をグランは見た。

「おう。だが、これもまだ軽いんだろう?」

「……はい」

グランは苦笑して、ぐるりと肩を回した。ばきばきと首も鳴らし、リリオンがまた驚く。

「坊主《ぼうず》も嬢ちゃんも、そこのやつ持ってきてくれ。地下の倉庫行くぞ。その方が早そうだ」

グランは長剣を一振り肩に担ぐだけで、残りを若者二人に任せてずんずんと歩いて行った。

ランタンとリリオンは顔を見合わせると、壁に並べられた剣を手分けして両脇に抱えてその後を追った。ガチャガチャとした賑《にぎ》やかさが工房に響く。

「倉庫だって」

「僕も初めてだよ」

追った先にグランの姿はなく、地下へと続く緩やかな階段があった。

階段は暗く、その先は魔道光源《ランプ》に照らされて金属の冷たい匂《にお》いがした。倉庫は乾燥していて、けれど澱《よど》んだ空気が僅《わず》かに重い。広い土間には雑多な武具がぐっちゃぐちゃにしまわれていた。

あるいはぶち込まれている、と言うのが適当かもしれない。

武具は壁際に寄せられていて、土間の真ん中は丸く土俵のようにがらんとしている。

「おう、それはその辺に立てかけといてくれ」

几帳面《きちょうめん》なランタンもこれを整理したいと思えど、しようとは思わない。ランタンはどこに剣を立てかけても雪崩《なだれ》が起きそうだったので、床にそっと降ろした。

「ほら、リリオンのも」

「うん、ありがとう」

ここにある武器はただの在庫ではないだろう。グラン武具工房の仕事ぶりをランタンはよく知っていて、ここにあるものはどれも造りが雑であったり、奇抜であったりした。

こういった武具を装備する探索者を時折見かける。これらも若手職人の練習作だ。けれど練習作とは言え鍛造品《たんぞうひん》。大量生産の鋳造品《ちゅうぞうひん》よりも、もっとも当たり外れはあるのだが、いくらか優れた掘り出し物として武器屋の軒先《のきさき》に並んでいたりもするのである。ここにあるのはグラン武具工房で働く職人の過去の集積であった。

「一から鍛えてやってもいいんだが、時間は有限なんだろ?」

次回の探索までに間に合わせるには、一から剣を造ってもらう余裕はない。

グランは何でもお見通しのようで、熟達の職人の目が二人を見る。がらくたのごとき武具を背に佇《たたず》む老人は妙な迫力があった。魔道光源の光に髪が赤く染まり、老人の顔貌《がんぼう》は炎の中にあるようだ。炎と鉄を支配する老職人は、好きに選べ、と一言言った。

二人が何を選ぶのか、それを楽しむように。

リリオンはそんなグランにガチガチに緊張していて、ランタンはむしろ気楽である。剣を選ぶことよりも、積み重なったそれを引き抜くことの方が神経を使う。

リリオンはおろおろとしてランタンの背中に引っ付いて、突き出された柄々に視線を彷徨《さまよ》わせるが、手が伸びることはない。ランタンはグランの真意などお構いなしに老職人に振り返る。

「ねえグランさん。重いのってどれですか？」

「おっ前なあ……」

嘆息《たんそく》。呆れの視線が一つの柄に移る。ランタンはその柄へと近付く。

「ま、待って」

「ほら、リリオン。これなんかどう？　押さえてるから、抜いてみなよ」

「あう、うん」

そっと引き抜く剣に鞘《さや》はない。壁に突き刺さっていたのかと思う程の刃渡りは一・五メートル程でランタンの身長とほぼ同じである。両刃でやはり造りが厚いのは、薄くする技量がなかったためだろうか。それでいてべたっとした幅広で、素直に真っ直ぐな刀身は、けれど先端だけがひねくれるように反っていた。

「変なの」

鋒《きっさき》を見てリリオンが呟《つぶや》くが、握り心地は悪くないようでぐっと握って頬《ほお》が緩《ゆる》んだ。

倉庫の天井は高い。横方向にも開けた空間がある。

ランタンはグランに視線を向けて、老職人は意を得たりと頷《うなず》いた。

「よし、リリオン。靴替えて。僕と手合わせしよう。その方がわかりやすいでしょ？」

「え、でも、ランタン……」

戸惑うリリオンにランタンは有無を言わせなかった。その手から大剣を奪い取り、ほらほら早くと少女を急《せ》かす。リリオンは急いで背嚢《バックパック》から戦闘靴《ブーツ》を取り出して靴を履き替え、ランタンは視線を彷徨わせて武具の中から丁度《ちょうど》良い長さの革紐を見つけ出した。

「ちょっと屈んで、腕開いて」

ひらりと腕に纏《まと》わり付く袖《そで》を襷《たすき》掛《が》けにしてやって、ランタンは少女の肩を叩く。

「さあ、やろうか」

ランタンはリリオンに剣を返し、距離を空けると戦鎚《ウォーハンマー》の留め紐を解く。

戦鎚を握り、手首を回す。戦鎚はまるで腕の延長である。

爪先《つまさき》を金属で補強した黒革の戦闘靴は新品で足にはまだ馴染《なじ》んでいないかもしれないが、襤《ぼ》褸《ろ》靴と比べれば天と地の差。ランタンの靴と同様のもので、臑《すね》の半ばまでを覆《おお》い足回りを固めてくれる。リリオンは剣を構えて、鋒をランタンに向けた。

迷いのある剣だ。鋒が風に煽《あお》られるようにふらふらとして定まらない。もしランタンを斬《き》ってしまったら、などと考えているのだろう。鋒にも表情にもその躊躇《ためら》いが透けて見えた。

当たり前の心配であるし、その優しさは美徳である。

けれどランタンは意地悪く、それでいて拗《す》ねるように口元を歪めた。

やはり容貌《ようぼう》のせいだろうか。グランの髭《ひげ》が羨《うらや》ましい。

「僕のことちょろいとか思ってる？」

「――ちがっ」

「斬れると思ってるから、どうしようか迷ってるんだ」

「ちがうよ！」

「じゃあ本気でおいで」

ランタンは無造作《むぞうさ》に鋒へ向かって突っ込んだ。流れるがままに戦鎚《ウオーハンマー》を脇に構えて、体勢は地を這《は》うように低い。ランタンは今に振り上げるぞと、戦鎚を握る右腕をぴくりと。

反応は良い。

リリオンが反射的に大剣を右肩に担《かつ》いで、跳ね返るような上段斬りにはやはり迷いが。ランタンは蛇行《だこう》する斬り落としをするりと潜った。そして左の手でリリオンの肩をぽんと押した。

「あわっ」

「お、転ばなかったか。残念」

後ろに踏鞴《たたら》を踏んだリリオンが転びそうになってどうにか持ち堪《こた》えて、前傾姿勢に。

ランタンの見え透いた挑発に怒ったわけではない。だが少しばかりやる気になってくれたようだ。ランタンはリリオンを追って、振り下ろされた大剣の鍔元《つばもと》に突き上げるような蹴りを入れ、振り抜いた蹴り脚の勢いに腰を切った。

旋転。跳ね上がった踵《かかと》は牽制《けんせい》だったがリリオンは慌てて大きく仰《の》け反《ぞ》る。ランタンは最後の仕上げとばかりに戦鎚を振るった。

当てはしない。だが出会ったときのように。

リリオンの鼻先を風が舐《な》めるように振るった戦鎚は、しかし微風すらリリオンの顔に浴びせることはなかった。本能がそうさせたのかリリオンは弾け飛ぶように後退して、奥歯で恐れを噛《か》み殺した。リリオンはランタンに向かって突撃してきた。

刺突。ぼっと大気に穴が穿《うが》たれ、鋒が霞む程の速度で繰り出された突きは、しかし戦鎚の柄を滑り、逸《そ》らされた。だがリリオンは逸らされた鋒を力ずくで修正しようとする。前のめりに流れる身体《からだ》を押さえつけて、ランタンを吹き飛ばす勢いで横に薙《な》いだ。

「わっ」

純粋な驚き。ランタンは自ら後ろに飛んで後退し、追撃の振り下ろしを避けた。なんという力の強さ。実際に受けてみてあらためて思う。一呼吸を置く間もなく跳ね上がろうとする鋒を戦鎚で押さえ込み、動き出しを制されたリリオンは体勢を崩す。

ランタンは再び懐《ふところ》に飛び込んで、左手を拳に固めた。斜め下から突き上げるような肝臓打ちを繰り出して、リリオンはどうにか腕を出して拳を防いだ。

撫《な》でるような、ただそっと置いただけの拳にリリオンは恐れていた表情をぽかんと惚《ほう》けさせ、ランタンはその隙《すき》に少女の頬を撫でて汗を拭ってやると余裕綽々《しゃくしゃく》に距離を取った。

遠間から微笑《ほほえ》み一つ。

本気を出せば裸拳《らけん》であろうと腕ごと肋骨《ろっこつ》を砕き、肝臓だけとは言わず内臓を破裂させ、背骨を圧《へ》し折ることとも可能である。

だが当たり前だがそんなことはしない。リリオンを乗せるためとはいえ、戦鎚《ウオーハンマー》の一撃は少しやり過ぎだったかもしれない。ランタンがくるりと戦鎚を回してみせると、リリオンはいじけたような、照れるような顔をして、結局は怒ったように頬を膨らませた。

「どうしたの？　顔怖いよ。気楽にやろう、遊んであげるからさ」

ランタンは気取って指先でちょいと手招きをした。

リリオンの肩から力が抜けた。膨らませた頬をゆっくりと時間を掛けてへこませて、息を吐ききった瞬間に地面を蹴った。視線が真っ直ぐランタンを捉えている。

鋭く滑らか。斬り落としから始まって、逆袈裟《ぎゃくけさ》、横払い。反撃の戦鎚を長身を折り曲げて潜り、斬り上げ。途中で止めて、刺突《しとつ》へと。剣撃はどれも必殺と呼んでいい一撃で、だというのに避けられても、どんどんと次へ繋《つな》がっていく。

恐ろしい程の膂力《りょりょく》に物を言わせた戦い方だ。慣性の法則を力任せに引き千切《ちぎ》っている。それはきっとリリオンが未熟なためか。あるいは、これでもまだ膂力が足りていないのかもしれない。なんとなくそんな気がした。

「おっと！」

余計な思考一つで首が落とされそうだった。リリオンの身のこなしは先程までとは段違いで、ランタンの実力を信用してくれているのはいいのだが、幾ら何でも遠慮《えんりょ》がない。

リリオンの剣はがむしゃらに振り回しているだけのものではなかった。

ランタンは大振りの横薙ぎを誘い、それを躱《かわ》す。斬り返しがくる前に懐《ふところ》に入り、剣の腹に掌打《しょうだ》を浴びせた。急停止させようとしていた剣が再加速して、少女の身体を引き摺《ず》った。リリオンの腹部は捻《ねじ》れて無防備だ。

ランタンはその無防備な腹に、軽い膝蹴りを放った。しかし直撃は少女の左の掌に阻《はば》まれる。

リリオンはそのまま左腕を振り払って、ランタンを押し返した。

「うん」

やはり、予想通りだ。

ランタンは乾いた唇をちろりと舐めて、一転して攻め始めた。リリオンが体勢を立て直す間もなく間合いを詰めて、どうにか構えた鋒《きっさき》を軽く払う。

戦鎚はあくまでも牽制《けんせい》用。リリオンが焦って攻守を交代しようとするところを挫《くじ》き、隙を生み出してはそこに徒手《としゅ》格闘を滑り込ませる。

「ひゃ、はぅ、やっ」

完全に後手に回ったリリオンはランタンの攻撃を必死で凌《しの》いでいる。

リリオンは剣を構える右ではなく、素手の左をランタンに差し出している。今もまたランタンの中段蹴りを左手で払った。剣でランタンを傷つけまいとする配慮ではなく、それは癖《くせ》だ。

工房までの道すがらリリオンは言っていた。

どうにか剣を片手で扱えるようになった、と。つまり片手で剣を振るわなければならない理由が、左手を空ける理由があったのだ。例えば楯を装備するために。

「そう、れっ！」

戦鎚《ウォーハンマー》を突き出す。リリオンはやはり左の掌で受け止めて、払い除けるように逸らす。ランタンの右半身が開いて、そこに活路を見出《みいだ》したリリオンが遠慮無用の剣を振り下ろした。

「――はい、お終《しま》い」

「……え？」

ランタンは握手するような気軽さで、リリオンの右手を柄ごと握って振りを止めていた。ぴくりとも動かない腕にリリオンはまるで理解が追いつかず、目をまん丸にしている。ランタンはそんなリリオンの掌から、そっと剣を抜き取った。柄に少女の体温が残っている。

ランタンは土間に剣を突き立てて、背嚢《バックパック》から水筒を取り出して喉《のど》を潤し、リリオンへと。

「はあ、ふう、ふう、ありがとう……」

　リリオンは思い出したように荒い呼吸を吐き出し、浴びるように水を飲んだ。ランタンは少女の身体から革紐の襷《たすき》を解いてやり、少女は汗といっしょに濡れた唇を拭う。そしてそのまま裾《すそ》をはためかせて扇《あお》ぎ、服の中に空気を入れている。

　ランタンが、はしたないと注意しようとすると、リリオンはそれを察したのか裾から手を離し、己の掌をじっと見つめた。左手を閉じたり開いたりしている。

　最後の戦鎚を受け止めた衝撃で痺《しび》れているのだろう。

「当たり前だよ」

　ランタンは呆《あき》れを込めて呟いた。手加減としていたとはいえ、戦鎚は質量の塊《かたまり》である。速度が乗っていなくとも、ただゆるゆる動くだけでも充分な凶器であった。

　そしてこれが魔物の一撃であるのならば当然、手加減などは望めない。

　ランタンはリリオンの手を取って、表情を確かめながら手を揉《も》んでやった。

「痛い？」

「ううん、大丈夫」

　掌には花が咲くような赤さがあった。骨に罅《ひび》が入るわけでもなく、痣《あざ》になる程でもない。ただ少し熱を持っているだけだ。掌だけではない、左の前腕にも幾つか薄い紅斑《こうはん》が浮かび上がっている。肌の色が白いので桃色が赤に見える。ランタンの手足を受け止めた証《あかし》だ。

　その手段はどうであれ、実際にリリオンはよくやった。

厳《いか》めしい老職人は頬《ほお》の緩《ゆる》みを誤魔化《ごまか》すようにして髭《ひげ》を揉《も》んでいた。のしのしとリリオンに近付いてくると、どかんとその背中を叩いて少女を驚かせている。

「ひゃっ!?」

「用意すんのはむしろ楯の方だったな。いい動きだった、坊主《ぼうず》の最初なんてそりゃもう酷《ひど》――」

「グランさん！」

ランタンが睨《にら》むと、グランは肩を竦《すく》めて視線を武具の山へ移した。

「もう、――ねえ、あれがリリオンの戦い方？」

「……うん」

リリオンはおずおずと頷《うなず》く。

左手に楯を、右手に剣を。体勢は左前で楯を突き出し、剣は右肩担《かつ》ぎ。足は地面にベタ付けで、それでいて重心はやや前に置く。相手の攻撃は受け止めるよりは受け流し、あるいは楯を打ち付けるように押し返す攻勢防御。そうして体勢を崩したところに必殺の一撃を叩き込み、外したとしてもその馬鹿げた身体能力によって次撃が飛ぶ。

ランタンはリリオンを軽戦士《けいせんし》かと推測していたのだが、少女の類希《たぐいまれ》なる反応速度は動き回るためのものではなく、相手の攻撃をぎりぎりまで引きつけて見極めるためのものらしい。

「ああ、もう」

ランタンはまだ息の荒く頬を上気させているリリオンの横顔を眺めた。

「おい坊主、嬢ちゃんに見惚《みほ》れるのもいいが楯探せ」

「――見惚れていません」

「しかし嬢ちゃんの戦い方だと大楯がいいだろうが重戦士《じゅうせんし》はあんまり流行じゃねえんだよな」

「流行がありますか」

「ああ、ある。重戦士は昔っからあんまり人気ないな。重いし、暑いし、高えしな。四〇年ぐらい前から坊主みたいに馬鹿みたいな軽量装備が流行《はや》って、まあそんときゃ死者が増えるだけですぐに廃《すた》れたが。それでもまだ軽めのが流行ってるな」

「僕のこと流行遅れだって言ってます？」

「言ってねえよ」

ランタンの装備は探索者とは思えない程の軽装である。暗色の戦闘服に防刃耐魔の外套《マント》を羽《は》織《お》るだけで、鎧《よろい》の一つも身に付けてはいない。ランタンが侮《あなど》られる要因の一つでもある。

「ねえ、あれは？」

くだを巻く二人に息を整えたリリオンが山の一角に指を差した。

「お、いいのがあったか？　やっぱり自分の武器は自分で選ぶと愛着も違うからなあ。おら、ランタン持ち上げろ」

「人使い荒いなあ、僕お客なのに」

ランタンはぶつくさ言いながらも武具山を観察する。中途半端に持ち上げると連鎖崩壊を起こしそうだ。ランタンはじろじろと山を眺めて、両手を隙間に差し込むと武具山を一纏《まと》めにごっそりと持ち上げた。

「さすが坊主。ご苦労さん」

「そう思うなら整頓《せいとん》しましょうよ」

楯を引き抜いたグランはランタンを労《ねぎら》い、リリオンは自重の倍程を軽々と持ち上げるランタンに感嘆を漏《も》らした。リリオンにもきっとできるが、少女はそんな自分に気が付いていない。

なのでランタンは自慢げに笑っておいた。

「嬢ちゃん、どうだい？」

「かっこいい、——ランタン」

グランの問《と》い掛けに、少女がぽつりと呟《つぶや》いた。

きらきらの視線に晒《さら》されてランタンは思わず照れた。何も言えず視線を泳がせて、にやつくグランの面《おもて》に冷静さを取り戻す。

「何を当たり前のことを」

「うん」

冗談めかして誤魔化《ごまか》そうとして、リリオンは素直に頷く。ランタンの澄まし顔、その耳の先だけがやはり赤い。これ以上見られると赤くなるのは耳ばかりではない。

ランタンはきらきらの視線をあからさまに大楯へと誘導した。

「こいつはもう辞めた奴の作だな。まあまあ筋はよかったから、そんなに不出来なもんでもない。ま、さっき言ったみたいに流行遅れで売れなくて、それが理解できなかったんだろうなあ」

大楯は一枚の厚い鋼《はがね》を成形した無骨なものであったが、その形状は爪のような縦長の逆三角形をしていた。上辺から柔らかく丸みを帯びて二辺が伸び、楯の内側には持ち手が複数付いていて、握り込むことも腕に嵌《は》め込むこともできるようになっている。

そしてそれは楯でもあって、鞘《さや》でもあった。上辺に隙間があり、そこに収めるべき剣はない。

「剣だけ売れちまったんだろう。その大剣も長さは変わらんし、身幅を詰めて鋒《きっさき》も作り直してやるよ。ま、取り敢《あ》えず持ってみな」

グランが下端を地面に引き摺《ず》るようにして両手でリリオンに渡すと、少女はそれを片手で持ち上げてみせた。それを見てランタンもグランも唸《うな》った。大楯はランタンをすっぽり覆《おお》い隠す程の大きさがあり、腰を落とした左前に構えるとリリオンの姿は殆《ほとん》どが隠れる。

「ちょっとだけ、……重い、かな？」

リリオンはそんなことを言ったが、楯を押し出し、振り回す様子にはまだ余裕があった。

「ね、剣もいっしょに使ってみせて」

「……うん」

ランタンがお願いすると、リリオンは下唇を噛《か》んで恥ずかしそうに頷いた。けれどその先の剣舞は何一つ恥じることのないものだ。振り回される大剣と、連動する大楯。断頭台の一撃を思わせる剣撃もさることながら、大楯による追撃が凄《すさ》まじい。

不意にリリオンが剣舞を止めて、ちらりとランタンに視線を向ける。視線が合って、どうしたの、と目で問うとリリオンはその視線を下へと逸《そ》らした。

「……そんなに見られると、はずかしいわ」

そう言われて今度こそランタンはかっと頬が熱を持つのを感じた。

ランタンは確かに瞬きするのも忘れてリリオンを見つめていた。リリオンに荒削《けず》りな部分は沢山《たくさん》あったが、しかし動きを一つ確かめる度《たび》にそれが少しずつ改善されていくのだ。母親が少女の髪を梳《す》き、頬に紅を塗ってやり、綺麗《きれい》な服を着せてやるように。少女は段々と美しくなる。

リリオンに剣を教えたのは、きっと。

「あ、ごめん……」

気の利《き》いた言葉の一つも出なく、ランタンは咳払《せきばら》いをして無理矢理に場の空気をかき混ぜた。グランのからかうような視線はいっそうあからさまになっていたが、それはもう無視するしかない。下手《へた》に突っかかっても、きっと状況を悪くするだけだ。

「リリオン、それはどうだった？」

「とっても、すてき。ちょっとだけ重いけど、すぐになれると思う」

リリオンははにかんで満足気に頷き、ランタンは頬を緩めた。

「よし、じゃあ決まりだね」

頷き合い、揃《そろ》ってグランへと視線を送った。老職人は、きちんと親方職人の顔をして頷く。

「握りが少し細いだろ。ちょっと手見せてみな。うん、革巻きの調整でどうにでもなるな。嬢ちゃんは身長《たっぱ》が一八三、四だから。坊主よりも四〇ぐらい——、冗談だよ。三〇ぐらいでけえのか。剣は殆ど詰めなくてもいいな。あとは——」

既に出来上がっている大剣大楯はここからグランがリリオンに合わせて調整をしてくれるようだ。半注文品とでも言うような半端な品であるが、大量生産品に比べれば値段は遥《はる》かに高価であるし、親方職人であるグランが手ずから仕上げるとなると下手な特注品よりも高くつく。

リリオンはグランにあれこれと使い心地について聞かれ、何か要望はないかと脅《おど》すように問われていた。リリオンはあわあわとしてそれらに答えていたが、最後の最後で怖《お》じ気《け》付く。

「でも、こんなにいいものだと……」

チュニックの裾《すそ》を握って、遂には俯いてしまった。ランタンは少女の視界に入り、見上げる。

「安いものだよ。リリオンのためなら」

ランタンはリリオンの顔を真っ直ぐに見つめた。

次回の迷宮探索の日取りが決まっていなかったら、きちんとリリオンのためだけに武器を新調してもいいとさえ思い始めていた。リリオンが大剣と大楯を構える姿は実に様になっており、ランタンは見惚《みほ》れていたことを認めざるを得ない。

それは金貨の輝きとは比べるべくもなく、ランタンにとっては魅力的なものだった。

グランに手付金を支払って、工房を後にするとすっかりと陽が落ちていた。

街灯の光が通りの脇に並んでいて、道行く人々の影を地面に淡く焦がしている。

ポーチの中身は軽くなったが、グランは幾らかもおまけをしてくれた。

結局の所、大剣も大楯もグラン武具工房にとっては不良在庫のようなものであったし、高額商品を躊躇《ためら》うことなく購入できるランタンは工房にとって上客である。それにリリオンが探索者として今後を期待できることを示したことも、グランの贔屓《ひいき》を受ける一つの理由になった。

稼《かせ》ぎの良い探索者は金の卵を産む鵞鳥《がちょう》に等しい。囲い込むことができれば工房にとってはこれ程の幸運はそうない。

グランに支払った手付金、そして明日の引き取りまでに必要な後払いの代金も想定よりもだいぶ安いものとなった。だがそれを見たリリオンは非常に慌て混乱した。支払いに使用された大金貨は探索者の貨幣《かへい》とも呼ばれる。額面が大きすぎて一般には殆ど流通していないのだ。

探索者をするのならば、この程度のことで取り乱してしまっては困る。

大剣大楯は駆け出しの探索者が使用するには申し分のない装備であるが、せいぜい中位探索者が使用する程度のものだ。場合によっては一度の探索で買い換えとなることだってある。装備だけではない、飲んでお終《しま》いの魔道薬などにはより高額な商品もありきたりに存在する。

探索者は稼ぎも良いが、出費も多いものである。そんなことはよく知られている筈《はず》だ。

節約を美徳であるとランタンは思っているし、無駄遣いは改めるべきだが、必要な物品に必要な金銭を支払うことを惜しむべきではない。

異邦人であるランタンも常識のある方ではないが、リリオンもまた似たようなものだった。

この少女はどのような生活を送ってきたのだろう、とふと思った。四半巨人族《クォータージャイアント》の少女。グランが言った極北にある巨人族の国からやって来たのか、それとも別の国で育ったのか。剣舞を見るに半巨人族の母親に育てられたのだと思う。では人族の父親はどうしていたのだろうか。なぜ旅に出たのだろうか。探索者になりたい理由は。

疑問は多くあったが、ランタンはそれを尋ねなかった。半生を根掘り葉掘り聞くにはまだ出会ってからの時間が足りなかったし、聞いてもあまり愉快なことにはならないだろうな、という予感があった。語るを聞くのは吝《やぶさ》かではないが、問い質《ただ》すような真似《まね》は好みではない。

ランタンとリリオンは夜市を歩いていた。昼の喧噪《けんそう》とはまた別の猥雑《わいざつ》な賑《にぎ》わいがそこにある。

ランタンはその喧噪から抜け出すために落ち着いた雰囲気《ふんいき》の飯屋にでも入ろうかと誘ったが、リリオンがその店構えに物怖じをした。大剣大楯を買うことは納得させたが、リリオンはランタンに金銭を支払わせることに敏感になっていた。飯屋は大衆店と言って差し支えないが、古くから商売しているのだろう、よく手入れされた店構えにはそれなりの貫禄《かんろく》がある。

空腹も疲労も多少はあったが、嫌がる少女を無理に店へ引き摺り込む程ではない。食事は気兼ねなくとるのが一番だ。それに夜市の屋台飯も悪いものではない。支払いが銅貨ならばリリオンの気兼ねも少なくて済むようで、それでも健啖家《けんたんか》の少女にしてはやはり遠慮《えんりょ》がちである。

リリオンは果実水を片手に鶏のもも肉に齧《かじ》り付いている。焦げた皮がぱりぱりと音を立てて、その下からは脂《あぶら》と肉汁が溢《あふ》れ、唇から顎に汁が滴《したた》った。

「服、汚れるよ」

ランタンはリリオンの横顔に手を伸ばし乱暴な手つきでそれを拭い、汚れた親指をちろりと舐《な》めた。塩の効《き》いた脂の味だ。リリオンは羞恥《しゅうち》している。世話を焼かれるのは恥ずかしいのに、頬《ほお》をいっぱいに膨らませて食事をする様を見られるのは平気なのか、と不思議に思う。

「……まみまもう」

ありがとう、と言っているのだろうが口に肉が詰まったままなので、はもはもと言葉にならない声で喘《あえ》いでいる。ランタンはそれを聞き流しながら、刻んだ牛肉と香味野菜が入った粥《かゆ》をスプーンに掬《すく》い、ふうふうと冷ました。香りも良く、米が出汁《だし》をたっぷり吸っていて美味《うま》い。

「ねえランタン、ランタン……」

「はふ？」

表層は冷ましたが、粥が内包していた熱を口腔《こうこう》に溢れさせた。ランタンは口を半開きにしてリリオンを見上げた。大きなもも肉はもう殆ど骨に変わっていた。口の中で軟骨を飴《あめ》のように転がしている。

「ランタンは、どうしてわたしに優しくしてくれるの？」

「やさしい、の？　僕が？」

ランタンが聞き返すとリリオンはじっと見つめながら頷いた。ランタンは眉根を寄せて唸《うな》る。自分がリリオンにしたことは何だろう、とそう思い返した。保護して、洗って、衣服を用意して、飯を食わせた。確かに見ず知らずの人間にするようなことではなく、同情にしては金額が高くついているような気もする。だがそれを甘いとは思っても、優しさかはわからない。

「わたし、ランタンの運び屋《ポーター》になりたいって、そう思ったとき、……こんな風にいろいろしてもらえるなんて、思わなかった」

リリオンは肩を揺らして背嚢《バックパック》を背負い直した。

「今までみたいに、あのまま迷宮に行くんだって、そう思ってたの」

リリオンは変化に戸惑っているようだった。

夜風に身体《からだ》を撫《な》でられて、満たされた食欲に今度は安心ではなく不安に気付いたのだろう。それは自分を振り返る余裕と言ってもいいのかも知れないが。

リリオンにとってはあの境遇が普通のことだったのだ。

「あんな格好でついてこられても――」

そしてランタンにとってもリリオンへしたことは普通のことだった。

「――足手まといになるだけだよ」

それがリリオンの求める答えではないことがわかっていたが、ランタンはそれだけ言うと粥を掻《か》き込み、熱っぽい息を吐いた。首筋が、ぽっと耳が赤い。

ランタンが口にした答えは、あながち嘘でもない。

ランタンは単独探索者だったが、二人以上で迷宮に潜るのならば帰還もまた二人で、と考えていた。探索班の中には、死者が出る状況を予《あらかじ》め織り込むこともざらにある。

ランタンが探索中の迷宮は単独探索のためにある程度の余裕を取ってはいたが、低難易度のものではない。リリオンの身体能力を評価するのならば迷宮探索にも足りるだろうが、不測の事態というものは往々にして存在する。ランタンも充分に気を付けるつもりだったが、装備によって生存率が上がるのならばそれに越したことはない。

どれだけ素振りが上手《うま》くとも、体格は戻っていないし戦闘に参加させるかは迷いどころだ。

「探索は、明後日《あさって》だよ」

「ほんとう!?」

ランタンが告げると、リリオンはごっくんと軟骨を飲み込み、手を叩いて喜んだ。

これで言葉を撤回することはできない。ランタンは、リリオンと迷宮に行くのだ。

明後日というのは引き上げ屋《サベージャー》との契約である。それをずらすには違約金が必要であったし、一方的な契約の変更は引き上げ屋に多大な迷惑を掛けることである。他の探索班との兼ね合いもあって、タイミングが合わなければ次の探索がずるずると先延ばしになることもあった。

「あ」

「どうしたの?」

引き上げ屋に迷宮へ降ろす人間が一人増えたことを告げなくてはならない。

追加料金は幾らになるだろうか。ランタンにはそれを支払った経験がなかったが、残金には余裕がある。ランタンはちらりと時計を確認した。まだ引き上げ屋は営業しているだろうと思う。だが引き上げ屋は迷宮特区の外周沿いに店を構えていて、通りからは距離があった。

「引き上げ屋？」

「うん、通りから外れるから。まだ食べたい物があったら買っておいで」

リリオンはすっかり骨だけになったもも肉の残骸に視線を落として、ランタンから与えられた銅貨を握り締めて頷《うなず》いた。ランタンは空《から》になった粥の器を捨ててくるように頼んで、視界外にまで行かせるような真似《まね》はしないがリリオンを送り出した。

左右の屋台にきょろきょろとしている様子はいかにもなお上りさんだ。ランタンはリリオンがちゃんとできるかも見ていたが、送り出したくせに掏摸《すり》や何かに目を付けられないだろうかと心配だった。下街であるのならば面倒事は物理的に解決してお終《しま》いだが、路地裏ならばまだしも、上街のこんな人目である場所でそんなことをしたら衛士《えじ》がすっ飛んでくる。

とは言えリリオンから盗めるものなどたかが知れている。背嚢《バックパック》に収められた探索用品は掏り盗るには大きすぎたし、少女の全財産は握り締めた数枚の銅貨しかない。その銅貨もたった今クレープと引き替えられて、ランタンはほっと胸を撫で下ろす。

「おまたせっ。ランタン、ちゃんと買えたわ！　ほら！」

小走りに戻ってきたリリオンは両手に一つずつ持ったクレープをランタンに見せつけた。薄焼き生地に豚肉と芋《いも》、溶けたチーズに胡椒《こしょう》がたっぷりと。刺激的な香りに唾《つば》が出る。

「はい、一つはランタンのよ」

「ありがとう、リリオン」

「ふふ、どういたしまして」

受け取ったランタンにリリオンはお姉さんめかして微笑《ほほえ》んだ。クレープを一人で買えたことが嬉しいようで、くすくすと笑ってクレープに齧り付く。チーズが長く長く伸びる。

ランタンもクレープを食べながら、リリオンの手を引いて通りから抜けた。リリオンもだいぶ人混みには慣れたようだが、食べるのと雑踏を歩くのを同時進行はできないようである。

リリオンはクレープに集中していて歩調が遅く、ちょんと手を引くとその度《たび》に小走りになってランタンに並ぶ。何度かそんなことを繰り返しながら人混みを抜けると、ランタンは一息吐いた。道行く人の数が減るにつれ、設置された街灯の間隔が広くなり道幅が僅《わず》かに狭くなる。

薄闇の中を進んでいく。

なんとなく手を離すタイミングを逸してしまった。

道幅は狭くなったが、それ以上に人気《ひとけ》がなくなり肩がぶつかるようなことはないし、暗闇も足元が見えない程ではない。路地が入り組んで道に迷うこともなければ、ただ真っ直ぐに迷宮特区の周壁を目指せばいいだけだったもうリリオンの手を引く理由はない。だが離す理由もない。

ランタンがリリオンの顔を見上げると、少女は無邪気に笑った。

「これ食べる？」

リリオンはすっかりクレープを食べ終えており、ランタンは半分程を残していた。クレープは美味《おい》しいのだが、たっぷりの脂《あぶら》が乗った豚肉やほくほくした芋はランタンの胃に少し重い。

「いいのっ？」

「うん、もうお腹いっぱいだし。はい、あげる」

「わあ、ありがとう」

リリオンは差し出されたクレープにがぶりと齧り付いた。ランタンは予想外の出来事に思わず目を丸くする。リリオンは首を伸ばしてランタンの手ずからクレープを囓る。塞がっているのは片手だけであり、身長差のせいでなかなかに難儀《なんぎ》しているがリリオンは楽しそうだ。

ランタンはリリオンが食べやすいようにクレープを高く掲げてやった。最後、リリオンがクレープごとランタンの指先を淡く食《は》んだ。

◇◇◇

程なく周壁の威容が露わになった。伸しかかってくるような圧迫感のある白亜の壁。迷宮から魔物が溢れた際に街への侵入を防ぐための周壁は恐ろしく分厚く、背が高く、継ぎ目もなくぐるりと円を描いて、その内に迷宮を封じている。八方には塔が一体となって天に迫《せ》り出し、南東、南西の二つの塔からは上下の街を隔《へだ》てる隔壁《かくへき》が伸びている。

上街側では、周壁と向かい合うように引き上げ屋《サベージャー》がずらりと軒《のき》を連ねている。

「これ、ぜんぶ引き上げ屋さん？」

「そうだよ」

リリオンが左右を見渡して、軒先にぶら下がった看板を指差した。ランタンも数えたことはないが一〇〇軒近くあるだろう。特区の中には数多《あまた》の迷宮があって、それに挑む探索者の数を思えば引き上げ屋の数は少ない程だ。事実、周壁の向かいに店を構えている引き上げ屋は一等地を押さえた幸運な店であって、この近隣にはまだ多くの引き上げ屋がひしめき合っている。

ランタンはリリオンの手を引きながら外壁に沿って歩き始める。

多くの引き上げ屋はまだ営業中で、覗《のぞ》き窓からは光が零《こぼ》れていた。けれどぽつぽつと光の筋に歯脱けがあり、ランタンは懇意《こんい》にしている引き上げ屋は大丈夫かな、と足取りを速めた。

「ああ、よかった。やってるやってる」

「あそこ？」

「うん」

ランタンの視線の先をリリオンが指差した。そこには蜘蛛《くも》の輪郭《りんかく》を切り抜いた看板がぶら下がっていて、覗き窓からは光が零れて営業していることを告げている。

引き上げ屋は営業詰所とその脇に起重機《クレーン》の車庫が並んでいる。

引き上げ屋にとって起重機は最重要の仕事道具であり、これを失うことは店じまいと同意である。なので車庫は大きく立派で、詰所は必要最低限の大きさしかなくこぢんまりとしている。

ランタンはようやくリリオンの手を離して、詰所の扉を開いた。

「いらっしゃい」

受付には蜘蛛人族の女店主が座っていた。

その姿にリリオンが目を丸くして、慌ててランタンの手を握った。

女は名をアーニェと言う。濃い光沢《こうたく》のある緑の髪を物憂《ものう》げに垂らして、三対六腕の一番下を机の上に組んでいかにも暇そうに顎《あご》を載せていた。眉上にある小さな六つの複眼と、眉下の色っぽい垂れ目がそろりと二人を見た。

ひどく血の濃い亜人族である。ランタンも初めて会ったときは驚いてしまって、けれどアーニェはそんな反応には慣れたものなのか気にしなかった。

「こんばんは、ランタンくん。こんな時間に珍しいわね」

「こんばんは」

小さく頭を下げたランタンの、その横でリリオンが慌てて頭を下げる。おどおどと顔を上げて、アーニェと向き合うと握る手に力がこもった

「あら、本当に珍しい」

アーニェは組んでいた腕から顎を浮かせ、ゆったりと身体《からだ》を起こす。全ての腕を広げてわざとらしく驚きを表現してみせた。アーニェは柔らかく目を細めて微笑む。

「こんばんは、お嬢さん。それで今日はどんな御用かしら？」

「明後日の探索に、追加が一人」

ランタンはリリオンの腕を引いて、背に隠れるようにしている少女をアーニェの前に導いた。

「あう、あの、よろしく、おねがいします」

リリオンはアーニェの視線から逃げるように再び頭を下げた。

「お客様なんだから、そんなに畏《かしこ》まらなくっても構わないわよ。お嬢さん、お名前は？」

「リリオン、です」

「リリオンちゃんって言うの、いいお名前ね。私はアーニェよ、これからもよろしくね」

アーニェは椅子《いす》から立ち上がると、臍《へそ》の辺りで落ちつかなげに指をこねているリリオンの手を、真ん中の右手で優しく摑《つか》まえた。唇に優雅な微笑みを浮かべている。

数多《あまた》ある引き上げ屋《サベージャー》の中で、周壁沿いに店を構える女の笑みだ。母性的でもあり、どこか魔性も香る。リリオンが視線を逸《そ》らしたが、それは照れであって恐れではない。

皺《しわ》のない目元から滑るようにして視線がランタンを窺《うかが》う。

「ランタンくんの予約は明後日の一四時ね。場所は二六二番、担当はもちろんミシャ。間違いはないわね？」

アーニェは束になった予約者表をざっと捲《めく》り、一瞬で次へと送られる書類の一枚一枚を八つの目が次々と捉えてゆき、書類の中から手品のようにランタンの予約者表を見つけ出す。

「はい、間違いないです」

アーニェは書類に変更を書き加えながら、顔をそちらに向けることはない。アーニェの八つの目は伊達《だて》ではなく、その視野はランタンの顔を見つめながらでも書類仕事を難なくこなす。

「リリオンちゃんの探索者証はある？」

「あ、あの」

「明日登録を済ませますので、今はまだ」

管理されている迷宮を潜るには探索者証が必要になる。探索者証は探索許可証とでも言えるもので、これを所持せずに管理迷宮へ赴《おもむ》けば罰則を食らい、未登録と知っても知らずも未登録の探索者を送り出した引き上げ屋にも同様に罰則がある。

「あらそうなの。でもランタンくんなら大丈夫よね」

「ありがとうございます」

「いーえ、ランタンくんの真面目《まじめ》さにはいつも助けられてるもの。はい、じゃあ確認お願いね」

渡された書類にランタンはざっと目を通す。異邦人であるランタンにとって異世界の文字は殆《ほとん》ど何が書いてあるかわからないが、数字はどこの世界でもそう変わらない。一人が二人になり、金額が倍程になる。それだけ確認できれば充分だった。

リリオンはランタンの脇から書類を覗き込み、真剣な顔で鼻息をふむふむと鳴らしている。

文字、読めるんだ。

ランタンは、ふうん、と気のない息を漏《も》らした。

ランタンは書類から顔を上げると、追加金をアーニェに支払う。リリオンは書類に夢中で、支払われた金貨に気付かない。

「ふふ、ありがと。そうだ、ミシャがいるから会っていく?」

「うーん、仕事中なら悪いですし、いいですよ。どうせ明後日会いますし」

「あら、つれないのね。顔合わせも大切な仕事なのよ。遠慮《えんりょ》することはないわ」

アーニェは、すぐ戻るわね、と席を立つと詰所の奥へと引っ込んでいった。

受付に取り残されるとどうにも居心地が悪い。信用されているというのは悪い気はしないが、大切な書類も売り上げを納めた金庫もすぐそこにあることを知っていると、悪さをする気がこれっぽちもなくても肩身が狭い。

リリオンはアーニェが席を外したことにも気が付かず真剣に書類を読んでいて、ランタンはなんとなしに少女の三つ編みの房を揉《も》んだ。

書類読みの邪魔をするわけではなく、気付かれないようにそっとそれを弄《もてあそ》ぶ。

髪が細い。髪も肉体と同様に健康的にはなっているが、やはり毛先には荒れが目立った。洗髪だけではどうにもできず、一度切ってしまった方がいいかもしれない。

「あ、枝毛だ」

呟きと同時に詰所の奥から小柄な人影が飛び込んできた。そしてゆっくりとアーニェが続く。

「ミシャ」

引き上げ屋《サベージャー》の少女はランタンと殆ど身長が変わらない。もしかしたらミシャの方が大きいかも知れないが、変わらないと思っている。前髪を眉の上で切り揃《そろ》え、丸く黒目がちな瞳は子供っぽい。だが一文字《いちもんじ》に切られたような薄い唇は少しの冷淡さを感じさせる。

「おまたせしたっす。こんばんは、ランタンさん」

「こんばんは。仕事中に悪かったね」

入ってきた勢いそのままに頭を下げたミシャが、その顔を持ち上げる。アーニェに急《せ》かされたのだろうか、ミシャの肩が大きく上下していて、荒い呼吸をどうにか抑えつけようとしていた。おかっぱ髪が少し外に跳ねている。

ミシャは倉庫で起重機《クレーン》の点検でもしていたのか、身に付けている暗黄色のつなぎに黒い油汚れが点々としていて、右頬にも汚れた手で擦ったのだろうか、うっすらと墨《すみ》色が滲《にじ》んでいた。

「今日はどんな――？　あら、そちらは？」

ようやく書類から顔を上げたリリオンがそっとランタンの袖《そで》を摑んで引き、ミシャはミシャで今リリオンに気が付いたようで、声のトーンが一つ下がった。

「あれ？　アーニェさんから聞いてないの？」

ランタンがアーニェへ視線をやると、彼女は悪戯《いたずら》っぽく微笑むだけだった。ミシャは一瞬だけ驚いた顔をして、すぐに少しばかり面白く無さそうな表情を作り口を開く。

「残念ながら報告を受けていないっす。ランタンさん、紹介してもらってもいいっすか？」

「うん、そうだね。ほら、リリオンおいで」

迷宮特区で探索をするにあたって、引き上げ屋《サベージャー》の存在は欠かせないものだ。引き上げ屋がいなければ迷宮に挑むことも、帰還することもできない。優良な引き上げ屋との友好な関係はぜひにとも結んでおくべきだった。

その第一歩は自己紹介からである。

ランタンは袖を摑んだままのリリオンをそのまま引き寄せてミシャと向かい合わせた。対面させると身長差がかなり目立ち、ミシャの方が年上であるが逆転して見えた。つまり僕も、とランタンは考えないようにする。身長差はあっても、だが口を開けば年齢は正しく作用した。

「はじめまして。引き上げ屋のミシャっす。よろしくお願いしますね」

「……あの、リリオンです。……よろしく、おねがいします」

見上げる立場のミシャは顎を持ち上げて、いっそ胸を張るようにしているので堂々として見えた。その反面リリオンは俯《うつむ》いて、視線を合わせようともせず声も囁《ささや》く程だ。

グラン工房でも思ったが、リリオンは随分《ずいぶん》と人見知りをするようである。

ランタンはリリオンを安心させるように背中を叩いた。だがリリオンはそれが合図であるかのように一歩後ろに引いてしまった。

「次の、ええっと明後日の探索にこの子も連れて行くことになったんだ」

「え？　あ、いや。そうなん、すか。急にまた、どうして？」

「ほんと急でね、まあ色々あったんだよ」

もう幾度となくランタンを単独で迷宮に送り出し続けてきたミシャはひどく驚いていた。ほんの先日の引き上げ時にはそんな気配すら微塵《みじん》も感じさせなかったのだから、当然の反応なのかもしれない。ランタンも何だかんだで未だに白日夢を見ているような気もしている。

「あっ、そうだ。あの襲撃者《レイダー》崩れの話」

「ああ、はい。あれがどうかしたっすか」

「うん、あれ役に立ったよ。ありがとう」

「それは幸いっす」

リリオンは自分に関係のある話だとは気が付いていないようで、ミシャもまたリリオンがその関係者だとは気が付いていなかった。役に立った襲撃者の話、その結末には基本的に死体しか残らないのだからミシャが気付かないのも無理はない。

だがリリオンとの縁は、もしかしたらミシャとの会話から始まっているのかもしれない。

ランタンは少し可笑《おか》しくなって唇に拳を当てて笑いを噛《か》み殺した。

「どうかしたっすか？」

「どうかしたの？」

そんなランタンに二人が同時に尋ねて声が重なり、また視線も絡まる。声をかけるタイミングが重なっただけだというのに、まるで肩がぶつかったかのような妙な空気が流れている。

「どうもしないよ。それじゃあ、あんまり長居してもよくないし、今日はもう帰りますね」

ランタンは二人の視線の間で絡まっている糸をばちんと切って、アーニェに声を掛けた。

「あらそう？　じゃあまたね、ランタンくん、リリオンちゃん。探索頑張ってね」

アーニェは右半身の三つの手を軽く振った。

「ミシャ」

「はい、何っすか？」

「明後日はよろしく。リリオンは起重機《クレーン》は初めてだから、たぶん……乗ったこと、ないよね？」

お節介《せっかい》を焼こうとして何だか失敗してしまった。

ランタンがリリオンの顔を覗き込むと少女ははにかんで頷《うなず》く。

「うん、はじめて」

「あら、そうなんっすか。じゃあ腕によりを掛けないといけないっすね」

ミシャは力こぶを作るように腕を折り曲げて笑った。つなぎに包まれているのは女の細腕であるが、ランタンはミシャの起重機の操作に信頼を寄せている。

「リリオンも期待してていいよ。ミシャの腕は確かだからね」

ランタンが褒めるとミシャは嬉しそうに笑い、リリオンも興味深く感嘆を漏《も》らした。ランタンはその感嘆の終わり際に、軽くリリオンの尻を叩いた。するとリリオンは鞭《むち》を入れられた馬のように前に出て、ぎこちなく、深く頭を下げた。

「あ、明後日は、よろしくお願いします！」

ミシャはリリオンの後頭部を見て、驚きの表情でランタンの顔を窺《うかが》い、また後頭部を見た。そして、はい、と一つ返事を返した。

「こちらこそ、よろしくお願いします。無事に迷宮へ送り届けるので、安心してね」

それは子供に語りかけるようだ。

ミシャはリリオンに優しく笑いかけた。ランタンからはリリオンの表情を窺い知ることができないが、リリオンはすぐにランタンの後ろの定位置に戻ってきた。ランタンはそんなリリオンを労《ねぎら》うように腕をさすった。

ミシャは二人を興味深げに見て、ランタンと目が合うと合点《がてん》がいったように頷く。

「じゃあ、もう行くね。また明後日に」

「はい、また」

二人に見送られながら扉を潜ると、その扉が閉まるほんの隙間《すきま》にリリオンは恥ずかしそうに手を振っていた。

◇◇◇

翌日。新品の探索服に身を包み、なかなか似合っているのにリリオンの表情は晴れない。肩で大きく息を吸い込んで、震えながら絞《しぼ》り出すように全て吐き出した。握り締められた手から緊張が冷たさとともにランタンへと伝わってくる。万力のような力で締め付けられる手は痛んだが、ランタンは少女を安心させるためにそのままにしていた。

探索者ギルドを前にして足を止めて、それを見上げるリリオンの表情は泣き出しそうな程である。感極まっているわけではない。ランタンがちょっと手を引いてやっても、足の裏に根っこが生えたように微動だにしなかった。

「ほら、しっかりする。登録なんてすぐ済むんだから」

「で、でも、もしダメだったら」

「そんな話は聞かないよ」

ランタンは呆《あき》れた表情を作って、尻込みするリリオンの手を更にぐいと引っ張った。

金さえ払えば案山子《かかし》だって探索者になれる。探索者ギルドに対するそんな陰口がある程に探索者証の発行は簡単なものだ。文字も読めない異邦人のランタンが、その事は聞かれなかったので伝えてないが探索者になれたのだから。リリオンがなれない理由はない。

リリオンは引っ張られた手を力強く引き寄せて抵抗し、そのままランタンに縋《すが》り付いた。ランタンの耳元にそっと唇を寄せて、誰にも聞かれないように小さく小さく哀れな声で呟《つぶや》いた。

「だってわたし、……巨人族《ジャイアント》だし」

「巨人族は探索者になれないの？」

「……わからない」

視線を横に動かせばリリオンの表情を窺うことはできる。だがランタンはそのままどこにも視線を向けず、柔らかくリリオンの髪に指を通し、頭蓋《ずがい》の丸みをなぞった。

「僕も聞いたことないよ。そんな規則。どんな亜人族だって探索者になれるんだから、だから大丈夫だよ」

探索者ギルドはそういった人種どころか、身分、民族、文化、性別、年齢等々に囚われはしない。この組織の末席に身を置いて一年近く、探索者ギルドはその浪漫《ロマン》のある名称とは裏腹に、とても事務的な組織だというのがランタンの抱いた印象だった。

そこに属する個人を見れば例外もあるが、組織全体を纏《まと》めて見ると感情を挟むことのない、一定の規則に則《のっと》って動く機械のようにも思える。その規則さえ違えなければ、陰口だってあながち冗談だとも言い切れない。

「なるんでしょ？　探索者に」

「うん」

ランタンは頭を撫《な》でていた手をそのまま頬《ほお》にまで滑らせて、少女の頬を撫で上げた。涙は流していない。瞳は少し潤んでいるだけだった。リリオンはその手に持ち上げられるように顔を上げて、ランタンと顔を見合わせると力強く頷いてみせた。

「よし、行くよ」

ランタンが扉を押し開けて、リリオンを先に通した。少女は一歩踏み込み、また立ち止まる。

「わあ……！」

リリオンは天井を見上げて声を漏らした。

空間を贅沢《ぜいたく》に使った吹き抜けが広がる。空を見上げるように高い位置にある天井には芸術的に意匠《いしょう》された、星を象《かたど》る極大の魔道光源《ランプ》が浮いている。それはごくゆっくりと自転しながら、熱のない白金の光で辺り一面を満遍《まんべん》なく照らしている。

「扉の前で立ち止まらない。邪魔になるよ」

後続の探索者に文句を言われる前に先んじてランタンが叱《しか》り、リリオンを引っ張っていく。だがそれもこの辺りまでだ。ランタンは繋いだ手を離し、縋《すが》ろうとするリリオンを拒絶した。

「隣おいで」

リリオンは大股《おおまた》の一歩でランタンの隣に並び、裾《すそ》を掴《つか》もうとする手を空かされる。

「ここからはもっと堂々と。ほら、顔上げて、背筋伸ばして」

ランタンが言うとリリオンは慌てて顔を持ち上げ、背中を叩かれ背筋を伸ばした。情けなく口角の下がる顔を凝視すると、どうにか唇を真一文字《まいちもんじ》に結んだ。不安な表情はなくなったが、代わりに顔の真ん中に疑問符が張りついている。けれど唇を結んでいるので、どうして、と吐き出すことができない。

「登録はあっちだよ」

広間を抜けて廊下《ろうか》を進んでいくと、様々な人種性別年齢の探索者志望者が受付を目指している。年齢は中年以上の者も見受けられるが、探索は肉体労働なのでやはり二〇歳前後から三〇歳辺りの男が多く、リリオンは見た目はさておき最年少の部類になる。

探索者になるのは簡単だ。家柄も、学も、あるいは健康な肉体さえ要らない。必要なものは探索者証発行に掛かる金銭と、その際の受け答えで職員に歯向かわない程度の従順さだけだ。

探索者としての体裁《ていさい》を整えるにはその他諸々《もろもろ》の経費がかかるが、とりあえず探索者になるには幾ばくかの銀貨さえあればそれで事足りる。

そういった理由もあって探索者証の発行受付には身体《からだ》だけは丈夫な駄目人間たちが再起や、一攫千金《いっかくせんきん》を狙って集まってくる。それらは粋《いき》がるだけのチンピラや腕に覚え有りの破落戸《ごろつき》同然の輩《やから》が多く含まれており、彼らはそういった輩の例に漏れず、頼まれもしないのに己の腕っ節を見せびらかそうとするのである。

例えば肩を怒らせて蟹股《がにまた》で闊歩《かっぽ》し、例えば厳《いか》つい表情を貼り付けて周囲を威圧し、例えば揃《そろ》いの服で徒党を組み、例えば気の弱そうな者にちょっかいをかけたり。

「だからね。面倒事を避けるには堂々としてた方がいいんだよ。やり過ぎは逆に目立つけど」

ランタンは観賞植物の脇に失神した男を座らせてリリオンに向き直った。リリオンはランタンに因縁を吹っ掛けて失神させられた男を何とも言えない目付きで眺めて、困ったようにランタンと見比べる。

堂々としていて目を付けられたランタンは素知らぬ顔をして言った。

「さ、こっから先は一人だから。頑張ってね」

「……ランタン」

リリオンを受付に並ばせようとするが少女はやはり怖がって、癖《くせ》になってしまったのかランタンの裾を摑もうとした。だがランタンが優しげな瞳を向けると、摑む寸前で堪《こら》える。

「行ってくる」

「うん、行ってらっしゃい」

リリオンはランタンが渡した銀貨の詰まった小袋をお守りのように握り締めて、ようやく受付の列に並んだ。ランタンはそれを見届けると壁際に背中を預けて、リリオンがきちんと並んでいられるかを眺めて、不安そうに何度も振り返るリリオンにちゃんと前を向いて並ぶように音のない声で叱《しか》った。

きょろきょろするリリオンだが、それなりに緊張している者は多いので悪目立ちはしない。むしろランタンの方こそ不安がるリリオンと同じぐらいに落ち着きがなく、組んだ腕の上で忙しなく指を動かしていて、その姿は目立っていた。壁際は付き添いや、既に登録を終えて仲間を待つ探索者ばかりである。

リリオンが扉の向こう側に吸い込まれて、ランタンはようやく一息吐いた。組んでいた腕を解き、ぐるりと肩を回す。その様子に辺りの人々から胡散臭《うさんくさ》そうな、邪魔そうな視線を向けられるが気にはならない。中にはカモを見つけたとでも言いたげな剣呑《けんのん》な視線も含まれていたが、ギルド内で単独《ソロ》探索者ランタンにそのような視線を向けるのは物知らぬ新人ばかりである。

ランタンは一瞥《いちべつ》もせずにそれを無視した。

先程絡まれた時はリリオンへの見栄もあって少しだけ乱暴なことをしてしまったが、ギルド内で揉《も》め事を起こしても得をすることはない。武装職員の介入を招けば血を見ることは明らかで、もし揉め事を起こすとしても自分からは動いてはいけない。あくまでも後手に回って正当防衛を行う口実を得ることが大切だった。

リリオンが戻ってきたら、こういったことも教えなければならない。

探索者証はものの一〇分もしない内に発行されて、リリオンが拍子抜けしたような顔つきで戻ってきた。ランタンも一年前は同じ表情をしていた。

受付に金を渡して、登録名を聞かれ、署名をして、腕輪型の探索者証を手首に嵌《は》められ、魔道によって個人情報を刻まれたらそれで終《しま》いだ。

「ほら、何にもなかったでしょ」

ランタンはリリオンの手首に嵌められた探索者証に視線を落として、するりと腕輪を嵌めた右手を取った。新品のピカピカの銀色の腕輪だが、迷宮に何度か潜ればすぐにランタンの物と同じようにくすんで鈍色《にびいろ》になる。その頃には新人探索者の冠も取れるだろう。少女は今まさに探索者としての出発点に立ったばかりだ。

「リリオン、今日からよろしく」

ランタンは柔らかく握手をして、両手でリリオンの手を包んだ。掌《てのひら》の中で殻《から》を破ったばかりの雛鳥《ひなどり》のようにリリオンの指が震え、ぎゅうと握り返してくる。

リリオンの顔にようやく自分が何者になったのかという実感が沸き上がっていた。

「ラン――」

だがこんな所で劇的な立ち振る舞いをしていては見世物以外の何ものでもない。今にも感情を爆発させて抱きつきそうなリリオンの意を空《す》かして、ランタンはあっけなくその手を放した。

「もうっ、けち」

ランタンは雛鳥の群れにあって二番目に幼い。そして幼鳥は最も幼い一羽を導くのである。

◇◇◇

「ここで攻略する迷宮を決めるんだよ」

そこはギルド内の施設でも最も広大な面積を有する一つである。

探索受付と呼ばれるその施設は、玄関広間から真っ直ぐに進んだ先にあり、そこは混沌《こんとん》渦巻く迷宮とよく似ている。舞台広間のような円形の空間には、他の場所よりも強力な消音魔道が施されているのに、やはり探索者たちのざわめきに満たされている。

ここにいるのは探索者証発行受付に屯《たむろ》していた雛鳥どもとは明らかに雰囲気《ふんいき》の違う、本物の探索者たちだ。ランタンにとっては見慣れた光景であるが、リリオンには刺激が強すぎるようだ。探索者たちはここまでくるともう人なのか魔物なのか区別が付かない。

むやみやたらと鋭い眼光に、鍛えられた体軀《たいく》。ああだこうだと語り合う声は魔物の唸《うな》りのようにも聞こえる。おぞましいものを見たとでも言うようなリリオンの視線にランタンは何だか懐かしい気分になった。

でかい。怖い。うるさい。臭《くさ》い。

「ぼうっとしない」

多少の刺激では戻ってこないだろう、とランタンは強めにリリオンの尻を引っ叩いた。尻で弾けた破裂音は床材に吸収されて、ひゃっと漏《も》らした悲鳴だけがランタンの鼓膜を揺さぶった。まだ少し強張《こわば》った表情のまま尻をさするリリオンに、ランタンは素知らぬ顔で指を差す。

広間の中央に、円形の巨大な地図が鎮座《ちんざ》していて、多くの探索者がそれを取り囲んでいる。ランタンはそこに隙間《すきま》を見つけると、リリオンと一緒に身体をねじ込んだ。

それは縮尺された迷宮特区の地図であり、その地図の中で迷宮特区はパズルのように八〇〇ピース近くに区分けされている。端から順に番号が振られ、様々な記号が貼り付けられていた。

「明日行くのはあそこ」

ランタンが指差したピースには二六二の番号が記してあり、中央よりやや左寄りに一つの黒点が浮かび上がっている。それは地上に空いた迷宮口を表していた。その黒点は本当に深い穴が空いたような黒色である。

リリオンはその黒点を、身を乗り出すように覗《のぞ》き込む。地図上に穿《うが》たれたその小さな穴に、まるで身を躍らせるように。ランタンは前のめりになったリリオンを引っ張った。

新人丸出しのリリオンの振る舞いは探索者たちの目に付いていた。視線は無邪気な子供を見るような優しいものがごくごく少数。大半は目の前に集《たか》る羽虫を見るような邪険にしたもので、通常はこのような振る舞いをする新人探索者は人気《ひとけ》のない所へ連れ込まれて世の厳しさを痛みとともに叩き込まれる。けれどリリオンを見て、その隣にいるランタンに気が付くとその殆《ほとん》どが、おや、と興味深げな目付きになった。

単独探索者は貴種である。ランタンは探索者にはよく知られていた。

そのランタンが見知らぬ探索者を連れているのだから、好奇の視線も当然のことだ。

ここに来るまでも幾つかの視線は感じていたが、今では視線の矢衾《やぶすま》に全身を貫かれている気分だった。

どうせいつかは広まることだとは思っていたが好奇の視線は羽虫よりも鬱陶《うっとう》しい。

探索者たちの魔物じみた視線に気が付くと、リリオンはすっかりと怖気《おぞけ》を思い出した。

仲間内でどの迷宮を攻略するかと相談をする探索者たちとは違い、ランタンはただこの場所を見せるためだけに寄ったのだ。一目見れば、もう用済みである。ランタンは視線を寄越してくる探索者たちをぐるりと、冷たく一瞥《いちべつ》した。不敵なにやつきが返ってきて腹立たしい。

「行くよ」

リリオンの腕を引いて離脱の意思を伝え、リリオンが慌ててランタンに追い縋《すが》る。地図から離れる背中に、視線が野良犬のように着いてくる。鬱陶しい。

「ねえ、ランタン……」

「なに？」

玄関広間まで戻ってようやくランタンはリリオンを振り返った。

「わたしたち、その、見られてた……？」

「まあ、そうだね」

リリオンは不安そうな顔をしていた。ランタンの袖《そで》を掴もうとして咄嗟《とっさ》に引っ込めて、視線が交わる寸前に不意に逸《そ》らし、困惑しているようにも泣き出しそうにも見えた。ランタンは引っ込む寸前のリリオンの手を捕まえて、落ち着いた足取りで柱の陰に連れ込んだ。

「リリオンのせいじゃないからね」

意を決したように口を開こうとしたリリオンに、ランタンは告げる。

リリオンは自分に流れている巨人族《ジャイアント》の血をひどく気にしている様子で、身に降りかかる面倒事の多くをその血による負債《ふさい》だと思っている節がある。だが、今は関係がないと断言ができる。

「見られてたのは僕だよ」

「ランタン、のこと？　なんで？」

リリオンは眉を八の字にして、瞳をしょぼしょぼと瞬かせて唇を強く噛《か》む。自分のせいだということを何一つとして疑っていない。

そんなリリオンに、ランタンは甘く甘く微笑《ほほえ》みかけるのである。

「なんでって、――そりゃあ僕が可愛《かわい》いからでしょう」

「ふへ……!?」

ランタンの黒髪がさらりと揺れて、長い睫毛《まつげ》の隙間から焦茶の瞳が少女を見上げる。

リリオンは小さくなっていた目をはっと見開き、笑い声にも聞こえる奇妙な呻《うめ》きを漏《も》らした。

ランタンの姿を上から下までまじまじと見つめる。まるでその可愛さを確認するように。

ランタンは平気な顔で続ける。

「なにか？」

声は嘘くさい程に平坦であるが、うっすらと赤くなったランタンの耳を目敏《めざと》く見つけたリリオンは、その耳の先を、火の付いた燐寸《マッチ》に触れるようにちょんと触った。

「うふふっ」

探索受付にいたおぞましい探索者の群れを思い出してランタンと比べているのか、その耳の熱さが面白いのか、それとも渾身《こんしん》の軽口に気が付いてくれたのか。リリオンは小さく笑う。

耳を赤くした甲斐《かい》もあったというものだ。せっかくの門出だというのに不安な顔していては縁起が悪い。ランタンは羞恥《しゅうち》を隠すように足早に扉を開けて、口元に笑みがくっついたままのリリオンに出るようにと促した。

外に出るとリリオンはもう我慢する必要ないとばかりに、抱きつくようにランタンと手を繋《つな》いだ。探索者ギルドを出たからといって探索者の視線がなくなるわけではないが、腕も指も絡められているので引き剝《は》がすのは困難だ。

「リリオンお腹は？」

「ちょっと、空いたわ」

それならばとランタンは、また市場での食べ歩きをしたがったリリオンを小料理屋へと引き摺《ず》り込んだ。そこは通りの中にある一つの店で、珍しく昼間は酒を出さない店である。

値段帯は高めだが、客層は落ち着いているし、料理の味も悪くない。昼飯時だというのに席は七割程度しか埋まっていないのもいい。

ランタンたちはすんなりと衝立《ついたて》に区切られた奥のテーブルを得ることができた。

「好きなものを頼んでいいよ」

メニューはずらりと壁に貼り付けてあったがランタンは読むことができない。何とかのスープであるとか、牛肉のどうやら、と単語的に曖昧《あいまい》な注文を口にすることは躊躇《ためら》われる。なのでランタンの注文はいつもこうである。

「さっぱりしてるスープとそれに合う肉料理をお願いします。柔らかい牛肉がいいな」

ランタンはいつも通り、多少の気恥ずかしさとともに注文を店員に告げた。そしてリリオンがあれやこれやと遠慮《えんりょ》の視線をランタンに寄越しながらも、遠慮なく注文を重ねていく。積み重なっていく値段は別に気にはならないが、思わず呆《あき》れてしまう。まるで大型の肉食獣のようにリリオンはよく食べる。あるいはこれでも遠慮をした結果なのかもしれない。

ランタンが野菜のざくざくした透き通ったスープと子牛肉のローストを食べる間に、リリオンは脂《あぶら》のたっぷり乗ったポークソテーをおかずに、皮をパリッと揚げた丸鶏の詰め物を食らっていた。口元を脂で濡らして、手羽を素手で引き千切《ちぎ》り、細い骨ごと嚙み砕いている。

「鶏の骨は気をつけなよ。縦に裂けるから」

「うん、だいじょうぶ。おいしい」

リリオンは脂で汚れた指を舐《ねぶ》って、その指をテーブルクロスで拭いた。ランタンはそれを野《や》蛮《ばん》であるとは思うが、別段のマナー違反ではない。テーブルクロスはそのためにあり、紙ナプキンやおしぼりなどは当たり前だが出てこよう筈《はず》もない。

ランタンはリリオンの指から視線を逸《そ》らした。

「リリオン、そのままでいいから聞いて」

「なあに？」

「ギルドでのことだよ」

「ランタンがとっても可愛いっていう話？」

リリオンは唇の脂を舌で舐めとって、真面目《まじめ》な顔で聞き返す。

「それは忘れていいよ、もう」

ランタンは後悔をありありと面《おもて》に表して、うんざりした声を漏《も》らした。慣れないことをするんじゃなかった、と後悔してももう遅い。

「……とは言え、僕が見られていたのは本当」

やはり単独探索者はどうしても目立つし、探索者ギルドという組織の中にあってランタンの存在は異質であると言って間違いはなかった。

探索班を組むとまではいかなくとも、探索者同士の横の繋がりは当たり前にあるものだ。

例えば迷宮の攻略情報であったり、儲《もう》け話、同業者の訃報《ふほう》に使えそうな新人探索者のことも。

他にも探索班同士での金銭を含む戦力の貸し借りや、個人から班単位での敵対関係なども探索者同士では様々な繋がりはあって当然だった。

だがランタンは繋がりを持たない。

探索者になってからランタンはひたすらに迷宮に潜り続けていたし、探索者たちはその不可解な新人探索者の扱いを戸惑っているようだった。そうこうしている内にランタンは孤独にも慣れ、探索者たちは踏み込む隙《すき》を見失ってしまい、慣れは固執へと変わったのかもしれない。

単独《ソロ》探索者として名が知られるようになり、視線ばかりではなくランタンに声を掛けてくる探索者は多い。だがランタンは人見知りで、馴《な》れ馴《な》れしく粗野な探索者を、リリオンにはそんな気配を見せるつもりは微塵《みじん》もないが、怖く感じるときもある。

ランタンのことを知りたくてリリオンに近づいてくる人間が出るかもしれない。それは探索者ばかりではなく、この世のすべての情報を金銭に依って取引する情報屋や、あるいはランタンに恨みを持つ者という可能性もある。下街で絡んでくる者どもは有無を言わさず殺すべきなのだろうが、ランタンはどうしても捨てきれない甘さを見せることもあった。

「なにかやったの……?」

「問題が起こった時に、暴力で片を付けることが多いからね。それに単独探索者は迷宮の資源を独り占めにする強欲な奴だっていう見方もあるし」

「何それ、ひどいわ！」

リリオンは憤《いきどお》ったが、ランタンは納得もしていた。

探索者は本来、迷宮に潜った際に様々な迷宮資源を持ち帰る。それは魔精《ませい》結晶であったり、迷宮内部にしか存在しない鉱石であったり、魔物の素材であったりだ。

だが単独探索者が迷宮から持ち帰る資源は、その性質上どうしても少ない。

特に運び屋《ポーター》を伴《ともな》わず積載量の乏《とぼ》しいランタンは、魔精結晶以外の資源を最初から諦めている。魔精結晶は換金率が高く、それ程嵩《かさ》のあるものではないからランタンには都合がいい

その結果、一つの迷宮を攻略するまでにランタンが持ち出せる迷宮資源の量は、他の探索者と比べて圧倒的に劣る。

ランタンは自分の探索法が、迷宮の最も美味《おい》しい部分だけを掠《かす》め取りその他を廃棄するような傲慢《ごうまん》な振る舞いに見えることを自覚していた。例えばある魔物から魔精結晶を剝ぎとって、残された見事な牙や爪を放置するときに、もったいないな、と思う。だが、だからと言って迷宮から持ち出せる一から十までを背負ったら、それが墓標になることは目に見えている。

「わたしは、どうしたらいいの？」

「どうしたらいい？」

リリオンの疑問をランタンは腑《ふ》抜《ぬ》けたような声で鸚鵡《おうむ》返しにして、口の中で飴《あめ》でも舐めるようにさらに繰り返した。

「どうしたらいいって、好きにしたらいいよ」

僕から離れるのなら今のうちだよ、と続けようとしたが止めた。すでにリリオンは唇を尖らせて不満気だった。ランタンはその表情を探るように見つめて、小さく呻《うめ》いてから口を開いた。

「どうしたらいいかなんて、わかんないよ。僕に他人のこと聞いてくる奴なんていないし」

独り。

破落戸《ごろつき》どもに囲まれるのは金銭や暴力、その他の肉体的快楽を求めてのことであって、ランタンから何かしらの情報を得ようなどと考える者はいない。もしかしたら無謀《むぼう》にも情報を求めた者もいたかもしれないが、そんな雰囲気《ふんいき》になる前に片を付けてしまっている。

リリオンはきゅっと唇を結んで、重たげな視線をじっとランタンに注いでいる。

ランタンはその視線の擬似《ぎじ》重力に押し潰されて、気怠《けだる》げな雰囲気で肘をついた。拳の上に頬《ほお》を載せて、柔《やわ》い頬の肉が押し潰されて皮肉気に唇が歪む。

「それとも僕が、ああしろ、って言えばそれをするの？」

ランタンは悪戯《いたずら》っぽい視線で、手持ち無沙汰《ぶさた》に湖面に小石を放るような気軽さで言った。

「するわ」

小石は一輪の波紋《はもん》を広げただけですとんと呑《の》み込まれ、水面は恐ろしく静かだった。

リリオンは真っ直ぐにランタンの視線を受け止めて、大真面目《おおまじめ》な視線を返した。

自分の口にした言葉が一分の隙もない完全理論であるかのように、もうそれ以上言うことがないとテーブルの上に残った鶏の解体を始める。

リリオンはスコップで土でも掘るようにフォークを扱い、丸鶏の腹の中から香味野菜と米が皿の上にぶちまけられた。もも肉を素手で毟《むし》り取っている。

「……」

ランタンは暫《しばら》く肘を突いたそのままの形で固まっていた。

するわ、と間髪容《かんはつい》れずに返ってきたリリオンの言葉が頭の中で反響している。

なぜだか耳が熱い。くだらない冗談を吐き出した時よりもずっと。

リリオンは探索者になったのだから食事以外でも、ある程度の自主性を発揮できるようになった方がいいと思った。そのきっかけ程度にはなるかと、突発的で不慣れで杜撰《ずさん》な遣《や》り口であるが、それなりに考えての言動だったのだがそういった打算は全て吹き飛んでしまった。

迷宮内では、ねえどうしたらいい、などと悠長《ゆうちょう》に助言を求めている暇はない。助けを求める視線を送った瞬間に、致命的な状況は更なる悪化への速度を速める。

そんなことは単独探索者であったランタンも承知しているのに。

赤く染まった耳の奥で心臓の鼓動が聞こえる。

それは差し出されたリリオンの心臓の鼓動のように思えた。

べったりと一人分の重たさがランタンの背中に張り付いたような気がする。その精神的な重たさは、不思議と不快なものではなく妙な心地良さがあった。気を抜くと頬が緩《ゆる》みそうだった。

「ランタンも食べたい？」

それを見ていたわけではない。けれどリリオンにはランタンの視線が鶏を見つめていると勘違いして、少女は無邪気に小首を傾《かし》げた。ランタンは皿の上の惨状《さんじょう》をようやく把握《はあく》して、じとりとリリオンを見つめた。皿の上には鶏があった筈《はず》だが、これはもう何が何だかわからない。

内側から爆発したとしても、もう少しまし な筈である。

「いや、いらない。けど、——リリオンは僕が言えばそれをするんだよね」

「する」

「わかった、じゃあ」

ランタンは一呼吸を追いて立ち上がり、椅子《いす》を引き摺《ず》ってリリオンの隣に座り直した。

リリオンのフォークを握る手は拳で、ナイフは近接戦闘でも行うように逆手である。皿の上の惨状は目に見える以下でも以上でもなく、椅子の周りには噛《か》み砕けなかった骨が捨てられている。テーブルクロスにはべったりと指の形に油汚れがあり、ランタンが指摘するとようやく新品の探索服が汚れたことに気が付いた。

「やあん、うう……、あう……」

リリオンは汚れを取ろうとしたが、ただ指に付着した油汚れを服に擦りつけるだけだった。

ランタンは嘆息《たんそく》して、ハンカチを取り出してまず始めに少女の手を綺麗《きれい》にしてやった。

「リリオン」

「……なあに?」

「まずはフォークの持ち方からだ」

ランタンはリリオンが癇癪《かんしゃく》を起こすまで食事作法《さほう》を叩き込んだ。

第四章

ソファに身体《からだ》を預けて眠っていたランタンの目蓋《まぶた》が薄く持ち上がる。朝が来て自然と目が覚めた。探索当日はいつだってそうだ。意識は既に覚醒《かくせい》していたが、中途半端に開いた目蓋の隙間で、眼球が蜥蜴《とかげ》のように辺りを見渡す。

リリオンがベッドの上で眠っている。ベッドが小さいのか、リリオンが大きいのか、その両方か。リリオンは膝を抱えて丸まり、解いた髪の中に埋まるようにして寝息を立てていた。

寝具を買い忘れて、結局そのまま買わずじまいにしてしまった。だが年下の少女をソファで眠らせはしない。ランタンはリリオンをベッドに押し込んだのだ。

少女はランタンをソファで寝かせることに申し訳なさを感じていたようだったが、聞こえる寝息は何とも気持ちがよさそうだ。

ランタンはソファから身体を起こし、四肢《しし》の末端に残る擽《くすぐ》ったく、痺《しび》れに似た眠気を振り払い大きく背伸びをする。欠伸《あくび》が零《こぼ》れて、眦《まなじり》に一粒の涙が浮いて、それを指先で拭った。

水筒から水を飲み、ランタンはリリオンの顔を覗《のぞ》き込んだ。

ぐっすりと眠っている。

昨晩はグランから受け取った大剣大楯を身体に馴染《なじ》ませるために組み手をしたのだが、少しばかり張り切りすぎてしまった。探索前夜の緊張をランタンはよく知っている。だから疲労を与えることで眠りに導くことを考えなかったわけではない。

探索に支障が出ないようにと気を付けるつもりではいた。いたのだが、張り切るリリオンの興奮にランタンも乗せられてしまったのだ。

ランタンは壁に立てかけられた大楯を眺めた。

大楯はグランによって見事に仕立て上げられている。

ただ平べったいだけだった大楯は、柔らかな丸みを帯びていて女の爪のようである。

丸みは攻撃を受け止めた際に衝撃を分散するように計算されていた。そして一枚の鋼板だった楯は内部に蜂の巣状の補強が組み込まれ複層構造となっているらしい。持ち手はリリオンの手に吸い付くようである。

ランタンがむきになったのは、これのせいでもある。

組み手の際に、攻撃があまりにも綺麗《きれい》に受け流されたのだ。手加減はしていたし、真剣ではなかった。けれどそれにしたってすっ転びそうになる程、力を受け流されるなどここ最近は全く記憶にない。

新品の大楯は、右端に目立つ傷がある。ランタンが少しばかり本気で叩いた爪痕だ。

けれどどこの程度。

ランタンを本気にさせたのは大楯の性能と、リリオンの技量があってのことだった。

リリオンは重量級の大楯を巧みに操り、技はあの試作に囲まれて手合わせをした時よりも更なる冴えをみせた。リリオンの腕前がなければ、楯の傷はあれだけでは済まなかっただろう。

そしてそれ程の攻撃を受け止めて、なお向かってくる気概《きがい》もいい。

リリオンは怯《おび》えなかった。やってしまった、と我に返ったランタンの隙を見逃さなかった。不安定な体勢から上半身の振りだけで反撃を返してきた。

煌《きら》めくような、いい一撃だった。

あの不格好な大剣もグランによって打ち直されている。

刃渡りはほぼ変わらず、だがべたっと横広の鎬《しのぎ》はすっと斬《き》り落としたように洗練されて、捻《ひね》くれた鋒《きつさき》はリリオンのように素直になっていた。

グランの仕事は見事の一言に尽きる。

大剣はリリオンのお気に入りとなって、それを振り回す少女は美しくすらあった。

その姿を思い出してランタンは口元を緩め、その緩みを確かめるようにはっと手で押さえた。掌《てのひら》が唇を拭い、ランタンはそのまま己の首に触る。

肌が熱く、汗でべたついている。襟元を引き寄せて、すんと鼻を鳴らした。

ランタンはリリオンを起こさないようにそっと部屋を出て、浴室に向かった。

探索中は落ち着いて身を清めることはそうそうできないので、探索当日の朝に風呂に入るのがランタンの決まり事だった。

水精結晶を砕き湯船に水を溜めて爆発で熱する。ああもう、また熱くなりすぎた。ランタンは追加に二つ水精結晶を砕く。ぐるりと一度掻《か》き回し、湯加減を確かめて裸になる。

手桶《ておけ》に湯を掬《すく》い、首元からそっと掛け湯をすると、湯の流れに沿って肌に赤みが差した。

寝汗を流すと、ランタンは湯船に肩まで沈んだ。思わず漏《も》れ出た呻《うめ》きが妙に甘い。

気持ちいい。この世界でも、この気持ちよさだけは変わらない。

皮膚《ひふ》から汚れが失せ、肉から皮膚が剝《は》がれ、骨から肉が離れ、その骨さえも硬さを失って溶けて、やがて剝《む》き出しとなった丸い魂だけが温かな湯の中に浮かんでいる。

解放されている、と思う。

ランタンは浅く膝を折り曲げて、湯船にもたれかかった。沈んでいくようにぐらりと顎《あご》が持ち上がって、天井を見つめる。その顔からは表情が失せている。

外を歩く時は緊張している。自分の身を守るために。

暴力を振るう時に嫌悪感を押し殺している、それを行使することを躊躇《ためら》わなくなったことに。

世界に馴染《なじ》む程に、ランタンは郷愁《きょうしゅう》を忘れつつある。

寂しさも薄れてきた。思い出せない過去を探そうとしなくなった。

水面が柔らかに盛り上がる。水面を割ってぬっと腕が浮かび、眼前に持ち上がる。肌の上を幾つもの湯の珠が尾を引いて滑り、水面へと吸い込まれていく。ランタンは掌を陽光に透かすように、視線は二の腕から肘を、前腕を撫《な》でて指の先までをぼんやりと眺める。

二の腕はほのかに脂肪《しぼう》が乗っていて、色が白くいかにも柔らかそうだ。前腕は淡く浮き出た筋肉の筋に、蔦草《つたくさ》のような緑の血管が絡まっている。手首は女のように細い。掌には肉刺《まめ》の一つもなく、指に産毛《うぶげ》はなく、先端を飾る爪は形よくつやつやとしている。

暴力とは全く無縁そうな、それは敵を油断させる擬態でもある。

だが。

ランタンは外気に冷えた腕を再び湯に沈めた。暖められて広がった毛細血管に血が流れ込み肌が痺《しび》れる。その痺れる手で身体を撫でた。

柔らかい身体。

けれど身体付きは細く、薄膜のごとき皮下脂肪に幼い筋肉が浮かび上がる。胸や腹に淡い陰影があり、それは筋繊維《きんせんい》が剝き出しになっているようだった。リリオンのことをとやかく言えない痩《や》せた身体。それははっきりしない実年齢よりも幾つも幼い身体だった。

ランタンの身体は殆《ほとん》ど成長していない。

過酷《かこく》な世界での生活による精神的負荷によって成長が阻害《そがい》されているのか、それとも魔精を体内に取り込むことで起こる保若《ほじやく》効果のせいなのかはわからない。単に身体的成長の遅い、ただそういう身体であるだけなのかもしれない。

ランタンは首の据わらぬ赤ん坊のように頭をゆらゆらと左右に揺らして、そのままずるずると滑るように湯船に沈んだ。息を止めて、ゆっくり目蓋を閉じて、胎児《たいじ》のように膝を抱えて、頭の先まですっぽりと湯の中に潜った。

湯中で漂う髪が頰《ほお》や首を撫でる擽《くすぐ》ったさに唇の端から細かな気泡が零れた。耳の中に入り込んできた湯がざばざばと音を立てて、内部の全てを満たすと流れる血液の音が低く響いた。

心臓が血液を圧《お》し出して、それは全身を巡り、再び心臓へと戻ってくる。

まるで塗り絵でもするように目蓋の裏側に自らの姿が思い浮かんだ。

元の自分と、そう変わらない。少し痩せて、少し筋肉質になっただけ。服を着せて隠してしまえば、何も変わらない、筈《はず》だ。元の世界に帰ったとしても、きっと、大丈夫だ。

名前も思い出せないのに。

唇が歪む。

ぼこぼこぼこ、と口から大きな気泡が吐き出されて水面で弾けた。

その気泡を追うようにランタンは溺《おぼ》れたみたいに顔を上げる。

濡れた髪が頭蓋《ずがい》にべったりと張り付き、毛先から表情を押し流すように湯が流れた。ランタンは涙でも拭うように掌で顔を覆《おお》い、ゆっくりとゆっくりと熱い息を吐きだした。

指の隙間《すきま》から視線が零れる。水面に映る自分の瞳は、遠くを見ているような、何も見ていないような。焦茶色の瞳が、重たそうな瞬きをしている。睫毛《まつげ》から滴《しずく》が落ちた。

肌は薄紅色に染まっている。骨の芯まで熱が通った。

そろそろ上がるか、とランタンが湯船の縁に手を掛けた瞬間に扉が悲鳴を上げた。

蝶番《ちょうつがい》が軋《きし》み、扉の下部が擦れて無遠慮《ぶえんりょ》に床を削《けず》る。そちらに目を向けると解いた髪に寝癖《ねぐせ》を付けたリリオンが、逆光の中に仁王立《におうだ》ちをしていた。

「見つけたわっ」

ぐっすりと眠っていたのでまだしばらくは起きないだろうと思っていたのだが、リリオンの目には眠気など微塵《みじん》もなく、声は腹からしっかりと発声されていた。

声は浴室の中を跳ね回るようで、微《かす》かな残響を置いて天井の大穴から空へと抜けていく。

朝から何とも元気だ。昨夜の疲れはきちんと解消されている。

「……おはよう」

ランタンは肌を隠すようにそろりと湯の中に肩まで沈め、先程まではまるで別人の柔らかな表情を浮かべる。

「おはよう。探したわ、ランタン！」

「どうかしたの？」

「いなかったから！」

「うん……？」

「いなかったから探したのよ。ここにいたのね」

ランタンはなんとなしに水面を波立てる。

何かランタンを必要とする用事でもあったのかと思ったが、どうやらランタンを見つけること自体が目的だったようだ。それならばリリオンの用事はもう済んだのだから、浴室から出て行くだろう。再び蝶番が軋みを上げて、扉が閉まった。

リリオンは浴室の内側に居る。

「……どうかした？」

両手で湯を掬《すく》い、再び湯の中に落とす。ランタンがその流れを追って視線を湯船に沈め、波立つ水面に少女の顔が映った。

リリオンは湯気を浴びるようにして大きく息を吸い込むと熱っぽい吐息を漏《も》らした。そして遠慮なく手を伸ばして湯船に手を突っ込み、温度を測り、掻《か》き回して渦を作った。

「わたしも入っていい？」

ダメ、と言いたかったが、リリオンからは甘酸《あまず》っぱい汗の匂《にお》いが立ち上っていて、ランタンは言い淀《よど》んだ。

べたつく肌の気持ち悪さを、一刻でも早く落としたい心情をランタンはよく理解している。けどな、と迷いを見せたその逡巡《しゅんじゅん》の隙を突いて、ランタンが答えを出すより先にリリオンはあっという間もない程の早さで全裸になっていた。

「は……？」

眼前に爪先《つまさき》。足首がきゅっと細い。

「狭いから無理だよ！　や、せめて掛け湯ぐらい――――！」

「ランタン、そっち寄って」

リリオンはランタンの言葉を湯船の縁ごと軽々と跨《また》ぎ、爪先が水面に波紋を作る。

爪先から脹《ふく》ら脛《はぎ》、そして太股《ふともも》が白い大蛇のような艶《なま》めかしさをもって水面を割って沈んでいく。骨張っていた脚からは、想像もできない少女の肉付きにランタンは息を呑《の》んだ。

真っ白な尻が鼻先を掠《かす》めるように落ちてゆき、それが沈みきると湯船の縁から滝のように湯が溢《あふ》れた。少女の肉体の分だけ。

「なっ……！」

柔らかい。

リリオンの尻がランタンの胸から腹へと滑って股《また》の間にすっぽりと収まる。視界一面が銀の髪で白く埋まり、リリオンがそれを胸元へとかき寄せると、髪よりもなお白い背中が露わになってランタンの胸にもたれかかってきた。

「わあ、あったかあい」

うっとりと声を漏らしたリリオンとは裏腹に、ランタンは身動き一つ取れず、息さえも止めて固まっていた。

リリオンはランタンにべったりと背中を預けて、股の間に収めた尻の収まりのいい位置を探り、割り込んだ脚の間に自らの脚を折りたたんで満足している。水面からちょこんと膝頭が顔を出していた。

リリオンはランタンの鎖骨《さこつ》に首を載せて、小さな頭部をこてんと肩に転がした。

「……痛い」

ランタンは小さな声で呟《つぶや》いて、それはリリオンに届かない。

肉付きがよくなったとは言え、それでもまだ肩甲骨《けんこうこつ》が胸に、体重を掛けると尻肉を押し分けて骨盤がランタンの太股に突き刺さった。柔らかくはあるのだが、まだまだ未成熟な果実そのものの硬さを有している。

リリオンはランタンの手を取って、抱っこをせがむように両手を臍《へそ》の辺りへと導いた。ぎゅっと、離れないでと言うように強く握られる。

胸に張り付いた背中が熱く、リリオンの項《うなじ》、後れ毛に玉の汗が鈴なりに実っている。湯気に炙《あぶ》られて少女の首筋は蒸れた香りを放っていた。

「なあにランタン、くすぐったいわ」

項の汗が滑り落ちるとリリオンはその擽《くすぐ》ったさをランタンの仕業《しわざ》だと勘違いして、身悶《みもだ》えるようにして身体《からだ》の向きを変えた。

向かい合う。幼くも柔らかな少女の胸が、ランタンの胸の上で乱暴に押し潰された。リリオンはランタンの首筋へ吸い付くように頬を押しつけ、腕を背中に回した。

ランタンがゆっくりと首を回して視線を向けると頬が赤く上気していた。

「ねえランタン。迷宮のお話を聞かせて？」

リリオンは昨夜も迷宮の話をねだった。

幼子が絵本の朗読をねだるように。リリオンは手合わせの疲れもあってすぐに寝てしまったので、そのことを未練に思っているのかもしれない。

予約時間までには充分な時間がある。けれどこんな所でするような話ではないと思う。

だがランタンはリリオンを押し退けることができなかった。すべすべとした皮膚《ひふ》刺激には、ランタンの理解の及ばない抗《あらが》い難さがあった。

ランタンは湯中に漂い、リリオンの首に絡む銀の髪を一摑《つか》みにして絞《しぼ》り上げる。湯船の縁に掛けていた手拭いを使って髪を纏《まと》めてやった。リリオンの表情が緩《ゆる》む。首筋に触れた外気にほっと息を吐き、滑り落ちるようにランタンの胸元に耳を押し当てた。

「今日行く迷宮はね」

「うん」

その迷宮は一ヶ月程前に迷宮特区に口を開けた。

迷宮口はやや小さめで、そこから小規模の迷宮と判断され、探索者ギルド直属の先遣《せんけん》偵察隊により、中難易度森林小迷宮であるとの報告がなされた。

探索者は大きく甲《こう》、乙《おつ》、丙《へい》の三つの階級に分けられる。

探索者証を受け取ると人は丙種探索者として登録され、探索者ギルドを通して迷宮を探索してこれを攻略、また提示、斡旋《あっせん》された依頼の遂行や、買取施設での売買など、探索者ギルドから評価を得ることにより乙種、甲種と階級が上がってゆく。

探索者になったばかりのリリオンは丙種探索者であり、ランタンは乙種探索者だった。

中難易度森林小迷宮というのは、迷宮の構造と出現する魔物の強さにより複合的に判断されるがおおよそは、乙種探索者主体の四、五名からなる探索班による攻略を推奨《すいしょう》される森林環境の小規模迷宮、となる。

ランタンはこの迷宮へ二度潜っている。一度目は偵察のためだ。

先遣偵察隊の仕事ぶりは迷宮のごく序盤を探索する程度のものでしかないので、いざ探索者が迷宮に潜ってみると中難易度と指定されていても実際は子供のお使いのような簡単なものから、未帰還率が七割を超えるような地獄であることもあった。

先遣偵察隊、ギルドの探索難易度指定を信じて未帰還になる新人探索者は意外と多く、それを乗り越えた探索者たちはギルドの攻略難易度を偵察難易度と呼び変えて皮肉ること憚《はばか》りなく、自分の目で、肌で感じたものしか信用しない。

偵察にかかる一手間は余計な出費ではなく生き残るための必要経費だった。

一度目の探索結果から言うとギルドの難易度指定は間違ってはいなかった。

迷宮の構造自体は左右に隙間なく針葉樹が連なった並木道である。

出現する魔物は獣系が主体で、その強さもランタンならば問題ない程度のものだった。幾つかある先遣偵察隊の中でも、辛口《からくち》の評価を下す部隊ならば低難易度と指定をしたかもしれない。

「らんたんはすごいね」

「何がさ?」

リリオンは甘く呟く。

浮力に身体を固定しバランスを取ることが難しいのか、それとも湯に浸かる習慣がないせいかリリオンは落ち着きなくもぞもぞと体勢を変えた。その度《たび》に密着する肉体がぐにぐにと押し合い、ランタンはその柔らかさを知覚し、意識しないように努めた。

ふわりと柔らかさが離れていく。残されたのは突き刺さった骨の痛みか。

リリオンはランタンの胸元に俯《うつぶ》せになっていた身体を起こして、向かい合うようにランタンの逆側に背もたれる。長い脚が窮屈《きゅうくつ》そうに悶えて、ランタンの脚に絡まるとそここそが置き場所であるように大人しくなった。

「だって、らんたんはひとりでたんさくをしているんでしょ？　じゃあ、らんたんのつよさはたんさくしゃごにんぶんね」

無邪気な憧憬《どうけい》の視線が恥ずかしいが、ランタンはきわめて平静な顔つきで肩を竦《すく》めた。

そっと水面に視線を落とし、変な表情をしていないか確かめる。向い合い互いに表情を差し出し合っている状況下では、いかに皮膚の接触面積が低下しようとも気が抜けなかった。

「探索者の強さって、――そんなものじゃないよ。どんな迷宮だって、時間をかければ少人数でも攻略できるし。たぶん」

攻略難易度はそれなりの安全基準によって指定されている。

推奨される探索班であるのならば、小迷宮程度ならば余程の問題が起こらない限り二度の探索で攻略を終えていることだろうし、ランタンも前回の探索で可能ならば攻略してしまおうと考えていた。

それなのに最下層を確認するどころか、まだ下層の踏破すら済んでいない。

偵察は予定通りだった。一日掛けて上層をゆっくり進み、充分な余裕を持って一日掛けて帰還した。しかし二度目の探索では中層を踏破して、そのまま下層を攻略して、最下層にあって迷宮を鎮護する終端《しゅうたん》の魔物を、と思っていたのだが。

下層に足を踏み入れたらば、迷宮兎《めいきゅううさぎ》に出くわしたのだ。

三匹出て、三匹殺したと思ったら針葉樹の根元に四匹目が隠れていやがった。そいつが次々に仲間を喚《よ》んで、戦力を消耗《しょうもう》し、ランタンは這々《ほうほう》の体《てい》で帰還を果たしたのだ。

大量の迷宮兎はなかなかの儲《もう》けとなったし、換金して金貨を受け取った時にはその苦労も悪いものではないと思ったが、やはりそれは良い記憶ではない。

思い出すだけでランタンの表情がうんざりと歪んだ。

そして儲けの大部分はリリオンの身支度を整えるための諸経費に消えて、身体を休める筈《はず》だった三日間の休日は嵐のように過ぎ去った。

それは別に構わないのだが、疲労が少しばかり残っている。

リリオンが落ち着きなく、再びランタンにもたれるように身体を傾《かし》げて、しかし腕を伸ばした。ランタンは腕を摑まれると、軽くのぼせていることもあり、無抵抗に身体を引き寄せられてすっぽりとリリオンの股の間に収められ、背中から抱きすくめられた。

「……」

ランタンは鼻の下まで水面に沈めて、ぶくぶくと呻《うめ》きを呟く。

リリオンはランタンをぎゅうっと抱きしめて重石《おもし》代わりにしている。

浮力によって落ち着きのなかった尻がようやく落ち着いて、浮かれた鼻唄を一小節だけ歌い、無意識なのだろうランタンの腹を擦っている。腹筋のオウトツを迷路に指を這《は》わせて、それは臍《へそ》へと辿《たど》り着く。

「ちょっと、ん、もう、くすぐったいよ」

「じゃあさいごまでいくの？」

リリオンはランタンの抗議を完全に無視して、耳を食《は》むようにして尋ねた。

ランタンは腹の上を這い回る指を排除しようと格闘しつつ、煮え切らない呻き声を漏《も》らす。

単独での探索ならば最下層に突入して終端の魔物に敗北しようとも自業自得《じごうじとく》というものだが、そこに戦力の見極めが確定していないリリオンを伴《ともな》うとなると話が変わってくる。

二人以上で迷宮を探索するとなるとそれはもう探索班であり、班というものは指揮者によって率《ひき》いられるものだ。

探索前もそうであるし、探索中であっても班内では様々な意見交換やそれに伴う作戦変更が流動的に行われるが、探索続行や撤退などの最終決定は指揮者の一声によって決定されるらしい。

　だが残念なことにランタンにはそういった班を率いた経験も、あるいは率いられた経験もない。危険と命を天秤《てんびん》にかけたとき、その命が自分のものならば多少命を軽く見積もったとしても何の問題もないが、それが他人のものとなると問題しかない。

「一応、そのつもりではいるよ」

　ランタンは取り敢《あ》えず口先だけでそう言った。

　終端の魔物は迷宮の守護者である。

　普通の魔物のように迷宮を徘徊《はいかい》することはなく、最下層にあって迷宮という空間を創造し、それを維持する迷宮核と呼ばれる高純度の魔精結晶を守っている。力の源である魔精の至近にあることによって、終端の魔物の戦力は通常の魔物とは比較することができない。

　ランタンは今まで幾つもの迷宮を攻略し、幾匹もの終端の魔物を打倒してきたが、そのどれもが死闘と言ってよかった。結局は勝利を収めているのだが、もし戦闘が始まってしまえばリリオンに気を遣っている暇はないだろうと思う。

「わたし、がんばるわっ」

　リリオンは張り切ってそう言ったが、頑張られても困ることもある。

　例えば複数の魔物と戦闘行為を行う場合に、ランタンは左、リリオンは右と対処する魔物を分担できるのならまだならいいのだが、一個体をランタンと二人で攻めるとなると、どちらとは言わず足を引っ張り合う可能性が高い。

もしリリオンが終端の魔物との戦闘に耐えうる戦力を保有していようとも、拙《つたな》い連携はかえって窮地《きゅうち》を呼び込むものだ。

と噂《うわさ》に聞く。

リリオンには安全な場所で楯を構えて亀のように守りを固めてもらうのが一番の安全策だが、それでもリリオンから完全に意識を外すことはできないだろう。ランタンが上手《うま》くフォローできればまた話は別なのだが、複数名と連携した戦闘行動はランタンにとっては未知のものだ。

「と言ってもまだ終端の魔物を確認してないからね」

迷宮路が平坦道のように楽なものであっても、道中の魔物が拍子抜けする程の雑魚《ざこ》であっても、最下層はまず間違いなく虎穴《こけつ》である。

終端の魔物との戦闘を行うかどうかの最終的な決定は、その時の戦力の消耗度合いと終端の魔物の戦力を天秤に掛けて決めなければならないが、相対するまで魔物の戦力は不確定だ。

いざ考えてみると他人と迷宮に行くのって大変だな、と重い溜め息を吐き出す。

リリオンに対して散々高説を垂れ流してはみたものの、結局は噂に聞きかじったことを空覚《そらおぼ》えのままに、ある程度の体裁《ていさい》を取り繕《つくろ》って吐き出しているだけだ。

いざ迷宮に降りたのならば、僕はリリオンを導けるだろうか。

「わ――――リリ――――っ」

不意にリリオンに抱きしめられた。自信を喪失しかけたランタンを慰める、などという類《たぐい》の抱擁《ほうよう》ではない。

触れ合っていない部分がないという程に身体《からだ》を密着させて、首筋に、鎖骨《さこつ》に溜まった汗の粒を口に含むように、粘性の柔らかい唇が這《は》った。

ランタンがその生々しい感触に言葉を失っていると、さらに追い打ちを掛けるかのように臍《へそ》で遊んでいた指が無造作《むぞうさ》に下腹部を撫《な》でた。

そしてその先に。

「ばっ——か！」

滝が逆流したような瀑布《ばくふ》を立ち上らせランタンは全力の跳躍をもって湯船から飛び出す。辺りに飛沫《しぶき》が白い霧となって漂い、その霧の奥でランタンを失ったリリオンががくりと揺らいだ。

「……」

ランタンは一瞬だけ逡巡《しゅんじゅん》して、慎重に湯船に近づいた。

リリオンは肌を真っ赤にしてどこを見ているわけでもない虚《うつ》ろな目をしていた。完膚《かんぷ》なきまでにのぼせている。

先に浸かっていたランタンも多少は頭がぼんやりとしているが、これ程酷《ひど》くはない。この世界の人間は風呂に浸かる習慣がないので、風呂熱に対する耐性が低いのだろう。

ランタンは濡れた掌《てのひら》でリリオンの顔に浮き出た汗を拭ってやり、リリオンの脇に手を差し込んで湯の中から引き上げた。

「まったくもう」

身体から濛々《もうもう》と湯気が立つリリオンを湯船の縁に座らせようとしたが、リリオンは自分で自分の身体を支えることができない程ふらふらしている。ランタンはどうにかこうにか床にタオルを敷いて少女を寝かせてやった。

大人しくしている様はまるで精巧な人形のようだが、軽く頰《ほお》を撫で叩くと締まりのない顔で笑みを零《こぼ》した。意識はあるようだが、肉体の制御は失われている。

「すぐ戻るよ」

リリオンは笑顔を不安に翳《かげ》らせて、ランタンを摑《つか》もうと手を伸ばそうとしたが、腕は重たげに小さく反応しただけだ。

ランタンはざっと身体を拭くと下着だけを身に着けて部屋へ戻った。外気が肌に気持ちいい。だが不安そうなリリオンを思うと、廊下《ろうか》でのんびりとしている訳にはいかない。

部屋から水筒を取って戻り、冷水で絞《しぼ》った手拭いを額と脇の下に。

「ほら飲みな、ゆっくりね」

ランタンはリリオンの傍《かたわ》らに膝をついて水筒を口にあてがった。リリオンは頷《うなず》き、赤ん坊のように吸い付いた。舌が先端に触れ、唇が迎え入れる。赤く色づく喉《のど》が動いた。唇の端から溢《あふ》れる水すらもが気持ちよさそうだ。

探索前に英気を養うために風呂に入ったのだが、それで疲れてしまっては元も子もない。

まったく世話の焼けることだ、とランタンはリリオンの唇を拭う。

リリオンはランタンが身体に触れると安心してふにゃりと笑みをこぼす。

それは子が親に対して抱く接触欲求のようなものなのかもしれない。

肉付きは良くなったが、何も変わっていない。たった数日で九歳の子供がいきなり一八歳に変わるわけはないのだ。当たり前のことにランタンは溜め息のように苦笑した。

「らんたん」

「ん、なに？」

「おふろってきもちいいのね」

「……のぼせてるのに何言ってるの」

あるいはのぼせているからこその妄言《もうげん》なのかもしれない。

リリオンは唇を拭ったランタンの手に頬を擦りつけていて、ランタンはその頬の柔らかさを指で押し返していた。

「おゆはあたたかいし、らんたんはすべすべしててきもちいいんだもの。ねえ、またいっしょに、はいってくれる？」

実に無垢《むく》な甘い誘惑に、ランタンは頷く。

九歳の子と一緒に風呂に入ったからといって疚《やま》しいところなど一つもないし、むしろそれを拒否するほうが、自分の中にあるような気がしなくもない名状しがたい気持ちを肯定するような気がした。

何はともあれ探索当日に、それ以外のことで頭を悩ませるのは馬鹿らしい。

ランタンは探索者らしい切り替えの速さで自己の葛藤《かっとう》を棚上《たなあ》げして、迷宮で己の怪我《けが》を処理するような手際でリリオンの手当てをする。

そして、まだぽかぽかと暖かいリリオンを胸に抱きかかえて部屋へと戻った。

もう何度目だろうか、と胸に抱く重みにそう思う。

第五章

リリオンは湯疲れからすっかりと回復して、二人は朝食とも昼食ともつかない大量の食事を済ませる。腹ごなしの一休みを挟み探索服に着替えると、ランタンは気合を入れるように自らの頰《ほお》を叩いた。リリオンもそれを真似《まね》して頰を叩く。

「行こうか」

「……うん！」

ランタンが腰に戦鎚《ウォーハンマー》を結べば、リリオンは大楯を背負った。

部屋を出て扉の鍵をかけると、ランタンの背中からリリオンが手元を覗《のぞ》きこんで呟《つぶや》く。

「その鍵って、意味あるのかしら？」

「あるよ、たぶん」

ランタンもこの行為が、他者の侵入を防ぐという本来の役割を果たしていないことを承知している。そもそも施錠《せじょう》を破って侵入した一人がすぐ背後にいるのだから、いやでも実感させられるというものだった。

「開けっ放しにするとなんか気持ち悪いんだよ」

泥棒に入られようとも貴重品は置いていないし、浮浪者に居座られようとも暴力に物言わせればいいだけなので、多少の面倒ではあるが大した問題ではない。何だかんだで掃除も嫌いではないし、最悪の場合に備えて他の住めそうな廃屋も幾つか見つけてある。

だが鍵のかけ忘れというのはランタンの精神状態に多大な影響を与える。家を空ける時は鍵をかける。それはランタンの身体《からだ》に染み付く習慣だった。

一度、部屋の鍵をかけずに迷宮を探索したことがある。

その時は特区へ歩く道中ですら妙に落ち着かず、迷宮へ潜り魔物と戦っている時さえも頭の片隅に靴《くつ》の中の小石のような煩《わずら》わしさがあり続けた。

「ふうん」

リリオンはわかったような、わからないような気のない相槌《あいづち》を打って、ランタンの両肩に手を置いて押し出すようにして廊下《ろうか》を進んだ。

まるで遊びに行くように気が逸《はや》っているが、その軽い足取りのせいで階段を突き落とされてはかなわない。ランタンは肩に置かれる手を取って、慣れた仕草で少女を先導する。

手が温かく、柔らかい。

こうやって手を繋《つな》いで先導できるのも地上にいる時だけだ。いざ迷宮に潜ってしまえば、手を繋いでいるような余裕はないだろう。ランタンがなんとなしにそんなことを呟くと、リリオンは今さら気が付いたというように足を止めた。

「もうここから一人で歩く？」

「いじわる！」

リリオンはわっと言って頬を膨らませた。

手を引いてやってもよかったが、自主性は大切だ。ランタンは意地悪に手を離した。

「やだっ」

するとリリオンはランタンの腕にしがみつく。その勢いのまま少年を引き摺《ず》るように歩き出した。けれど勢いがあったのは歩き始めだけで、リリオンはランタンの温もりを惜しむように歩調を緩《ゆる》める。脚の長さに差があるので、ランタンとしては丁度《ちょうど》良い。

だがどれだけゆっくり歩こうともやがては迷宮特区へと辿《たど》り着いてしまう。特区を取り囲む周壁の白が色を濃くして、大口を開けた門が大勢の探索者を呑《の》み込んでいく。

これから迷宮に潜る探索者たちは気が立っており、いかにも荒々しい気配を振りまいている。

男女の二人連れで、それも仲睦《むつ》まじげな手繋ぎ姿のランタンたちにすれ違う探索者たちの一瞥《いちべつ》が痛い。胡乱《うろん》げなものから、軽蔑《けいべつ》、敵意もある。

探索前に無駄に体力を消耗《しょうもう》する馬鹿は極々少数なので絡まれるようなことはさすがにないが、その気配に当てられてリリオンはランタンにしがみつく力を強めた。ランタンはリリオンを安心させるように撫《な》でてやり、少し歩みを早めようとした。

門を潜るとき、周壁の内部でリリオンが天井を見上げる。

「あれ、なに？」

周壁の内部はトンネル構造になっていて、まるで石造迷宮のようである。

リリオンの指差した先には金属製の軌条《レール》が敷設されていて、トンネルの奥の方から低い嘶《いなな》きが聞こえ、重い振動が近付きつつあった。

「ん、あれが走る線路だよ」

ごう、と風が巻いて頭上を懸垂式列車《モノレール》が走る。

迷宮から運び出した魔物の死骸《しがい》と、迷宮から切り出した鉱石資源を積んでいた。それらは東区と下街の境目にある集積場に運ばれる。列車が走り去った後には生温《なまぬる》い排気と魔物の死臭の入り交じった酷《ひど》い臭《にお》いがする。

「もっとひどい時は血の雨が降るから気を付けないとね。あとフックを引っ掛けてタダ乗りしてる馬鹿もいるし」

「ふあああ」

リリオンは探索者たちの視線のことなどすっかりと吹っ飛んでしまったようだった。興味深そうに目を丸くして列車が消えた先を見つめ、楽しげに歩き出して門を潜り抜けた。

迷宮特区は、下街の廃墟じみた景観も大概《たいがい》だが、それに輪をかけて混沌《こんとん》とした景観が広がっている。元は上街のような上品な町並みが広がっていた名残《なごり》が消し炭程残っているだけで、あとは火竜《かりゅう》の群れに蹂躙《じゅうりん》されたかのような有様だ。

背の高い建物は一つもないが、急拵《ごしら》えの石壁が迷路のように張り巡らされ、道幅は起重機《クレーン》が行き交うために広い。三方を壁で囲われたどん詰まりには迷宮口が顎門《あぎと》を開き、またそれを閉ざした後にはぽっかりと円形の更地《さらち》が広がっている。

石壁は攻略に失敗した迷宮から魔物が這《は》い出た時に、街への進行を遅らせるためのものであり、それに道を妨げられるのは魔物ばかりではなく人間もだった。

二六二番地にランタンたちが攻略する迷宮がある。だが別段の目印があるわけでもなく、石壁に引かれる線はギルドで確認した地図に見た分割線とは何の関係もない。

角を曲がり、左右を見渡し、立ち止まって振り返る。石壁によじ登っている探索者もいる。

「もしかして迷子？」

「ちゃんと着いたよ、ほら」

そしてまた歩き出したランタンにリリオンは不躾《ぶしつけ》に尋ねたが、ランタンは指を差してそれを否定した。過去に散々迷った迷宮特区は既にランタンの庭である。指の先には小型の起重機《クレーン》に寄りかかるミシャの姿があった。

ミシャは以前と同じく暗黄色のつなぎに身を包んでいて、顔に油汚れはなく、ランタンに気が付くと大きく手を振って迎えた。

「いつもながらお早いお着きで、今日はよろしくっす」

「うん、よろしく」

「よ、よろしくお願いします！」

ランタンとミシャが軽く挨拶《あいさつ》を交わし、リリオンが大きく頭を下げた。

「……なんかお二人似てるっすね、服が」

「やっぱりそう思うよね、ったくだから言ったのに」

ランタンとリリオンを見比べたミシャが呟いて、ランタンはそれに同意するようにぶつくさと文句を垂れてリリオンの無防備な脇腹を突いた。

「ひゃん！」

「ほらやっぱり胴巻きぐらいするべきだよ」

リリオンは一つ悲鳴をあげて後ずさり、拗《す》ねたように唇を突き出す。そして外套《マント》ごと自分の身体を抱きしめた。

「もうっ、だって、いいじゃない！　真似《まね》しても！」

ランタンもリリオンも防具と呼べる装備は足を包む黒革の戦闘靴《ブーツ》ぐらいなものだった。

無論、衣服も探索者用の装備なのでただの布で裁縫《さいほう》されたものではない。探索服は上下ともに靭《しな》やかで動きやすく、尚且《か》つある程度の魔物の攻撃に耐えうる頑丈さも兼ね備えている。外套に至っては耐火、撥水《はっすい》、防刃《ぼうじん》、耐魔というちょっとした一品だった。

だが金属鎧《よろい》どころか、革の小手や肘当て脛当《すねあ》てすら着けていない軽装で迷宮へ降るのは賭博場《カジノ》で尻の毛まで毟《むし》られた間抜けか、自殺志願者ぐらいのものだ。

ならばなぜ、そのどちらでもないランタンがこのような格好をしているかというと、単純にそういった防具が肌に合わないからだった。身体を守るための防具の硬さが逆にランタンの身体に食い込み、擦れて傷を残すのだ。

現在、装備しているこの戦闘靴でさえ、その中には厚手の靴下を履《は》いて、さらに踝《くるぶし》や脹《ふく》ら脛《はぎ》に布を当てている有様だったし、腰のベルトの内側には保護材を縫《ぬ》い付けてある。

ランタンはそんな自らを虚仮《こけ》にしてまでリリオンに防具の大切さを説《と》き、また露骨に真似されるのを嫌がったのだが、リリオンはそれに反抗して一緒がいいと駄々をこねた。

そのせいで丈が少し足りない。ランタンは裾《すそ》を引っ張ってやりリリオンの腹を隠した。

結局リリオンはランタンと同じ型の戦闘服に身を包むこととなり、色を違えたのはランタンの最後の抵抗だった。

探索班を同じ装備で固めている探索者も居ることには居るのだが、それは騎士団や戦士団に憧れを持っている夢見がちな連中や、仲間の結束は血よりも濃いなどと恥ずかしげもなく吹《ふい》聴《ちょう》する小僧どもと、そして大量生産品しか買えない新人の集まりぐらいのものである。複数種類の魔物との戦闘を想定するならば、装備もそれなりにばらけさせるのが常套《じょうとう》である。

ランタンはそういった連中を何とも言えない微妙な気持ちで眺めていたのだが、まさか自分がそれらの仲間入りをすることになるとは思いもよらなかった。

「あー……ランタンさん」

満足気なリリオンと沈鬱《ちんうつ》なランタンを見比べたミシャはそこに渦巻く感情の波を読み取ろうとしていたが、結局はランタンの肩を軽く叩いて慰めの視線を送るにとどめた。自身の不用意な一言が今の表情を引き出したのだ、ということだけが理解できたからだ。ランタンはそんなミシャに哀れっぽい視線で応えた。

迷宮に降りてしまえば誰の視線もない。

ランタンがそう自分を慰め立ち直る頃には、降下まであと一五分という所だった。

その一五分はただ過ぎ去るのを待つ時間ではなく、ランタンにとって最終確認の時間だった。

探索者の中には降下時間ぎりぎりに訪れて飛び込むように迷宮へ向かう者もいれば、じっくりと神への祈りを捧げる者も、瞑想《めいそう》したり仲間同士で身体を動かしたり、中には娼婦《しょうふ》を連れ立ってくる者さえいた。それらはまだましで娼館に立ち寄ったり、教会へ立ち寄ったり、そもそも道に迷ったり、端《はな》っから予約時間を守る気のない者もいる。

ランタンは今まで一度も遅刻をしていない。

散々、道に迷った時ですら、その時間を織り込んで行動している。

ランタンは食料や薬の類《たぐい》がきちんと揃《そろ》っているかを確認して、軽い柔軟を始めた。べたっと股割《またわり》をして、そのまま地面に胸を付ける。その脇でリリオンは池の鯉でも眺めるように迷宮口に身を乗り出して、その暗闇を覗《のぞ》き込んでいる。

今にも転げ落ちそうな雰囲気《ふんいき》だった。

「リリオン」

「なあに？」

「落ちたら死ぬからね」

迷宮口からの転落は有りがちな死亡要因だ。初探索で浮かれた新人探索者がリリオンと同じような状況から転落したり、あるいは疲労困憊《こんぱい》に帰還した所で気を抜いて身体をふらつかせて転落したり、不運としか言いようがないが急に足元に迷宮口が開いてそのまま、ということもある。迷宮口の深さによるが、無事であることはまずない。

リリオンは慌てた様子で迷宮口から後退り、ミシャに笑われていた。だがそのままランタンに飛び付いたので、笑ったミシャが呆気《あっけ》にとられる。

ランタンは苦笑をミシャに向けて、慌てる少女の髪を撫でた。

「落ち着きなって。ミシャ、リリオンの用意をお願い」

「あ、はいっす!」

ミシャはリリオンに手を差し出して、思いがけない力の強さで少女を抱え起こした。

降下の準備をするにはいい時間だったし、ベルトを着けていればとりあえずは転落の心配はなくなる。

「でもリリオンちゃんって起重機《クレーン》は初めてなんっすよね」

「ああそっか、単独用じゃなくて二人用《タンデム》のって……」

「そんなこともあろうかと! ちゃんと用意してあるっすよ」

ミシャは親指を立ててると二人を連結する分厚いベルトに、複数の先端を持つロープを取り出した。そうなると用意をするのはリリオンだけではなくランタンも、となる。ランタンは開脚していた足を閉じると、跳ねるように立ち上がりミシャへと近付いた。

「今度からは檻《ケージ》式にしますか？」

「まあ、考えとくよ」

ベルトで固定される前にすべきことがあった。ランタンがベルトに結ばれた時計を外すとミシャも意を得たりと首に掛けた時計を取り出した。

ランタンはミシャとおでこをくっ付けるようにして互いの時計の針を、秒針まで正確に合わせる。今回の引き上げは翌日である。互いの時計の時間がずれていて、待ち惚《ぼう》けを食らうぶんにはまだいいが、ミシャを待たせて余計な不安を掛けるのは本意ではない。探索者によっては平気で降下時間に遅れるくせに、一秒でも引き上げが遅れたら怒り散らす輩《やから》もいるらしい。

「うん、ぴったり」

「はい」

「――っと、どうかした？」

時計を合わせ終えるとランタンはリリオンに腕を引っ張られた。尋ねてもリリオンは応えずに腕を取ったままじっとミシャを見つめた。ミシャはミシャでその視線を受け止めて平然とした仕草で時計をしまう。その横顔の笑みに気が付いたのはランタンだけだった。

その笑みが、ふと困る。

ミシャはベルトを片手にランタンとリリオンを見比べて、眉間《みけん》に皺《しわ》を寄せて考えるような仕草を見せた。

「なにか問題？」

「いえ、経験者が補助する場合は、──ランタンさんが後ろから支えるようにするのが普通なんすけど……」

ミシャが言葉をそこで切ったので、ランタンはリリオンを見上げ、そして想像した。リリオンの背中にベルトで固定される自分の姿を。それは母猿の背中にしがみ付く小猿の姿に他ならなかった。傍《はた》から見る分には愛らしいが、いざ自らがするとなると情けない姿である。

「嫌だな」

「なんでよ！」

ランタンが呟《つぶや》くとリリオンが怒鳴った。

「一緒がいいわ！」

リリオンがしがみつくようにランタンを抱きかかえた。

初めての起重機《クレーン》や、金属製とはいえそこから垂れる親指程の太さのロープを見るとその不安もわからなくはない。だがリリオンはともすればこのまま身投げしそうな勢いであり、ミシャが慌ててその間に割って入る。手刀をランタンとリリオンの間に突き入れて、まあまあ、と言葉の柔らかさとは裏腹な力強さで二人を引き剝《は》がした。

「で、結局はこうか……」

ランタンは息苦しそうに首を伸ばす。それは小猿ではなく真緑の池に藻搔《もが》く鯉の姿に似ている。ランタンとリリオンは向かい合ってベルトにより一纏《まと》めにされていた。風呂でそうしたようにべったりと身体《からだ》を密着させて、リリオンはランタンの背中に腕を回している。顔面のすぐ前にあるリリオンの胸からは早鐘にも似た心臓の鼓動が響いていた。

二人は起重機によって宙に吊られている。身体を支えるものはベルトの左右に引っ掛けられたロープと姿勢補助の鐙《あぶみ》だけだ。一度、体勢を崩すとロープはそれ自体が振動するように震えて、身体が前に後ろに一回転してしまう。

ランタンはリリオンの背中をあやすように叩いて、ミシャに目で合図を送った。

「降下始めるっす！　リリオンちゃん、安全に送るので身体の力を抜くといいっすよ！　――降下開始！」

リリオンの肩から力が抜けて柔らかくなった瞬間に、ロープが軋《きし》みを上げてゆっくりと起重機から吐き出され降下が始まった。ランタンはミシャに向かって声には出さず、いってきます、と口を動かす。そして縦方向に流れる景色を眺めた。

リリオンは先程よりは多少ましだが、やはり緊張している。ランタンは外套《マント》から、それにしがみつく指の強張《こわば》りをはっきりと感じ取っていた。

「リリオン大丈夫だから。下を見ずに、視線はまっすぐ壁を眺めて」

怖いから下を見る。だが視線を下げると重心が前に傾いてしまう。それでなくともリリオンは重量のある大楯を背負っているのだから、ランタン一人でバランスを取るのは難しい。だがそれでもそれ程揺れずに降下できているのは、ミシャの優れた操縦技術の賜《たまもの》である。ロープを通して伝わる探索者の揺らぎを、さも目の前で吊られる探索者を観察しているかのように感じ取り、それに合わせて起重機《クレーン》を巧みに操っているのだ。

「いいよ、リリオン。上手、上手。その調子、その調子」

「う、うん!」

揺れなければ、それだけでリリオンにとっては自信になる。自信が付けば降下を怖がることもなくなり、怖がらなければ身体から力が抜け、結果バランスは安定する。

降下を開始して六〇秒がゆっくりと時間をかけて流れていった。すると静かに降下が停止した。上を見上げると小さな穴に、青空が広がって見える。だが足元には。

「リリオン、目線だけで下を向いて」

足元には乳白色《にゅうはくしょく》の濃い霧が広がっている。まるで雲海に立っているようだった。

リリオンがごくりと唾《つば》を飲んだ。この先がいよいよ迷宮になることを、未管理迷宮にもこの霧はあるのだから当然と言えば当然だが、リリオンは知っているのだ。

「魔精《ませい》酔いに気をつけてね」

「……」

気を付けたからといって避けられるようなものではないが、気持ち悪くなることを知っていれば、それに対して身構えることはできる。リリオンは何も言わず再び強くランタンにしがみついた。ロープが揺れるが、無理に引き剝がせば揺れるどころではないので仕方がない。

そして再び降下が始まり冷たい水に足をつけるように、ゆっくりと、そろりと爪先《つまさき》から霧の中へと呑《の》み込まれてゆく。

この霧は境界である。

迷宮口は地表に出現するが、迷宮は地下に広がっているわけではない。もし迷宮が都市の地下いっぱいに広がっているのなら、今頃この都市は地食性の魔物に地盤沈下を起こされて滅んだどこぞの都市と同じような有様になっているだろう。

迷宮は異界だ、と誰かが言ったらしいが誰が言ったのかをランタンは知らない。曰《いわ》く地獄だと言う者もいれば、精神世界だと言う者もいるし、別世界だと言う者もいるのだからいちいち覚えてなどいられない。酒場でくだ巻く探索者がそれぞれが好き勝手なことを言っているのが迷宮だった。

そもそも迷宮が何であるのかを知っている人間はいないとされている。国も都市も探索者ギルドも、真実はどうであれ、迷宮についての正式な見解を発表していないのだ。むしろ未知のものだからこそ、阿呆《あほう》な男たちがこぞって迷宮へ夢《ロマン》を求めて旅立ち、そして魔精結晶を見つけてしまったものだから探索者などという職業が成り立っているとも言えた。

そして必要に迫られている、というのもある。

どうにもこの世界は化石燃料や鉱石資源がそう豊富ではないようだった。

例えば起重機《クレーン》や列車には内燃機関が組み込まれているが、工業の機械化は極々一部にとどまっている。石炭も使われていないわけではないが、燃料の多くは魔精であった。世界は迷宮資源に頼っていて、迷宮は膨大にあったが、しかし文明を押し上げる程ではなかった。

中にはただ迷宮の真相を探ることを命題とする探索者も存在するが、ランタンとしては迷宮が何であるかなど知らなくても、そこを探索し資源を持ち帰ることができるのだから、未知のものが未知のままでも何も問題はないと思っている。

真相を探るのはそれを必要な者がすればいい。

だが、この霧の向こう側に広がる場所が現世ではないことは、そんなランタンですら肌で感じ取ることができる。

魔精を含んだ霧の中に頭まですっぽりと呑み込まれた。霧は肌にまとわりつくが、冷たくも暖かくも、湿っても乾燥してもいない。酒精を嗅《か》いだような僅《わず》かな酩酊《めいてい》感があるだけだった。

目の前のリリオンを目視することすらできない霧の中では自分が今、降下しているのか静止しているのか、それとも上昇しているのかさえ定かではない。時間の間隔さえも曖昧《あいまい》だ。

ただ顔に押しつけられる柔らかさだけは目の前にリリオンが居ることを告げている。

不思議な感覚だな、とランタンは思った。

迷宮に降りる際はいつでも一人だったので、他者が近くに居るのは妙な感覚だった。霧の中では自己が曖昧《あいまい》になるものだと思っていたのだが、リリオンが居るだけで随分《ずいぶん》と自分の輪郭《りんかく》がはっきりしている。少女の背中を撫《な》でると背骨のオウトツや薄い肉の強張《こわば》りが、胸に顔を押しつけると柔らかさや甘い匂《にお》い、体温や心臓の鼓動が感じられて面白い。

ランタンはふと安心している自分に気が付いて、これじゃあ本当に小猿だな、と思う。もしかしたら情けない顔をしていたかもしれないが、それを見られる心配はない。

「リリオン、抜けるよ」

足元から蛇のようにひやりとした気配が這《は》い上ってくるのを感じると、程なく霧を抜けた。乳白色《にゅうはくしょく》に覆《おお》われた視界が開ける。仄《ほの》かな明るささえもが眩《まぶ》しい。そこは既に迷宮である。乾燥した木の匂いは少しだけ酸味を感じさせる。地に足を着けると、自分の体重が少し重い。

「うう……」

リリオンが青い顔をしてランタンにしがみつき、倒れまいとして必死だった。ランタンは片腕でリリオンの身体を抱えて、もう片方の手で手早くベルトを外した。口を押さえて膝から崩れるリリオンを、ランタンはゆっくりと座らせる。

「きもちわるい」

霧に含まれる魔精が体内に急激に取り込まれることで起こる魔精酔いと呼ばれる症状だった。

魔精は探索者、ひいては魔物の並外れた身体能力の源のようなものだ。それを急激に取り込むことによって起こる感覚の鋭敏化に脳の処理が追いつかないのだ。今のリリオンには自らの呼吸音すら煩《わずら》わしく、平地さえもが荒波に晒《さら》される甲板のように感じるだろう。

ランタンはポーチから円形の金属缶を取り出して、その中から小さな丸薬を手の中に転がした。丸薬は麻の実程の大きさで、鮮やかな緑色をしている。ランタンは丸薬を指先に摘《つま》むと、意地悪な笑みを嚙《か》み殺しながらリリオンの唇の間にそれを押し込んだ。

「奥歯で嚙んで」

囁《ささや》くように告げると、リリオンの奥歯から丸薬が砕ける音が素直に響いた。

瞬間、虚《うつ》ろとしていた表情が、正しく苦虫《にがむし》を嚙み潰したような険しいものへと変じた。

「う!?」

限界まで目が見開かれ、眉根に深い皺《しわ》が刻まれる。

リリオンの口に押し込んだ丸薬は、探索者の必需品である気付け薬だ。薄荷《はっか》を煮詰めたような鼻に抜ける冷酷《れいこく》な清涼感と舌を灼《や》く残酷《ざんこく》な辛味《からみ》が一気に意識を覚醒《かくせい》させる代物《しろもの》で、効果はリリオンを見れば一目瞭然《いちもくりょうぜん》だが、とびきりの不感症だとしても涙する刺激物でもある。

リリオンは見開いた眼に滴《しずく》を溢《あふ》れんばかりに溜めて、決壊直前にごしごしと腕で顔を擦った。

額と鼻と頰《ほお》を赤くしてランタンを睨《にら》みつける。そこに魔精酔いによる鬱屈《うっくつ》とした表情は見られない。酔いを覚まさせてやったというのに、ずいぶんと失礼な反応をするものだ。

「ひとこと言ってくれてもいいじゃない！」

リリオンは緑に染まった舌を出して、ひぃひぃと息を吐きながら喚《わめ》いた。だがランタンはどこ吹く風といった様子で、それどころか小悪魔めいて楽しげですらある。

「これの味を知ってこそ、真の探索者だよ」

悪びれる様子もなく、そんなことを嘯《うそぶ》く始末である。そして自らも一粒それを口に放り込み、やせ我慢をした。物凄《ものすご》く辛い。

リリオンはむくれて、平然を装うランタンを睨む。そんなリリオンにランタンはそっと手を伸ばし、赤くなった頬を撫でてやった。

「もう気持ち悪くないでしょ？」

「うー……うん」

あからさまに不満そうであるが、リリオンは言い返せなくて頷《うなず》くしかない。リリオンは頬を丸く膨らませたまま、大楯を背負い直して辺りを見回した。

迷宮の構造は大別して二つある。人工迷宮と自然迷宮である。両者ともに自然発生したものであるのだが、人工迷宮は名の通りに人の手によって作られたかのような、例えば黴《かび》っぽい石組みの遺跡や、打ち捨てられた古城を模した迷宮のことである。そして自然迷宮は、今正に降り立ったこの森林迷宮がそうであるように、自然環境を落とし込んだかのような迷宮を指す。

リリオンが壁に触れた。

それは針葉樹だ。色の薄い樹皮は堅いが薄皮が剝《む》けるようにささくれ立っている。針葉樹が円形にぐるりと隙間《すきま》なく生えていて、見上げるとその梢《こずえ》は魔精の霧の中に隠れてしまっていた。

「……冷たい」

樹皮表面は冷たく、そして乾燥している。

「リリオン、集合！」

「はい！」

声が壁を反響して霧へと吸い込まれた。リリオンはランタンに駆け寄って、ぴたりと急停止した。訓練された犬のようだった。ランタンは事前に迷宮内での絶対服従を言い聞かせていたのだが、ここまで従順だと少しばかり気後れする。

「後ろを向いて」

「はい！　……あ」

先程まで揺れていたロープが姿を消していた。

無事に二人を降ろしたことを確認したミシャがロープを回収したのだ。

「これでもう帰還する術《すべ》はないよ。明日の夜まではね」

今回の探索の予定は一日目に下層を攻略し、最下層とそこに潜む終端の魔物の確認。そして二日目の朝に戦いを挑み、これを撃破して夜までに帰還する。

言葉にしてしまえばなんと言うことはない単純な予定である。

「――はい！」

だがリリオンは震える声を気合で押さえつけ、凜《りん》と返事をした。

言うは易く行うは難し、という慣用句を知っているのかいないのか、けれど少なくとも言葉程単純な探索ではないことを理解しているようだ。

「上層中層の魔物はたぶん再出現《リポップ》してない予定だし、下層だってわりと退治してあるから、そんなに力まなくてもいいよ、今はね。道中は根っこのせいで少し足場が悪いくらいだから、転ばないように気を付けること」

　終端の魔物を討《う》ち取らない限り、迷宮内に魔物はほぼ無尽蔵に湧き続ける。だがそれは断続的に生まれているというわけではない。魔物は迷宮を守るために配置された兵隊であり、迷宮毎《ごと》に定められた一定の上限数をもって、迷宮内を徘徊《はいかい》している。

　一度魔物を退治すれば、魔物が再出現するまでに幾ばくかの猶予《ゆうよ》時間が存在し、例えば小迷宮ならば目安としては撃破時より数えて一〇日前後と言われている。

　再出現にはまだ充分の余裕がある。だが力まなくてもいい、と言うのは気を抜いていいと同意ではない。最初から最後まで十の力を発揮しようとしていては、道の半ばで気力が尽きてしまうことは明白だった。大切なのはメリハリだ。

　ランタンが落ち着かせるように軽くリリオンの肩を叩いた。

「あ、……ランタン」

　するとリリオンは反射的にその手を取って、自らの行動に戸惑うように視線を泳がせた。

　リリオンの手は冷たく、ランタンの手を握ったまま離さなかった。

「あの、ランタン」

「なに、かな？」

ランタンは言いながら、頬《ほお》に苦笑が浮かぶのを抑えられなかった。それは自分に向けてのものだ。もしかしたら自分は嬉しいのかもしれない、と思う。

縋《すが》るような、震える子犬にも似た瞳をしたリリオンが呟《つぶや》いた。

「手、少しだけでいいの。……つないだら、だめ？」

「……上層だけね」

魔物は出ない予定だし、と誰にともなく吐き出した言い訳が虚しく壁に響いた。

◇◇◇

迷宮路は左右を針葉樹に囲まれている。互いに癒着《ゆちゃく》する程に隙間無くぎっしりと幹が密生して、しかし道幅は広く戦闘に支障はない。天井は頭上を覆《おお》い被《かぶ》さるように枝葉が伸びている。銀の針がどこからか降り注ぐ光を反射しながら揺れていた。

足元は根に覆われていて、それは不格好な絨毯《じゅうたん》である。長さも太さもまちまちな、捻《ねじ》れ、のたうつ根が絡み作られたそれは幾百幾千もの落葉を受け止めている。針葉が降り積もるその様は絨毯職人が癇癪《かんしゃく》を起こして針仕事を投げ出したようだった。

天井からはしゃらしゃらと、そして足元からはパキパキと音が鳴った。

探索には深度計と呼ばれる道具を用いる。その形状は様々だが、基本的に装飾品の形を取っており、ランタンが使用する物は革紐に涙型の水晶を垂らした首飾りである。

ランタンが服の中にしまっていた深度計をたぐり寄せると、リリオンがそれを覗き込む。

迷宮は小迷宮だろうと大迷宮だろうと、上層中層下層の三層に分けて考えられるが、実際に迷宮が三分割されているわけではない。迷宮は下るにつれて魔精《ませい》を濃くし、その魔精の濃さを深度計で測るのである。

魔精の濃さと出現する魔物の変化を見極め、経験則から頭の中の地図に線を引くのだ。深度計は水色を薄めたような色をしている。青が薄ければ大気中の魔精は薄く、青が濃ければ大気中の魔精が濃い証拠だった。

「うーん、……まだ、上層……？」

リリオンは深度計をじっとりと見つめて、恐る恐る呟いた。そうあってほしい、というような不安が感じ取れてランタンの頬に苦笑が滲《にじ》む。

「残念ながら、もう中層だよ」

深度計の色の変化は非常に曖昧《あいまい》で淡いものだ。例えば深度計を黒い程の青に染めるためには最高難易度の最下層にでも行かない限りそれを叶えることはできない。この迷宮の最下層に到達したとしても深度計は青になるかどうかといったところだろう。

「もうっ、全然わからないわっ。さっきと同じ色よっ！」

「さっきはもっと薄かったよ。……といっても、まあわからないよね」

ランタンが色の変化に気が付けるのも、二度この迷宮に潜った経験があるからだ。迷宮深度を推し計るもう一つの目安となる魔物の出現もないので、初探索であるリリオンが迷宮深度を推測するのは難しいだろう。

「だから、もう手は離すよ」

ランタンがぱっと指を解く。リリオンは未練がましさを隠そうともせずにゆっくりとランタンの手から指を離した。まるで皮膚《ひふ》の癒着を無理矢理剝《は》がす苦痛に顔を歪めてるようだった。

何とも大げさなことだ、と思考の浅い所で思い、しかしランタンもまたその表情から視線を外すことに多大な精神力を要していた。駄目だ駄目だ、と雑念を振り払い、しかしこびり付いた情がランタンにリリオンの腕を摑《つか》ませた。

ランタンは深度計を首から外すと、片手で器用にリリオンの腕に巻きつけた。

「これ預けるから、我慢してね」

「――うん、がまんする」

ランタンはリリオンの手首を飾る水色の光を指で弾き、リリオンはその幽光《ゆうこう》に眩《まぶ》しそうに目を細める。光の熱を確かめるようにちょいと指で突《つつ》く。ランタンはその様子に顔を綻《ほころ》ばせた。

「熱くはないのね」

「熱かったら火傷《やけど》しちゃうよ」

「そうね、そうよね」

リリオンはあはっと頬を緩《ゆる》めて、腕を前に突き出して見せびらかした。ぬっと眼前に現れた手をランタンは思わず捕まえて、慌ててぽいっと放り出す。

ランタンはリリオンに悟られないように、自分とリリオンの汗で湿った掌をズボンで拭った。汗はズボンにあっという間に吸い取られたが、掌には温かさも柔らかさも生々しく残っている。

これではまるでリリオンが手を繋《つな》ぎたがっているのか、それとも自分がそれを望んでいるのかわからない有様だ。

だがもし、万が一、何かの気の迷いで、まあそんなことはないのだけど、自らが手を繋ぐことを望んでいたとしても、それを実行に移すことは堪えなければならない。

「ぜんぜん魔物って出ないのね」

つまらなそうにリリオンが言った。

「まぁ処理済みだしね。――でも、そんなこと言ってると出るんだよねぇ、ひひひ」

「わたし、こわくないわ！」

ランタンが脅《おど》かすように囁《ささや》くと、リリオンは虚勢を張った。

「動物を狩ったことなら、わたしにもあるのよっ」

リリオンは魔物と相対したことがあるが、これと剣を交えたことはないらしい。着の身着のままで魔物の前に放り出され囮《おとり》役をやらされてはいたが、実際の戦闘行為はあの男たちの役割だった。それでもリリオンは動物を狩った経験を自信としているようだったが、それは向かってくる猛獣を相手にした戦闘行為ではなく食事のために小動物を狩猟した程度のものらしい。

「僕にしたら武器も持たずに魔物の前に行くほうが怖いけどね」

それは、僕にしたら、ではない。大多数の探索者、そして全ての人が何の守りもなく魔物の前に立つことのほうが恐ろしいと感じるだろう。リリオンの感覚はどこかずれている。いや、ずらさなければいけない境遇に身を置いていた、ということか。

ランタンは表情を変えずに口の中で舌打ちを転がした。

この意識のずれは早くに直しておいた方がいいだろう。とは言っても口頭で伝えるだけで直るようなものではないだろうし、失敗して戦闘行為だけではなく、魔物そのものに大きな恐怖を覚えるようになってしまったら目も当てられない。探索者としてやっていけない。

ランタンには、上層に出現する魔物程度ならば片手間でどうにでもできる、と経験からの確信がある
だが中層以下となると、片手間では済まない。リリオンを戦場に引き摺《ず》り出し、戦果を挙げさせる。そんなお膳立《ぜんだ》てができるだろうか。

「……やらなきゃ、ね」

中層の魔物は前回探索時に殲滅《せんめつ》済みで、再出現までには猶予《ゆうよ》がある。となるとリリオンの初戦闘が下層になり、そうなると更に舞台を整えることは難しい。だが運が良ければ、あるいは

悪ければだが、中層に魔物が出現している場合もある。

「でもでも、前の探索の時には再出現してたんでしょ？」

「まあそうだね。だいたい一〇日前後って言われてるけど、それも絶対じゃないし。はぐれって呼ばれるんだけど、一匹だけが出現してる場合はそれなりにあるんだよね」

「一匹だけなの？」

「うん。魔物は群れを作る奴もいるけど、そいつは絶対一匹だけ。迷宮兎《めいきゅううさぎ》だったとしても一匹だけしか出ないんだ。もし出たらリリオンにやってもらおうかな」

「一匹……、わたしがんばるわ！」

リリオンはぐっと拳を握って、その拳を天井に突き上げて吠えた。

はぐれ、と呼ばれる変則的に出現する魔物は、通常個体の平均値から大きく外れた強さを持っている。迷宮が魔物を出現させる際に分け与えられる魔精を独り占めにしているのか、通常時よりも強い個体の場合もあるし、急ぎ出現させるために魔精が足りずに、育ちきらぬままに産み落とされたかのように弱い個体の場合もある。だがこれの出現はあまり好まれない。はぐれ魔物の出現は、終端の魔物の脅威《きょうい》の暗示であると言われることがある。

「うん、がんばってね」

ランタンは極めて気軽そうに言う。プレッシャーを与えすぎて、本人のやる気や勢いを削《そ》いでは元も子もない。

強個体が出現すればランタンが処理し、そうでなければリリオンの糧《かて》とすればいい。

ランタンは腰に結んだ戦鎚《ウォーハンマー》の留め紐を外した。外れがたく解きやすい迷宮作法《さほう》で結ばれた留め紐は小指の一掻《か》きでその拘束《こうそく》を緩める。

柄を握り締めた。柔らかくもなければ、温かくもない。革を巻き付けた金属の棒だ。だがそれもまた掌には馴染《なじ》んで、ランタンに安心感を与えるものである。

例えば終端の魔物が何らかの理由で最下層から抜け出し突然目の前に現れたとしても、リリオンを逃がすか、あるいは楯を構えさせる程度の時間ならば稼《かせ》ぐことができる自負がある。前衛としてのランタンの力量は、控えめに言っても並の探索者に引けを取らない。

だが、それだけが探索者に求められる能力ではない。

探索者ギルドからの情報を元に、探索計画の立案やそれについての最終決定を下す指揮者としての仕事は、質の良し悪《あ》しはさて置いて、単独探索者として避けて通れないのでなんとかこなしてはいるが、いざ迷宮に入ってしまえば足りない能力は浮き彫りになる。

その最も顕著《けんちょ》なものが、索敵能力だった。

魔物に発見される前に魔物を感知し、奇襲からの先制攻撃を与えることは、戦闘行動において重要な要素である。うまく事が運べば相手に攻撃の機会を与えることなく魔物を殲滅《せんめつ》することも可能であるし、仕留めきれずとも不意の一撃というものは致命的《クリティカル》なダメージを敵に与える確率が大きく上昇する。そうなれば続く戦闘を非常に有利に進めることが可能となり、結果的に味方側の消耗《しょうもう》を抑えることに繋がる。

一度の探索につき戦闘が一度だけならば消耗を度外視してもいいが、そんなことが可能なのは最下層までの魔物の殲滅のみを行う探索班と終端の魔物との戦闘だけに特化した探索班というように複数の班を組める程の人員を抱える大規模探索団ぐらいのもので、ランタンどころか普通の探索班には縁遠い話だった。

通常の探索では魔物との複数回の遭遇《そうぐう》、戦闘は避けられないものだ。戦力の消耗を恐れるがあまり、身を隠し、魔物を避けて進むということも過去には考えられたらしいが、現在では挟撃の危険を徒に増やすだけの愚かな行為だと言われている。

つまりランタンが魔物に遭遇した瞬間には、幸運が重なるか魔物が余程の間抜けでもない限り、もう既に戦いの火蓋《ひぶた》が切って落とされているというわけだ。

「――リリオン！　戦闘用意！」

「え、あ、――はいっ！」

ランタンが叫び、背後で楯を降ろし抜剣する金属の音色が響き、その時にはランタンは既に駆け出していた。

流れる景色の中で目を細める。

灰色の並木道を濃い茶色の塊《かたまり》が一つ。それは根を踏み折り、針葉を砕き、ランタンに目がけて一直線に突っ込んでくる。ずんぐりとした丸い身体《からだ》をいかにも硬そうな毛皮で覆《おお》い、口から突き出た牙は短く、ラッパ状の鼻が特徴的だ。どこかコミカルな印象を受けるのは、毛に埋もれた短足を動かす様が慌《あわただ》しく、黒い瞳がつぶらなせいだろうか。

現れたはぐれ魔物。それは巨大な猪だった。

なんという名前だったかな、と思考の隅で呟《つぶや》きながらランタンは戦鎚《ウォーハンマー》を握り、身体を捻《ひね》って振りかぶる。名前は思い出せないが、前に戦ったことがある。大きさはその時とさ程変わらないように思えるが、外見から強弱を推し計ることはできない。

毛は針金を編んだように硬質で、その下の肉はゴムのように弾力があり打撃に対して高い耐性を持っていた筈《はず》だ。突進速度はなかなかのもので、牙が短い代わりに鼻が黒鉄のように硬化しており、速度の乗った突進はその巨体と相まって真正面から受け止めることは難しい。

だが所詮《しょせん》は猪。巨体に埋まるように生えた短い足は、ただひたすらに重量を前に推し進めるためだけに付いており、急停止どころか方向転換もままならない。避けることは容易《たやす》い。

しかし背後には初陣《ういじん》のリリオンがいる。猪はどこから走ってきたのか、足場の悪さも物ともせず充分に加速しており最高速度と言ってもいい。視界の先で拳大程の大きさだった姿が、もう目前にいる。こうなるともうコミカルどころではない。岩の塊が突っ込んでくるような圧力がある。猪はランタンの腰程の体高があり、これをこの速度のまま、無傷でリリオンへ通してしまっては先輩風を吹かせていたランタンの沽券《こけん》に関わる。

「どっ、せぃっ！」

ランタンはすれ違いざまに猪の横っ面《つら》を戦鎚で引っ叩いた。醜《みにく》い悲鳴が上がり、硬い毛皮を潰し、弾力のある肉を押し分け、硬い頭蓋《ずがい》の感触が掌《てのひら》に伝わってくる。

一瞬、猪の前足が二つとも地面から離れ、巨体がわずかに横にずれた。だが猪の突撃は止まらない。ランタンは叩いた衝撃で自らも横に跳んで猪から距離を取る。

溜め息のように一言。

「重い」

だがそれだけで、強くはなさそうだ。ランタンは、カモだな、と思わず呟く。

ランタンは戦鎚に付着した魔物特有の青い血を振り払い、即座に振り返って視線は猪を通り過ぎ、リリオンを見る。

「リリオン！」

リリオンはランタンの言いつけ通りに左前に大楯を構えた姿で、最初の位置から動かずにじっと猪を窺《うかが》っている。楯の陰に隠れて表情をはっきりと確認することはできないが、どうにか落ち着いているように見える。まずそのことに安堵《あんど》し、猪を視界に捉えてほっと一息吐いた。

猪はリリオンに向かったが、すぐに足を縺《もつ》れさせ、根にも躓《つまず》き、後ろ足が前足を追い抜くような形ですっ転んだ。丸い身体も相まって二つ三つと転がって、起き上がり小法師《こぼうし》のように立ち上がると即座に走りだす。その先は、壁だ。

猪はランタンの打撃によって一時的に脳震盪《のうしんとう》を起こし錯乱《さくらん》している。

鶴嘴《つるはし》を使えば猪の頭蓋《ずがい》を穿孔《せんこう》することもできたが、ランタンが片付けてしまっては意味がない。それに虫の息まで追い込んで、はいどうぞ、ではリリオンの自信には繋《つな》がらない。

猪は硬い鼻で何度か壁を削《けず》り、その度《たび》にぱらぱらと針の雨が降る、皮膚《ひふ》を甘く刺す針葉の痛みか、猪は持ち前の頑丈《タフ》さですぐに正気を取りもどした。こめかみから流れる青い血を払うように頭を振って、耳障りな音で鼻を鳴らし、攻撃的に嘶《いなな》いた。

「リリオン！　そっちに行ったら任せる！」

猪の突進は脅威だが、それは充分に加速していればの話だ。猪はちょうどランタンとリリオンの中間地点で、どちらに狙いを定めるか迷うように落ち着きなく円を描いた。

「落ち着けば大丈夫だから！」

ランタンはリリオンに向かって叫ぶと、こちらを向いた猪に向かって走りだした。憎悪に濡れたつぶらな瞳を覗《のぞ》き込むように睨《にら》みつけ、殺意を注ぐ。ランタンの焦茶色の瞳が明るさを。

瞬間。

ひときわ甲高《かんだか》い鳴き声を発すると猪は踵《きびす》を返し、猛然とリリオンに向かって走りだした。ランタンはそれを追い立てるようにその後ろに続く。

ランタンから慌てて逃げるように猪の蹄《ひづめ》が根の上で空回る。それでなくとも満足な助走に必要な距離は存在しないので、猪は中途半端な速度でリリオンに向かわざるを得ない。落ち着いたリリオンならば大楯で受け止めることは容易《たやす》いだろう。

なのに。

「リリ――」

リリオンが楯を横に払って空を扇《あお》いだ。目測を誤った、いや、視界が狭いのを恐れたのか。何にせよリリオンは全くの無防備だ。

ランタンの叫び声は間に合わない。リリオンは楯に身体を引き摺《ず》られるその勢いのままに、剣を大きく振りかぶっている。まだ、猪まで遠い。

左半身を開き身体を曝《さら》け出したリリオンをランタンは引きつった表情で見つめた。

リリオンは全然、まったく落ち着いてなんかいなかったのだ。

顔は真っ白で、一文字《いちもんじ》に結ばれた唇は青く、瞳には全く余裕がなく猪だけを見つめている。

リリオンは言いつけ通りに楯に隠れて、冷静に猪を窺っていたわけではない。緊張と混乱で一時的に凍り付いていたのだ。それが向かってくる恐怖の対象を見て、急速に解凍された脳髄《のうずい》が、本能的に身体を動かしている。

「踏み込めっ!!」

ランタンは殆《ほとん》ど悲鳴のような怒鳴り声を上げた。

「はいっ、いやぁあっ!!」

ランタンの命令がリリオンの本能行動の隙間《すきま》にねじ込まれ、リリオンは猪に向かって大きく一歩を踏み込んだ。リリオンの左足の下で地面が砕け、右腕が撓《しな》ったかと思うと、剣を投げつけるように振り下ろす。

壁に反響するリリオンの気合を、爆音が吹き消した。

力任せに叩きつけた大剣が絡まる根を両断して鋒《きっさき》を地面に埋めている。外したのではない。顔面をまるごと失った猪が弾けるように後方に転がって、数回大きく痙攣《けいれん》すると青い血の海の中で静かに横たわった。

「――わぉ」

猪の頭蓋骨が内側から爆発したような有様にランタンは小さく声を漏《も》らした。

首無し猪の死骸《しがい》を飛び越えてリリオンに駆け寄る。

リリオンは地面に埋まった剣を抜こうとしているのか、それとも柄《え》に張り付いて剝《は》がれない掌をどうにかしようと、肩で息をしながら必死に腕を動かしている。

猪の有様も、近寄るランタンにも気が付いていない。

「リリオン」

「――ひっ」

「その反応はちょっと傷付くなあ」

「えっ――きゃあっ！」

声を掛けたランタンにリリオンは怯《おび》えた表情を見せて、それがランタンだと気が付くと柄から手が滑って盛大に尻餅《しりもち》をついた。手の中から楯が零《こぼ》れ落ちて銅鑼《どら》のような音が響く。ランタンはその音に顔をしかめながら手を差し伸ばした。

「よくがんばったね」

ランタンはリリオンを引っ張り起こして、そのまま胸の中に収めた。剣を握っていた右の掌には剣撃の熱がこびり付いていたが、指先は氷のように冷たく震えていた。優しく背中を撫《な》でてやると、そこからゆっくりと溶け出すようにリリオンの身体から力が抜ける。

「どうだった？」

「……わかんない」

「ふふふ、初体験なんてそんなものだよ」

胸の中でポツリと呟くリリオンにランタンは笑いかけたが、リリオンはぽかんとした表情になっただけだった。ランタンは軽く肩を竦《すく》めてリリオンを解放し、地面に刺さった剣を抜く。

なんとも深く突き刺さっている。

がむしゃらな一撃だったので、覚えていないのも無理はない。

剣はあれ程の勢いで叩きつけられたのにもかかわらず壊れてはいなかった。地面に埋まった部分の刃は若干《じゃっかん》潰れてはいるが、生半可な品質では折れるか拉《ひしゃ》げるかの一撃だったことを考えれば、さすがはグランと言わざるを得ない。いい仕事をしている。

「楯拾って――はい」

リリオンに楯を拾わせて差し出されたそれに剣を収める。

ランタンでは腕の長さが足りずに一人では剣を抜き差しすることができないのだ。

ランタンは羨《うらや》ましそうな表情を隠して、すらりと手足の長いリリオンを眺めた。

あの脚の、あの腕の、あの剣の長さのどれか一つでも欠けていたら、今ごろリリオンは猪に蹂躙《じゅうりん》されていたかもしれない。

それを思うと胃が痛い。

きちんと防御を固めろだとか、楯があるのだから有効活用しろ、と本来ならばリリオンに説教をかますのが厳しい先輩探索者としては正しい振る舞いなのだろう。だが、せっかくの初陣を、ともかくとして傷一つなく無事に終えたのだから、水を差すような真似《まね》もしたくはなかった。

説教か称賛か、悩ましい。

「これ、リリオンがやったんだよ」

二人は猪の死骸を取り囲み、青い血を踏まないようにそれを覗き込んだ。

猪は首から大量の血を流し、巌《いわお》のようだったその巨軀《きょく》は一回りも二回りも小さく萎《しな》びている。

だがそれでも十分に巨大だ。頭部を失っているのにもかかわらず二メートルはある。

「これを、わたしが」

リリオンは感慨《かんがい》深げにその死骸を眺めて、楯の角で死骸が再び起き上がるのを恐れるように軽く突《つつ》いた。触れた毛並みの硬さに驚いている。この剛毛と厚い脂肪《しぼう》を纏《まと》った肉体は天然の鎧《よろい》と言って差し支えないし、強固な頭蓋骨《ずがいこつ》は兜《かぶと》さながらだった筈《はず》だ。

「これを一撃で仕留められれば、探索者として上等だよ」

「ほんと？」

猪の有様を見ればその一撃の凄《すさ》まじさは語るまでもない。そこに至るまでの過程には、上等、などという形容詞は付けることができないがランタンはそれを口に出さなかった。何しろ自信を付けさせることが目的なのだ。

「ほんとほんと」

ランタンは、はっきりとした手付きで力を込めてリリオンの腕を叩いた。ばちん、といい音がなってリリオンは驚いた様子で目をまん丸にしてランタンの横顔を見た。

「頼りにしてるよ」

リリオンは叩かれた腕の痺《しび》れを撫でると、まるでその痺れが愛撫によってもたらされたものかのように頬《ほお》を蕩《とろ》けさせて、猪さながらの押し倒すような勢いでランタンに抱きついた。

「――ランらんっ！」

「誰だよ……むぐぅ」

少女の胸の中に掻《か》き抱かれると生々しく冷たい汗の匂《にお》いがした。

そういえば自分の初陣でも、こんな風に冷や汗を掻《か》いたような気がしなくもない。リリオンのことを兎《と》や角《かく》言うことのできないような狂乱を晒《さら》していたというのははっきりと覚えているが、その印象が強すぎて相対した魔物もどのような種類かは定かではない。

「ちょっと、っ。倒れる！　死体と添い寝なんてやだよ」

だが今は思い出を引き摺り出して感傷に浸っている場合ではない。

楯を持ったリリオンの体重を支えるには体勢が厳しすぎる。押し倒そうとする加重の向こう側には青い血の海と猪の死骸がある。皮を剝いで敷物にしたとしても最低の使い心地であることは想像に難くない。

「えいっ」

必死にバランスを取ろうとするランタンを、リリオンはいとも容易《たやす》く持ち上げて踊るかのように身体《からだ》を入れ替えた。そしてなんとも微妙な顔をするランタンに笑いかけると、仕切り直しとばかりに再び胸に抱いた。

「ねえランタン、これはどうするの？」

「そうだねぇ」

リリオンは死骸を指さし、ランタンは人形のように抱えられたまま、諦め混じりに説明する。

普通の探索者ならばまず大抵、最も価値が高く、時間経過により品質を落とす魔精結晶を第一に収集する。そして順次積載量の余裕を鑑《かんが》みながら、例えば牙や爪、毛皮などの値段がつきやすい素材の剝ぎ取りを行う。

「猪の結晶ってどれなの？」

魔精結晶は魔物の種類によってそれを現す部位が異なる。

基本的にはその魔物の最も特徴的な部位が魔精結晶となることが多い。

「ええっと、それって」

「まあこれの場合は鼻だね」

ランタンが顎をしゃくって剣が叩きつけられた地面を指し示すと、そこには薄ぼんやりと光る砕けた魔精結晶が散らばっている。リリオンは、きゃあ、と一つ叫んでランタンを抱えたままそちらに走った。

地に足が付いていないのは落ち着かない。ランタンは身体を捻《ねじ》って拘束から抜け出し、リリオンはその場にしゃがみ込んだ。ランタンは地面に跪《ひざまず》いてせっせと欠片《かけら》を拾い集めるリリオンの肩を優しく叩いた。

「気にしなくていいよ。珍しいことじゃないから」

リリオンは掌《てのひら》に魔精結晶の欠片を載せて、悲しみの瞳でランタンを見上げた。ランタンは苦笑しながらポーチから特殊な布で編んだ小袋を取り出して、リリオンの掌から欠片を小袋へ払い落とした。

「あ……」

再び拾い始めようとするリリオンの目の前で魔精結晶の欠片が次々と地面に溶けるように消えていく。魔精が迷宮に還《かえ》っていったのだ。そしてそれはまたいつか生まれる魔物の源となる。

「……きえちゃった」

「そんなもんだよ」

特徴的な部位とは、長所と言い換えてもいい。

魔物の長所をすみやかに潰すことができれば戦闘を有利に進めることができるが、だがそれは同時に魔精結晶の価値を大きく減ずることを意味する。安全を考慮して長所ばかりを狙うような戦闘を繰り返せばいずれは探索で消耗《しょうもう》した装備を賄《まかな》うことが叶わなくなり、また欲に目がくらめば寿命が縮む。

「どうしたらいいの？」

ランタンはリリオンの疑問に肩を竦めた。金銭を取るか、それとも安全をとるか。それは全探索者にとっての永遠の課題でもある。

「ランタンはどうしてるの？」

「僕はあんまり気にしてない、かな。余裕があれば避けるけど、怪我《けが》したくないし」

「……そう、なの？」

「単独探索者には小さな怪我も命取りだからね」

ランタンは笑いながらももっともらしく言う。だがその実、思いの外《ほか》ランタンが無茶をすることを既に察しているのかリリオンはランタンの手を握り締めて、ぬっと顔を近づけた。

「わたし、頑張るから」

「――ええと」

「わたし頑張るから、頼りにしてね！」

うん、と頷《うなず》くと唇が触れそうな程の距離に、ランタンはただ曖昧《あいまい》に笑みを浮かべた。

少しだけ煽《あお》りすぎたかもしれない、とそう思いながら。

◇◇◇

迷宮の道は平坦にも見えるがその実ややなだらかに傾斜している。迷宮を上中下と三分割し、深度計なる物を使用しているのにもかかわらず坂道であることを失念する者は後を絶たない。気付かない内に膝を痛めたり、脚を縺《もつ》れさせて転んだりする。

いつリリオンが転んでも手を差し伸べられるように気を配っていた。

だが意外なことにリリオンの足取りは軽く、疲れた様子も見せてはいない。先の戦闘から軽い興奮状態をずっと維持しているのだ。あるいは、興奮していることにも気が付いていないのかもしれない。

「ねえ、ランタン！　これ見て！」

「んー、どうしたの？」

リリオンの手首に巻かれた深度計が色を濃くしている。秋空にも似た淡い色だが、中層に入ったばかりの頃と比べると一目瞭然に濃い。この色の意味するところは、ここがもう既に下層であるということだ。

「もう下層か、……よく気が付いたね」

ランタンはリリオンに向かって微笑《ほほえ》み、その裏側で思考を巡らせる。

ランタンも何だかんだとリリオンの足取りに急《せ》かされていたのかもしれない。時計を取り出して時間を確かめる。やはり予定よりも随分《ずいぶん》と余裕を持って下層へ入っている。余裕があると捉えるべきか、焦っていると捉えるべきか。

猪を倒した後に一度の小休憩を挟んだが、ここら辺りでもう一度休憩してもいいかもしれない。下層はまだ半分以上が未踏破で、魔物の排除も済んでいない。

ここから先は複数の魔物との連戦になるだろうし、もしそうなればリリオンの体力は気が付いた時には底を突いている可能性が高い。

そうなるとリリオンはただの護衛対象でしかなく、動くこともできなければそこに、足手まといの、という形容詞が付くこととなる。そうなればせっかく芽生《めば》えたリリオンの自信は猪の頭のように粉々になるだろう。

一度、完全にとはいかなくとも冷却時間を取ったほうがいい。とは思うのだがいつ魔物が襲ってくるかわからない下層でいきなり腰を下ろすわけにはいかなかった。

まずは安全を確保しなければならない。

「ランタンどうしたの？」

あからさまに歩調が遅くなったランタンにリリオンが並んで顔を覗《のぞ》き込んだ。血色の良すぎるその顔をランタンはじっと見つめる。

リリオンをここで待機させて、斥候《せっこう》に出るべきか。だがしかし浮かれているリリオンから目を離すのは少しばかり恐ろしい。地上ならば持ち前の素直さで言うことを聞いてくれるだろうが、迷宮という異界では普通では考えられないような思考に陥《おちい》ることは儘《まま》あるし、興奮状態であることを加味するとその確率は更に高まる。

ならばやはり目の届く所に置いておくのが最善か。共に戦うとしても、守るとしても。

ランタンは駆け抜ける思考を継《つ》ぎ接《は》ぎしてゆく。

「ここからは普通に魔物がでるよ。何匹も、纏《まと》めて。だから、――少し進んで、遭遇《そうぐう》しなきゃここまで戻って、もう一度、休憩しよう」

ランタンは一つ一つ区切りながら、どうにか思考を纏める。

「わたし、まだぜんぜん疲れてないわ！」

「……僕は疲れたよ」

今まで一人で好き勝手に探索をしていたツケを一気に払わされているような気がした、そんなこと考えもしなかったんだから仕方がないではないか。ランタンはうんざりした顔でぶつくさと呟《つぶや》く。その顔にリリオンが手を翳《かざ》し、前髪を払うと熱を計るように額に掌を触れさせた。

肩を竦《すく》めて手を退かす。リリオンの掌のほうがよっぽど熱い。

遠足熱だな、とランタンは小さく笑った。

「休める内に休んどかないと、魔物は疲れてても待ってはくれないからね。喉《のど》も渇《かわ》いたし」

だが喉を潤している暇はなさそうだ。

ランタンとリリオンがほぼ同時に迷宮の奥へと視線を投げた。複数の足音が壁に反響して近付いてくる。共振するように頭上で針葉がさざめいた。針の雨が降る。

「リリオン、下がるよ！」

「わたし――」

大丈夫よ、と続けようとしたリリオンを肩に担《かつ》いでランタンは大きく後ろに跳躍した。針の雨に混じり蛙《かえる》の魔物が降ってきた。地上でも見られる牙蛙《きばがえる》の原種である。拳大から人頭大まで大きさ様々な牙蛙はそのどれもが口から溢《あふ》れんばかりに牙を剝《む》き、その四肢《しし》には鋭い爪を有していた。交雑の進んだ地上生のものよりも遥《はる》かに醜悪《しゅうあく》である。

そして更に。

迷宮の奥から駆けてきたのは虎だった。木虎《もっこ》と呼ばれる魔物である。

虎は巨軀《きょく》の輪郭《りんかく》を針葉樹林に溶かすようにして駆けてくる。数は三。象牙《ぞうげ》色の毛皮に、それよりもやや濃い茶色の縦縞《たてじま》。いかにも獰猛《どうもう》そうな顔には三つの目があって、ぎらぎらとした殺意を放射している。

前二匹は小型中型、後ろの一匹が二回り程大きい。柔軟な身体《からだ》は伏せれば膝下程も小さくなるが、すっと背を伸ばした大虎はその耳先がランタンの胸にも届く。

蛙と虎。ともすれば食物連鎖の起こりそうな組み合わせであったが、迷宮内にあるのは常に人と魔物の殺し合いである。

「リリオンは蛙の処理！」

「わたしも――」

牙蛙は醜悪で凶暴である。だが下街では串焼きにされていたりもするし、原種であってもそう脅威《きょうい》度の高い魔物ではない。無論、指を差し出せば骨ごと食い千切《ちぎ》られるし、口腔《こうこう》に収まりきらぬ牙は皮膚《ひふ》を切り裂くことを躊躇《ためら》わない。だがいくら軽装備といえども黒革の戦闘靴《ブーツ》に牙は通らず、探索服の防刃性能はそれなりだ。剥き出しの顔面もランタンならばいざ知らず、リリオンまで届く程の跳躍力はない。

「全部やっつけたら混ざりにおいで」

だからリリオンはより強そうな虎と戦いたがった。自らを確かめるために。

けれど木虎はなかなかの強敵である。

猫科特有のしなやかな身のこなしは変幻自在。牙も爪も探索服を紙のように切り裂き、眉間《みけん》の三眼は魔眼であることもあった。リリオンに任せるにはやや荷が重い。

ランタンは牙蛙を飛び越えて駆け、リリオンは追いていかれまいとするように大剣を振るった。大きく踏み込んだ一歩は身体を沈め、右肩担《かつ》ぎからの一閃《いっせん》は切り落としではなく地を擦るような大回りの薙《な》ぎ払いだった。

牙蛙が纏めて血霞と化した。ランタンはその剣風に背中を押される。

まず中虎が撃ち出されたようにランタンに飛びかかった。大きく開け放った口は鋭い牙が立ち並んで、突き出された前脚から別の生き物のように爪が飛び出す。

ランタンは更に踏み込み、沈墜《ちんつい》。前脚の内側に潜り込むと右下から戦鎚《ウォーハンマー》を振り上げた。どう、と鶴嘴《つるはし》が前脚の付け根に埋まり、ランタンはその場で足を踏ん張ると鎚頭《ヘッド》と化した中虎を力任せに振り回す。みしり、と響いたのはランタンの肉骨であり、また引き千切れた虎の肉体であった。小虎はランタンの脇を通り抜けてリリオンへと向かおうとしたが、悲鳴と青い血を振りまく中虎が錐《きり》もみしながら激突して妨げられる。

「くっ」

息吐く暇もなく大虎がランタンに目がけて突っ込んできて、高速で斬《き》り返された戦鎚が虎口に捕らえられた。ランタンを見つめる三つの目が痛みを宿す。跳ね上げられた右足が虎の首を蹴りつけて、しかし恐るべき反射能力で大虎は後ろに飛んだ。首を蹴折り損ねた。

追いたかったが、復帰した小虎が壁を蹴って頭上に飛びかかってくる。そして足元には這《は》うようにして中虎が。左前脚の付け根から血を流し、べったりと汚れた前脚を抱きつくように伸ばしてランタンの足を喰らいつこうと。

蹴り足を戻す暇もない。ランタンは勢いに任せて腰を切り、中虎を飛んで躱《かわ》すと同時にぶん回された戦鎚が小虎の頭蓋を砕いた。その奥に大虎の殺意。

「ランタンっ!」

リリオンさえも反応する程のおぞましい気配に、脳漿《のうしょう》を零《こぼ》す小虎がびくんと震えた。それはいかなる生命力か頭蓋の内側に戦鎚を銜《くわ》え込んだ小虎が身体を捩り、ランタンの手から戦鎚を奪い取る。

「なっ!」

空中で体勢を崩し、ランタンは声を上げた。大虎がその隙《すき》を見逃さず巨軀を躍らせる。地を蹴り、壁を駆けて、銀の雨脚が強まる。ランタンの身体はすっぽりと大虎の影に覆《おお》われて、自らから離れゆく戦鎚の、その柄《つか》に結ばれた留め紐を指に引っ掛けた。

竜種の髭《ひげ》を丁寧《ていねい》に編み込んだ留め紐である。そんじょそこらの重量では千切れもしない。ただ紐の食い込む指が千切れそうな程に痛むが無視をする。

ランタンは小虎ごと戦鎚を引き戻し、襲いかかる大虎を防ぐ壁とした。

戦鎚は脳を潰し、食道にまで落ち込んでいる。

ランタンは腰後ろから狩猟刀を抜き打つと小虎の喉を裂き、足元から跳び上がろうとする中虎への牽制《けんせい》として投げつける。どっと狩猟刀が虎の目を貫き刃元まで埋まり、牽制《けんせい》以上の効果を発揮した偶然をランタンは当然のことのように受け止めた。中虎はぎゃうわうと悲鳴を発しのたうって、生存を伝えるがしばらくは無力化されているだろう。

それを視界の端に収めながら、小虎から戦鎚を引き抜きざまにその死体を蹴っ飛ばした。

しかし小虎の壁など意にも介さず大虎は突っ込んでくる。ざん、と縦振りの前脚が小虎の身体を躊躇《ためら》うことなく切り裂き吹き飛ばした。もしかしたら親兄弟の類《たぐい》であるかと思ったが、魔の虎にはそのようなものへ抱く情はないのかもしれない。

あるのはランタンへの敵意だけ。三眼が妙にぎらつき、虎口はランタンの頭蓋を砕いて満たされぬ殺意を喉奥から覗《のぞ》かせている。ぐるるあ、と生臭《なまぐさ》い呼気が吹き荒れて、ランタンは前肢《ぜんし》の一撃を宙で躱《かわ》すが突撃自体を避けるには至らない。

「ぐぎ」

虎口が銜え込んだのは戦鎚の柄である。どうにか噛《か》みつきの一撃は防いだが、しかし踏ん張れない空中では質量の差は如何《いかん》ともしがたい。大虎の巨軀にランタンは組み敷かれて、小軀の上に伸しかかった大虎は暴れに暴れる。

それは興奮した虎が少年を犯すような荒々しさがあったが、突き刺したのはランタンである。押し倒される瞬間に立てた膝に大虎は自らの重量をもって肋骨《ろっこつ》を砕き、華奢《きゃしゃ》さゆえの細く鋭い膝は槍の穂先の如く虎の内臓深くを傷つける。錆《さび》混じりの生臭い呼気がランタンの顔を舐《な》めて、大虎は銜え込んだ柄が口角に食い込むのも厭《いと》わず深く牙を剝く。

それは笑みにも見えた。

闇雲に振り回す前腕はランタンの位置が近すぎて威嚇以上の意味を持たず、縦に裂けたような眉間の三眼だけが冷酷《れいこく》にランタンを見下ろしていた。ランタンは柄と鎚頭の付け根を強く握り締め、荒れ狂う虎口を押し退けて睨《にら》み返す。

だが重い。刺さる膝を抜こうと藻掻《もが》き、ランタンを喰らおうと体重を掛ける。大虎の後肢《こうし》はいずれ浮くのではないかと思う程で、強固な肉体を誇る虎の口角よりもランタンの掌《てのひら》の肉は柔らかい。今にも皮膚が裂けそうだった。

口腔から溢《あふ》れる涎《よだれ》がランタンの顔を汚し、粘着く唾液《だえき》は情欲のような熱を有していた。

臭い。

ランタンの顔が歪む。足音が聞こえる。

一つはリリオンであり、もう一つは中虎だった。狩猟刀は眼球ごとどろりと抜け落ち、駆け寄るリリオンは牙蛙を引き連れていた。組み伏されるランタンを目にして居ても立ってもいられなくなったのか、何度も名前を呼んで、きっと少女の目には中虎の姿は映らない。

視線が一瞬リリオンを探った。その瞬間、ランタンは反射的に首を傾《かし》げる。

熱。

灼《や》けたのは擦った後頭部ではなく、幾筋かの髪と右の頬《ほお》だった。三眼が圧縮するように細められて、放たれたのは殺意の収束する魔道の熱線である。ランタンが躱した先には、根の絨《じゅう》毯《たん》が炭化して穴となり、ちりちりと熱を燻《くすぶ》らせている。三眼は瞬き一つ。再び収束する殺意を押し返すように、ランタンは戦鎚を突き放した。

掌が痛い。

だが虎が反ったのは一瞬で、ランタンが抜け出す暇はない。ただ反動を付けて今度こそランタンの顔面を喰らおうと振り下ろされる虎の顔面をランタンは両手に挟み込み、虎の勢いも利用して両の眼窩《がんか》に親指を根元まで突き入れた。限界まで見開かれた三眼は自身を焦がす程の高熱を湛《たた》え、だがそれが放射される間もなくランタンは虎の頸椎《けいつい》を力任せに捩じ折った。

断末魔の悲鳴はなく、聞こえるのは少女の叫びと中虎の憎悪である。

「らんたんっ！」

自らの放った甘い叫びをリリオンは己の足で踏み潰す。ランタンの頭部のすぐ脇をリリオンは踏み付けて根の絨毯が酷《ひど》い音を立てて砕け陥没した。ぼっ、と空気の逆巻く音があったかと思うと、絶命した大虎が逃げ出そうとするように、顔を摑《つか》んだままの腕が引っ張られる。

「は」

ランタンは咄嗟《とっさ》に眼窩の裏に親指を引っ掛けて、遠ざかろうとする顔を締め付けた。同時に荒縄が力尽くに引き千切られるような音が聞こえ、不意に押しかかる圧力が消失した。

手の中にある顔だけとなった虎が重たく感じる。

リリオンがランタンにのし掛かる大虎を蹴った。言葉にすれば単純であるが、頭部を抜いても大虎の重量は二〇〇キロを下るまい。それを吹き飛ばした少女の恐るべき脚力に驚愕《きょうがく》する暇もなく、ランタンは虎の顔を払い退けるように投げつけた。襲い来る中虎はそれを躱し、狙いは蹴った勢いに身体を泳がせる少女であった。

憎悪はランタン。だが所詮《しょせん》は獣、狙いは近く隙のある者へ。

ランタンは左手を伸ばす。

その手は肉付きが薄いが柔らかそうだった。丸く整えられた爪は青い血に汚れ、血は垂れて細い指に螺旋《らせん》を描く。それは白い手だった。探索者証の緩《ゆる》い手首が返されて、甘く手招きするような指使いに獣は抗《あらが》うことができない。その手は何とも旨《うま》そうだった。

生暖かい呼気が指に触れる。べろんと血を舐め上げた舌が滑《ぬめ》りざらつく。ランタンの手は虎口に捉えられ、その牙にとって細腕は飴《あめ》細工に等しい。だが牙の噛み合う音は永遠に響かない。

虎の頭部が四散した。咥《くわ》えた手より放たれた爆発は虎の頭部を一瞬で消し炭として、ランタンは立ち上がると同時に炭化する虎の首を鷲掴む。振り返るリリオンに一瞬の笑みをくれて、ランタンは細腰を撓《しな》らせてまだ幾匹も残る牙蛙へと虎の死骸《しがい》を投げつけた。

腰痛い。好き勝手に腰を振りやがって、と拗《す》ねるような舌打ち一つ。命で購《あがな》わせても安いぐらいだ。まったくもう、これだから獣《けだもの》は。

「ランタンっ、大丈夫っ」

「うん、大丈夫だよ。ありがと」

ランタンにダメージは殆《ほとん》どない。怪《け》我《が》らしい怪我の一つもなく、倒れた時に打ち付けた背中が多少痛む程度だが、衝撃の多くは背嚢《バックパック》と外套《マント》により軽減されている。

ちりりとする頬の熱は痛みというよりは痺《しび》れで、中虎を投げ飛ばした腰の痛みは自業自得《じごうじとく》である。最も鬱陶《うっとう》しいのは擦りつけられた獣臭と頬を汚す虎の唾液《だえき》だ。

ランタンはそれを掌で拭い、べったりと壁に擦りつけた。

「リリオン、あれは何?」

「あう、うう……、かえる」

「まだ残ってるね」

ランタンは爪先《つまさき》で戦鎚《ウォーハンマー》を蹴り上げて手の中に収める。感覚を確かめるようにくるりくるりと二回転させ、小器用に鶴嘴《つるはし》で狩猟刀を引き寄せた。ランタンは血を振り払い鞘《さや》に収める。

「だって、ランタンが……」

「うん、心配掛けた。でもまだ戦闘は終わりじゃないから、気を抜くんじゃないよ」

ランタンはその場で急に旋回して、戦鎚で木壁を叩いた。幹が拉《ひしゃ》げ、横ばかりではなく後ろにも木々の密集を伝える重い手応え。どんと衝撃が連接する幹に響き、しゃらしゃらと針葉が降る。リリオンが咄嗟《とっさ》に楯を傘にした。

銀の雨に紛れて樹上に潜んでいた虎が二匹。襲いかかってくるかと思っていたが、隙なく睨むランタンに恐れをなしたのか距離を取って着地する。

驚くリリオンの尻を引っぱたき、ランタンは言う。

「早くしないと、独り占めしちゃうよ」

「すぐ、戻ってくるからっ！」

リリオンは蛙に飛びかかった。

虎は強敵である。だが一匹程度ならば、リリオンに任せてもいいかもしれない。

ランタンはそんなことを思って、己の傲慢《ごうまん》な考え方に苦笑を禁じ得ない。

ここまで連れてきて、今更何を躊躇《ためら》っているのか。探索者として迷宮に連れてきたのだから、本来ならばそれ相応の扱いをするべきなのだ。それを怪我の一つもさせないようにと立ち振舞うなど、それはリリオンへの侮辱《ぶじょく》に他ならないのではないだろうか。

だがそう頭で考えても、いざそのように立ち振る舞えるかというと難しい。

なんともままならない。ランタンはぐるりと手の中で戦鎚を回転させた。

一匹は小虎よりは大きく中虎よりは小さい。もう一匹は中虎よりも大きく大虎よりも小さい。

樹上より降り注ぎランタンに存在を感づかせた殺意と憎悪は、三匹の虎を殺す度《たび》に強くなった。やはり木虎どもは親子であったのかもしれない。情の有り無しも、色んな意味で考え物だ。

ゆっくりと息を整えて、ランタンは眉を顰《ひそ》める。

やはり臭い。顔を塗らした唾液と青い血の臭気が、そして身体に擦り込まれた獣臭が鼻についた。まるで己自身が獣であるかのようだった。

背後からリリオンの気合が聞こえる。

えい、やあ、とお、とそれは甘く、弾け飛ぶ牙蛙の断末魔は無惨である。

頑張ってるな、と思う。

先の猪との戦闘も、ランタンのお膳立《ぜんだ》てを抜きにしてもリリオンはその能力をはっきりと示した。たった一回と見るべきか、それとも初めてをあれ程と見るべきか。

いや、牙蛙との戦闘だって魔物との戦いには違いない。数十もいた牙蛙をあれ程の短時間で一桁《けた》にするのは、なかなかできることではない。

たった二回、などと考えていてはリリオンは永遠に殻《から》の付いた雛鳥《ひなどり》のままで、もし本当に危険なその時は、ランタンが頑張ればいいだけの話である。

「ふふ」

ランタンは思わず声を漏《も》らして笑った。それは優しげな微笑《ほほえ》みであるが、虎がぎょっとして距離を取り、リリオンはあっという間に牙蛙を殲滅《せんめつ》してしまう。

何もかも思い通りに進めようとすることこそが傲慢《ごうまん》で、状況を選択することは普通のことだ。望んだ方向に行かなかったとしても、ランタンはいつも切り抜けてきた。

ランタンは戦鎚《ウォーハンマー》を手の中で回し、隣に並んだリリオンの三つ編みをそっと揺らした。少女の頬《ほお》は赤く、虎を睨《にら》み付ける目は明るい。

ぺろりと唇を舐《な》めて、リリオンは大剣を右肩に担《かつ》いだ。

「さあて、頑張るよ」

「まかせてっ」

リリオンはやる気満々に叫び、だがランタンは取り敢《あ》えず三眼だけは潰しておこうと思う。

◇◇◇

滑るように脇に移動すると、虎は魚のように身を翻《ひるがえ》してランタンを追った。頭上を爪が通り過ぎてランタンは虎の腹下に潜り込む。狙いは追い足の右後肢《こうし》。逆袈裟《ぎゃくけさ》の戦鎚《ウォーハンマー》が、けれど爪先で地面を蹴るだけの体捌《さば》きに躱《かわ》される。左後肢が地面に取り残されている。虎はその足を基点に身体《からだ》を捩ろうとして、しかしランタンが独楽《こま》のように旋転して蹴りを放った。

左膝。関節が柔かくも過伸展に耐えたのは一瞬で、膝を踏み折ったランタンは狩猟刀を抜刀し、体勢を崩す虎の肋骨《ろっこつ》に刃を滑らせる。

抵抗なく差し込まれた狩猟刀の刃はランタンの肘から手首程の刃渡りがある。分厚い毛皮と脂肪《しぼう》の層も貫通し、痛みに収縮する筋繊維《きんせんい》を切り裂いた。臓腑《ぞうふ》の幾つかを横断し、心臓の位置がわからないのでランタンは取り敢《あ》えず刃を捩り、更に押し込む。

ぬとりとした体内の熱が血と共に溢《あふ》れて、絶叫が上がる。ランタンは狩猟刀を抜きざまに虎の肋骨の数本を引き斬《き》った。

ランタンは刃に付着する青い血を振り払い、のたうつ虎の首を踏んだ。

ランタンの体重は五〇キロに満たないかもしれない。それに探索装備を足しても、やはり虎の首を挫《くじ》く重さには至らず、けれど振り子のような体重移動は虎の頸椎を呆気《あっけ》なく踏み砕く。

未だ二度三度と痙攣《けいれん》する虎を一瞥《いちべつ》して、ランタンは少女に目を向ける。

リリオンはよく戦っている。虎の三眼はランタンが潰し、リリオンは青い涙に汚れた鼻面《はなづら》を楯で殴《なぐ》りつけた。追う大剣の一撃は虎の毛皮を刈り取って空かされ、返しの斬撃が虎に反撃を許さない。さらに追った大楯の振り回しを虎は前肢《ぜんし》で受けて、宙を飛ぶ。壁を蹴って躍りかかると見せかけて、リリオンの一撃を誘い出し、粘着くように残った後肢が震えたかと思うとリリオンの頭上を跳び越えて背後を取った。

縦振りの一撃が軌道を変えて横払いに翻《ひるがえ》って背後の虎を狙った。振り向きざまのぶん回しは当たれば幸運で、牽制《けんせい》となれば御の字、沈み込まれたら悪手となる筈《はず》だった。

が、これは悪手どころではない。

横払いは腰を捩ることで行われたが、軸足《じくあし》が根の絨毯《じゅうたん》に滑り、身体が泳いだ。遠心力に身体が開き、柄が滑らないのは賞賛ものだが、虎はその歪《いびつ》な回転を充分に待っている。ずるりと斬り込んだのは木壁である。生木に埋まった刃はそうそう抜けない。そして人は咄嗟《とっさ》に剣を手放せるものではない。

ぐるがおう。それは牙を爪を存分に振るえる歓喜である。

「させないよ」

少女と虎の間に戦鎚《ウォーハンマー》がぬるりと滑り込む。

伏せるような姿勢から、リリオンに飛びかかった虎をランタンは迎撃する。背後に少女の荒い吐息を聞きながら、これで押し倒されたらまた心配を掛けてしまうなと余裕だった。

爪の一撃を戦鎚でいなし、身体の泳ぐ虎の側頭に左の回し蹴りをぶち当てる。

金属補強の上からでも爪先《つまさき》が痛い。さすがに頭蓋《ずがい》が堅く、衝撃は首の柔らかさに抜けたような気がする。虎は吹き飛んだものの着地は鮮やか。こめかみから流れた血をべろんと舐めた。

「リリオン、落ち着きな」

「大丈夫！」

「深呼吸二回。無理に剣は抜こうとしない。捩《ねじ》ると刃が歪むよ」

「わかった」

すうはあ、と戦場では致命的な深さの呼吸を素直に二回。虎は距離を詰めつつ、うずうずと戦意を高めていたが、少女の前に立ちはだかる、少女よりも少女めいたランタンの立ち姿に踏み込めずにいる。三眼に躊躇《ためら》いなく突き込まれた指の細さを思い出しているのかもしれないし、唇に浮かぶ笑みが戦場にそぐわぬ嫋《たお》やかさを孕《はら》むからかもしれない。

ついでに四肢の一つでも折っておくんだった、と性懲《しょうこ》りもなく考える自分をランタンは笑う。

リリオンは背後で慎重に大剣を引っこ抜いて、ランタンに並んだ。深呼吸をもう一度。

熱っぽい吐息は色気がある。それは疲れと言い換えてもいい。

リリオンはよく戦っていたが、己の緊張に気が付いていない。虎を追う踏み込みが大きすぎて剣撃に体重が乗らず、それを補おうと身体を振り回し体勢が崩れる。それでも攻撃が繋《つな》がっていくのは興奮によるもので、虎は追い詰められているように見せかけてリリオンを観察し、生まれながらの狩猟者と言うべき狡猾《こうかつ》さでリリオンの体力を削《そ》いでいた。

リリオンが一方的に攻めていたのが功を奏した。なんだかんだと腕を振り回す子供の駄々に敵《かな》う者はなかなかなく、しかしやはりそれの隙《すき》は泣き疲れて回転が落ちたその瞬間である。

リリオンは本当によく戦っていたが、もう時間を掛けられない。これ以上の体力の消耗《しょうもう》は後の探索に支障を来《きた》す。ここまで怪我《けが》なくやれた戦闘経験はリリオンの自信にも繋がっていると思う。それに。

隣に並んだ少女の横顔は嬉しそうだ。ランタンは少女の頰の赤さが首まで繋がるのをそっと見つめ、視線はするすると落ちていって少女の尻に犬の尻尾《しっぽ》を幻視した。一緒に戦えることが嬉しいのかもしれない。四度目の深呼吸ですっかり肩から力が抜けた。

「リリオン」

「はいっ！」

「行ける？」

「行くわっ！」

左前、大楯を突き出しながらリリオンが駆ける。やっぱり一歩が大きい。楯の下部を虎に突き出すようにしての突貫《とっかん》はがむしゃらの一言に尽き、虎はランタンに注意を割《さ》きながらも難なく躱した。急停止。三つ編みだけがリリオンを追い越して、左半身を開くことで今度は意図的な遠心力に身体を預ける。軸足はぶれない。踏み込みと一緒に右手が伸びる。リリオンは旋転から続けざまに大剣を振り下ろした。

「ええいっ！」

行きの踏み込みが大きく、振り返っての一歩が足りぬ。

甘い裂帛《れっぱく》を纏《まと》った鋒《きっさき》を虎は避け、しかし戦形は挟撃へと移行する。

虎は壁を蹴って二人の間から逃げ出そうとしたがランタンはそれを許さない。一歩後退、頭上を飛び越えようとする虎の首に鶴嘴《つるはし》を引っ掛けてランタンはそれを投げた。

虎は中空で縦回転し、身体を捩ってランタンと目があった。

虎の毛皮がぶわりと広がる。覗《のぞ》きこまれたランタンの目は潰された第三眼もかくやという魔眼である。焦茶のそこに赤が滲《にじ》み、ありったけの抵抗を爪に乗せて虎は腕を振り回した。壁へ樹上へと身を躍らせる虎の巨軀《きょく》は、溺《おぼ》れるように捻《ねじ》れてランタンを見失う。

「とどめを！」

虎影に潜む小軀は戦鎚《ウォーハンマー》を振り抜き、虎の身体は吹き飛んだ。

「はい！」

間髪容れずの返事に、大剣は既に加速を始める。虎はランタンから逃げるように、吹き飛んだ勢いのままリリオンへと襲いかかろうとして、その下半身がぴくりとも動かない。腰椎《ようつい》が砕けていた。最後の足掻《あが》きをした上半身の動きは、むしろ諦めに首を差し出すようである。

断頭。

振り下ろされた大剣は虎の首を落として止まらず、根を切り裂いて刀身のいくらをも埋める程だった。まったくもう、と思う。地面を斬るのは二度目だ。

「うん、上出来」

ランタンは首無し虎の死体を飛び越えて、柄を握ったまま抜くでもないリリオンの肩をぽんと叩いた。熱気がリリオンの肩から立ち上っている。リリオンは大きく息を吐きだして、ランタンの言いつけ通りに慎重に大剣を引き抜いた。欠けも曲がりもない。

ずるり。

楯に収めると、その重さに耐えきれぬように膝が崩れた。ランタンは咄嗟《とっさ》にそれを支える。

「あ、あれ、……ランタン。わたし……おかしいな……」

リリオンは戸惑ったように笑い、だが立ち上がれないことに気が付くと不安そうな瞳をランタンに寄越した。

先程まで指先に張《みなぎ》っていた力が、なぜないのかが理解できないのだ。興奮と安堵《あんど》の落差に戸惑いがあり、それどころか先程まで己に恐怖や緊張があったことすら知らないのだろう。

「ほら、楯寄越しな。腕に掴《つか》まって」

ランタンは戦鎚《ウォーハンマー》を腰に結び、リリオンの手から楯を奪った。

二度、少女の太股《ふともも》を叩いて活を入れ、ランタンは自分の身体から臭う狼の体臭を嗅《か》がれることを嫌って、リリオンに腕を取らせて少女の身体を導いた。

ランタンは辺りに散乱する虎と蛙の死体と青い血溜まりを避けて、通路の脇にリリオンを座らせた。背負わせていた背嚢《バックパック》を胸に抱かせるようにして、そこから水筒を取り出してまず軽く手を流した。そして水筒を少女に渡す。

「ごめんなさい……、ランタン」

「何がさ。怪我《けが》もなく勝ったんだから、謝ることはないよ。この辺りの魔物の排除もできたし、先に休んでいて。でも、あんまり水は飲まないように、お腹ちゃぷちゃぷだといざという時に動けないからね」

「……うん」

ランタンは汚れを嫌って指先だけでリリオンの頭を撫《な》でてやった。赤みを失い強張《こわば》った頬《ほお》が、ようやく緩《ゆる》む。がんばったね、と声には出さない。

取り敢《あ》えず顕現《けんげん》した魔精《ませい》結晶を、これが迷宮に還《かえ》る前に集めなければならない。とは言え牙蛙の結晶部位は牙爪《きばつめ》の何《いず》れかで、けれど最大でも人頭大程の蛙はリリオンの剣撃を受け止めるには小さすぎる。ざっと見て四〇幾つ出現しただろう蛙の死体は木っ端《こ》微塵《ぱみじん》もいいところで、きらきら光る魔精結晶はもう殆《ほとん》どが氷のように溶けている。

虎の魔精結晶は眉間《みけん》の三眼である。出現したのは五匹で完品は二つ。半端が一つ。最後の一匹と中虎の三眼はランタンが潰してしまったし、小虎の三眼は脳を割ると同時に転げてしまった。ランタンは握り拳程の三眼に指を突っ込んで、くるりと捩るように抜き取った。

魔精結晶ははっきりとした青色で、まさしく虎目模様の縦縞《たてじま》が中心に一本刻まれている。まだ綺麗《きれい》。魔精結晶は鮮魚のようなもので、処理が遅れればあっという間に品質が下がる。

ランタンは三つの魔精結晶を回収し、潰した三眼を念のために確認して結局は回収した。破裂した石榴《ざくろ》のような魔精結晶の色は淡いがまあいい。大虎の魔精結晶はなかなかの高品質で、これさえあれば探索の収支は赤字にはならない。ここで引き返せば、の一言が付くが。

人員に余裕のある探索班には、魔精結晶の品質を高めるために戦闘中に結晶を刈り取る役がいたり、あるいは高位《ハイクラス》探索者には特殊な手法により魔物を生かしたまま動きを封じ、絶命させると同時に魔精結晶を刈り取るというようなことをするらしいが一人っきりだったランタンには縁のない話である。

「リリオン、水」

両手に持った結晶を水で洗い流し、ランタンはついでに手を洗う。そしてリリオンは結晶が綺麗になったことにランタンが満足したのを見逃さず、背嚢《バックパック》から保存袋を取り出した。

それは金属を薄く伸ばしたような特殊な布の内側に、耐衝撃性のある柔らかな素材を縫《ぬ》いつけた袋である。いくら魔精結晶を高品質で獲得したとしても、ちゃんと保存しなければ魔精が結晶から溶け出し低品質になるどころか最終的には迷宮に還《かえ》ってしまう。

「乱暴に扱ってもそれに入れとけば壊れないからね、――それと」

ランタンはリリオンに背を向ける。

形のいい小さい尻が眼前に揺れて、リリオンが反射的にそれを撫でた。

「そうじゃなくて、ハンカチ取って」

「ハンカチ？」

「うん、それそれ。ん、ありがと。ぬらして、しぼってー」

歌うように指示するランタンにリリオンがおっかなびっくりポーチからハンカチを取り出して、あわあわと指示に従う。そして湿らせたハンカチをおずおずと差し出した。

ランタンはハンカチを受け取るとそれを広げて顔面を押しつけ、そのまま気持ちよさそうな呻《うめ》き声を上げながら皮膚《ひふ》を削《そ》ぎ落とす勢いで汚れを拭った。

顔から首筋を拭い、指先から手首までを清める。それだけで濡らした布はぼんやりとした紫に染まった。ランタンはそれを折りたたむと戦鎚《ウオーハンマー》と狩猟刀を汚す血脂を丁寧《ていねい》に拭いとり、もう使うところがなくなった布を四つ折りにして迷宮の脇にぽいっと捨てた。

そしてランタンは自分の手や首筋の匂《にお》いを嗅いで、少し不満気だが納得するとリリオンの隣に腰を下ろした。

「まだいっぱいあるけど、リリオンも使う？」

「……だいじょうぶ」

リリオンがふるふると首を横に振ると、それに合わせて鎖骨《さこつ》を流れるように垂らした三つ編みが揺れた。リリオンは隣に楯を立てかけていて、足を投げ出すように座っている。かと思ったら、ランタンがわざわざ一人分開けた隙間に尻を滑らせて、肩が触れる程の傍に寄った。

少女の身体《からだ》にはまだ熱気がある。

「熱いんだから寄るんじゃないよ」

「わたしは平気よ？」

ランタンは嫌そうな顔をしてリリオンから離れようとしたが、リリオンは気にした様子もなくランタンの腕を取って逃がさない。戦闘のせいで身体が熱くなっていたのは事実だが、ランタンはそれ以上に拭いきれぬ虎の獣臭を嫌っている。

「……僕、今くさいから、においが移るよ」

ランタンは羞恥《しゅうち》を押し殺して言い、摑まれた手を振り解こうとしていっそう強く引き寄せられる。リリオンはそのままランタンの首筋に顔を寄せてくんくんと鼻を鳴らして匂いを嗅ぎ始めた。首筋にあたる鼻息が擽《くすぐ》ったく、探索服に染み付いた獣臭ではなく、自身の体臭を嗅がれていると思うとランタンは真っ赤になった。

「すぅー、はぁー、すぅー、はぁー」

「やめて」

「すぅ――はぁ――、……ランタンってあんまり匂いないのね」

ランタンがどうにかリリオンの顔を押し退けると、リリオンは小生意気に抵抗しながら不満気に呟《つぶや》いた。それは体臭を嗅ぐことを止めさせられたせいか、あるいはランタンの体臭が薄いせいかもしれない。だがその真意を尋ねて、妙な答えが返ってきたら嫌なので口を噤《つぐ》む。

「まったく、もう」

ランタンはリリオンの息の生暖かさが残る首筋を手で拭い、襟元《えりもと》を扇《あお》いで空気を入れる。リリオンは臭くないと言ったが、ランタンにはやはり獣臭を感じた。

不潔への耐性は探索者にとって必要な要素であったが、ランタンにはどうにもそれが欠けていて、また積極的に克服しようとする意思も薄かった。

襟元に一度滑り込んだ少女の視線が、首を這《は》い上がってくる。

「ランタン、ほっぺが赤いわ」

はっとして押さえる。それは羞恥による赤ではなく、熱線の余波に炙《あぶ》られた結果だった。

「気にしないで。何でもないし、これぐらい――」

頬を舐《な》めたのはリリオンの呼気である。ランタンはがっとリリオンの小さな頭部を鷲摑みにして、目隠しされた少女は口が半開きで、その奥から赤い舌が覗《のぞ》いている。

「もう、どうして？　火傷《やけど》は舐めれば治るのよ」

「舐めなくても治りますので結構です」

ランタンはつんと言い放ち、リリオンの頭を撫でるようにそのまま揺らした。

リリオンの神経は昂《たかぶ》っている。戦闘の興奮が冷めて、疲労はきっと未知の感覚なのかもしれない。何故だか重い身体が不安でしょうがなく、リリオンはランタンに安心を求めている。

ランタンは寄り添うリリオンの不安を肩に支え、その手から水筒を奪った。

冷たさは美味《うま》さだと思う。息を止めているので味もへったくれもなかったが、それでも水は美味い。ランタンはリリオンの膝にぽいっと水筒を転がし、リリオンはすぐに拾い上げてそれを咥《くわ》え、浴びるように水を飲んだ。

「あ、こら。あんま飲んじゃ駄目だって」

ランタンがそう叱《しか》ると水筒から口を離して濡れた唇を袖《そで》で拭った。ふう、と一息。

「やっぱり、疲れちゃった?」

「うー……、わかんない。けど足が重いわ」

「それを疲れてるって言うんだよ」

ランタンが小さく笑うと、リリオンは納得いかないというような顔付きで自分の太腿《ふともも》をとんとんと叩き解《ほぐ》していた。運動による疲労だけではなく、多くは無意識下の緊張のせいだろう。

「猪はよくわかんない内に終わっちゃったから、まともな戦闘は今回が初だしね」

慰めるように言った言葉に、むしろ少女はしゅんとした。

「あう、うう、ごめんなさい……」

「何言ってるの。よく頑張ったね、っていう話だよ」

疲労が少ないことに越したことはないが、こんなに無駄口を叩けるのならば上等である。ランタンも一応の探索計画を立ててはいるものの、たとえ単独での探索であっても予定通りに探索を進められたことは一度としてない。計画はあくまでも理想であって現実ではない。

この程度の足止めは、いちいち謝る程のことではないのだ。もっともこのまま疲れただの、歩きたくないだのと泣き言を漏《も》らすようではその限りではなかったが、幸いなことにリリオンには根性が備わっている。

「リリオン、猪の時はわからない内に終わったけど、……今回はどう？　まだ、やれそう？」

「大丈夫っ！」

「そりゃよかったよ」

リリオンは万歳《ばんざい》するように両手を挙げて声高く宣言し、ランタンは耳元で鳴った大音声《だいおんじょう》に苦笑を漏らす。リリオンの太股《ふともも》を揉《も》んでやり筋肉の強張《こわば》りを確認し、ランタンはよいしょと立ち上がり、少女に手を伸ばした。

「大丈夫ならもう行こうか。あんまりだらだらしてると、ミシャを待たせることになっちゃうし」

手を握ったリリオンをランタンは引き起こし、少女はそのままランタンに抱きついて深呼吸を二回。これで元気になるならそれでいいかもしれないと、ランタンは呆《あき》れていて、リリオンは手を離すと何度か屈伸をして、そして楯を担《かつ》ぐと今度はその場で兎《うさぎ》のように跳ねた。

ほんとに元気になってる。垂直跳びの高さにランタンは目を丸くして、銀の針葉をぱきりと踏み折ってリリオンはにっと笑った。これだけ動くことができるのならば探索に支障はない。回復の早さはもしかしたらランタン以上かもしれない。

つくづく探索者向きの身体をしている。

「よし、行くよ」

「うん」

ランタンの手招きに頷《うなず》いたリリオンが周囲を見回した。

蛙《かえる》の挽肉《ひきにく》を素通りし、動かぬ五匹の虎を見る。

「毛皮いっぱいあるのに、全部置いて行っちゃうの?」

「置いて行っちゃうよ」

探索前にランタンは魔精結晶以外を諦めることを伝えていたが、こうして現物を目の当《ま》たりにするとどうしたって惜しくなる。象牙《ぞうげ》色の虎の毛皮は落ち着いた風合いで、きちんと処理をすればそれは見事な敷物になるだろうと思われた。

ランタンが歩き出すと、リリオンは慌てて背中を追った。

「素材採取はいろいろ大変らしいよ」

「そうなの？」

「そうだよ」

ランタンはもっともらしくそう言って、うんざりした様子で肩を竦《すく》めたが、実は魔物の素材を持ち帰ったことは殆《ほとん》どない。

「例えばさ、さっきの虎の皮を剝《は》いだとするでしょ？」

「うん」

「それをどうやって持って帰るの？」

「え？　えっとねえ……」

ランタンはリリオンの沈黙を聞きながら、少女の足元に視線を滑らせる。考え込んで注意の疎《おろそ》かになった足取りは、ランタンの不安とは裏腹にしっかりしていて疲れは見えない。戦闘の昂揚《こうよう》はようやく過ぎ去り、他愛《たわい》のない軽口がリリオンを冷静にさせているのかもしれない。

「えーと、ね。こう折りたたんで、ぎゅうってして、背嚢《バックパック》に……」

「脂《あぶら》でべたべたで、血とかもいっぱい付いてるのに？　僕は嫌《や》だよ、そんなの」

背嚢の中には着替えや食料、包帯も薬も詰め込まれている。魔精結晶や非生物系魔物の素材ならばまだしも生物系魔物の素材とそれらを一緒くたに纏《まと》める者は、大雑把《おおざっぱ》な探索者の中にも少ないのではないかと思う。

何せ普通は運び屋《ポーター》を伴《ともな》うのだから。運び屋は迷宮で荷車を牽《ひ》く。それには探索用品も詰め込まれるが、基本的には迷宮資源を運ぶためのものである。

「じゃあ、じゃあ帰りに持って――」

「帰れません。魔精結晶程早くないけど、迷宮内に放っておくと魔物の死体もいつの間にか消えちゃうよ」

猪の死体は、あるいは既に失われているかもしれない。虎の死体も明日の帰路ではもう姿形もなくなっていることだろう。それらは魔精結晶と同じく、迷宮へと還《かえ》っていく。

「魔物だけじゃないよ。迷宮に落とし物をしたら急いで取りに戻らないとまず見つからない。人の手から離れたら、迷宮は何だって呑《の》み込んじゃうんだから」

ランタンがそうやって脅《おど》かすと、リリオンがぎゅっと袖口《そでぐち》を引いた。我ながら甘い、とランタンは思ったがこの程度ならば何があってもすぐ振り解けるのでそのままに。

「だから探索は進むにつれて重くなる。けど重くなると動きが悪くなる。動きが悪くなると戦闘に支障がある。だから」

「運び屋《ポーター》がいる？」

「うん。それか、諦める、だね。まあ中には諦められなくて、沢山《たくさん》の運び屋を連れて行く探索班もあるけど」

「へえー」

ランタンが諦めているのは、そもそもとして魔物の肉と皮を綺麗《きれい》に剝ぐ技術であったりもしたのだが、それは素知らぬ顔で黙っておく。とりあえずはリリオンの感嘆の声に満足したのか、ランタンは訳知り顔で言葉を続けた。

「本職の運び屋には、三連結ぐらいの荷車を一人で引く人もいるんだよ。そんなに力があるなら探索者になった方がいいよね」

「……でも、運び屋は戦わなくていいから」

「ああ、それもそっか。運び屋は運ぶのが仕事だからねえ。でも食事の準備とかは任されるらしいね。夜の見張りは免除だって聞くけど」

「わたし、全部してたよ」

「そっかあ」

寝ずの番をして、魔物を引きつける囮《おとり》もして、荷物も。

ランタンは表情が歪むのを必死で堪《こら》えた。一瞬だけ能面のようになったランタンの横顔をリリオンは見ずに、あ、と声を上げると裾《すそ》を強く引っ張った。

「じゃあ、じゃあ！　にく、お肉は！」

袖を引かれたランタンが、そんな乱暴なことをするならばと袖を摑《つか》む指を払い、リリオンはしゅんとして、しかしまたおずおずと袖口に指を伸ばした。

ランタンは悪戯《いたずら》をする子供を見るような呆れと微笑《ほほえ》ましさの混じった視線をリリオンに向けて、肉ねえ、と呟き己自身が悪戯っ子となった。ランタンは忍び寄る指をぱっと摑んで握ってやった。驚きの視線が心地良い。

「ナマモノはもっと大変だよ。特殊な容器がないと腐っちゃうし」

魔物の肉は精が付く、と味の方はさておき一般庶子《しょし》にもそれなりに需要がある。先程出現した牙蛙《きばがえる》や、大鼠《おおねずみ》など下街で見かける害獣は交雑が進んでいるが、魔物と言えば魔物である。

食肉用以外にも、それこそ心臓を初めとする五臓六腑《ごぞうろっぷ》に眼球や脳、舌に性器などは魔道薬を含む様々な薬の原料となることも多く、物によっては魔精結晶よりも高値が付くこともあった。

だがその代わり保存容器はべらぼうに高価であるし、鮮度を保つためには魔物の仕留め方や臓腑への刃の入れ方一つに高度な技術を要するらしい。

「そうじゃなくて、……ここで食べるの！」

「ここって、迷宮で？」

「そう！」

「魔物の肉を？」

「うん！」

「まあ、ない話ではないけど」

どうだろう、とランタンは視線を傾《かし》げた。

「わたし食べたことあるよ！」

そんなランタンにリリオンは胸を張る。

「前の、……探索の、……時とか」

リリオンは勢いに胸を張ったが、それが良い思い出ではないことに遅れて気が付いたのか、声を落として背中を丸めた。前の探索、とランタンは声に出さず喉奥《のどおく》に呟く。

「……そもそも火の用意がね。炭って重いし、結局は運び屋《ポーター》の話に戻っちゃうんだよね」

「火精結晶は？」

水精結晶はその名の通りに水を生み出すが、火精結晶は火はなく熱を生み出す。火精結晶の放つ熱に可燃物を近づければそれによって火は生まれるし、活性化する火精結晶に肉を触れさせればそれ自体で火を通すこともできる。

だが水精結晶に比べて火精結晶は不安定である。ランタンも湯沸かしとちょっとした料理用の、決して安物ではない携帯用火精結晶コンロを所持していたが、それにしたって嵌《は》め込まれている結晶は拳大でありながら、コップ一杯の水をきちんと沸騰《ふっとう》させることもできれば、ごく稀《まれ》にだが温める内から冷めていくこともある代物《しろもの》である。

「最初の猪ならまだしも、虎の肉ってどうなんだろう。あんま美味《おい》しそうじゃないなあ」

「食べてみないとわからないわよ！」

好き嫌いのなさそうなリリオンはそう言ったが、肉ならば牛豚鳥という常識のあるランタンはなかなかそれに頷くことはできない。上を見ればその限りではないが、一般的な飯屋で出てくる家畜肉でさえ基本は香辛料塗《まみ》れであり、それは野生的な臭気を隠すためである。肉食獣の肉となるとその臭みは想像に難くない。

ランタンは頬《ほお》に触れた虎の唾液《だえき》を思い出して顔を顰《しか》めた。そんなランタンを元気付けるようにリリオンは繋《つな》いだ手を振り回す。

「わたし、お料理得意だから！　帰ったらおいしいごはん作ってあげるわ！」

そう言えば、そんなアピールを前に聞いたような気がしなくもない。

ランタンは、すごいね、と口に出したもののあまり期待は抱かなかった。

「ねえ、ランタンはお料理しないの？」

「んー、まあ、ほどほど」

謙遜《けんそん》ではなく本当にほどほどである。

水道は水精結晶で代用できるとしても、火力調整の容易な複数個の熱源や、焦げ付かないフライパン等々がなければ、そもそもとしてやる気が起きない。

結果として屋台飯や飯屋ばかりになってしまった。当初は肉の獣の臭さにうんざりしていたが、今ではそれも許容範囲であるし、探索業が肉体労働のせいか塩味の強い濃い味付けにもだいぶ慣れた。美味いと思うことも多い。

だがたまに故郷の味も恋しくなる。はっきりとは思い出せないが。

「でも料理もいいかもしれないね」

「ね、ね、ね！　わたし教えてあげる！」

「僕はしないだけで、料理できないわけじゃあないよ」

「じゃあランタンの食べたい！」

迷宮では携行の迷宮食を摂《と》ることが多いが、それらをもっと美味くしようと一手間加えることもあるし、一手間加えなければ食べられない物もある。このまま先に進んで夕食時になればリリオンの望みを叶えることはできる。もっともたかが一手間を料理と呼んでいいのかは迷いどころであるが。

そんなことを上の空で考えていると、しゃらん、と枝葉が揺れた。

上げた視線に影が覆《おお》い被《かぶ》さり、それが飛びかかってくる。

それは大きな猿だった。強引に毟《むし》り取った針葉樹の太枝を棍棒《こんぼう》のように振りかぶり、針の葉をたっぷりと蓄《たくわ》えたそれはしゃらしゃらと鈴に似た涼しい音色を奏で、けれど凶悪である。叩きつけられたら針が刺さるだけではなく確実に頭をかち割られる。

ランタンはリリオンの腕を抱え込んで後ろに跳躍しようとして、思いがけぬ強い力でリリオンに抱き寄せられた。流れるような動作で頭上に翳《かざ》された大楯が猿の一撃を防ぎ、鈴の音が砕けた。リリオンはそのまま片手で楯を振り回し、猿は弾き飛ばされつつ距離を取った。

一匹。斥候《せっこう》だろうか。

「ありがとう、リリオン」

それが襲いかかってきたということは、それだけランタンが隙《すき》だらけに見えたということだ。

「えへへ」

ランタンはリリオンに先輩風を吹かせていた手前、様々な感情が胸の内に湧き上がるのを感じた。唇を拗《す》ねたように歪めて、行くか退くかの逡巡《しゅんじゅん》をしている猿を睨《にら》んだ。

大猿である。示威《じい》するように歯茎《はぐき》を剥《む》き出しに牙を見せつけ、紅い瞳を煌々《こうこう》とさせてせせら笑うように吠えている。太く短い足が地壁問わず摑《つか》むように発達しており、だがそれ以上に太く長く逞《たくま》しい腕が目を引いた。大猿は二人に見せつけるように太枝を真っ二つに圧《へ》し折った。

これがお前の未来だと言わんばかりの、人間臭い仕草である。

「料理もいいけど、ああいうゲテモノ系は嫌だよ」

「……わたしも、あれはちょっと」

ランタンの軽口にリリオンも顔を顰《しか》める。

「それはよかった。——じゃあ遠慮《えんりょ》なく行こうか」

呟《つぶや》いた声は底冷えしている。

ランタンは戦鎚《ウォーハンマー》の留め紐を解くと、それをゆっくりと握り込んだ。

大猿は鋭く折れた枝を大きく振りかぶり、それが短鎗《たんそう》の如く投げつけられると同時にランタンは駆けた。

リリオンには申し訳ないが、この戦闘で少女の出番はない。

恥をかかせてくれた礼に、ランタンの手ずから死を与えなくてはならないのだから。

第六章

おおよそつつがなく探索は進む。

ランタンが八つ当たりぎみに大猿を挽肉《ひきにく》へと変えたり、その強烈な一撃にリリオンが興奮したり、リリオンが転んだり、その際にランタンの外套《マント》を引っ掴んで巻き込まれたり、散発的に出現する大猿の群れと戦闘が発生したり、それを危なげなく勝利するなどしている内に迷宮の最奥へと近付いていた。

下層後半はどうやら大猿の住処《すみか》であったらしい。

魔物は時折、迷宮より賜《たまわ》った武器を所有することもあったがこの大猿どもの武器は急拵《きゅうごしら》えの自前である。大猿はその巨大な手に、針葉樹の太枝を握っていた。太枝を毟《むし》り取って武器とする知恵はあるが、それを加工して棍棒《こんぼう》にするような文化はない、ということだ。

無論、棍術棒術を修めているわけもなくその使い方は力任せのぶん回しであり、ランタンはあっという間に四匹の大猿を片付けて最後の一匹を挟撃《きょうげき》の戦形に落とし込む。

ランタンは戦鎚《ウォーハンマー》を手の中で回し、余裕の表情で肩に担《かつ》いだ。

視線の先、大猿の背中の向こう側にリリオンがいる。

声を掛けようか掛けまいか。リリオンは身体《からだ》の殆《ほとん》どを隠すように大楯を前に突き出した左半身。楯の上部からちょこんと顔が覗《のぞ》き、瞬きをしない目は大猿から逸《そ》らさない。

大猿は死んだ仲間の太枝を拾いざまに投げつけて、リリオンはそれを楯で受けつつじりじりと距離を詰める。大猿は性懲《しょうこ》りもなく牽制《けんせい》として木壁を毟ってばらまく。だが、それだけだ。

ランタンの存在が大猿の後退を許さない。

リリオンは冷静だ。ランタンは頷《うなず》き、ゆるりと息を吐きだした。

これまでのリリオンの働きぶりは初探索であることを鑑《かんが》みれば、及第点どころか花丸である。けれどランタンは、あるいは少女自身も、少しの物足りなさを感じ始めていた。少女の能力はこの程度ではない。腕試しの手合わせ、月夜に剣を振るう少女の燦《きら》めきは黄金だった。

欲が出ているのかもしれない。

リリオンはいくつかの戦闘を経験し、その黄金の輝きの片鱗《へんりん》を垣間見《かいまみ》せ始めていた。

大猿は投げる。木壁、枝葉、そして仲間の死体でさえも。リリオンは降り注ぐそれらを難なく受け止め、当初は楯に身を隠しているだけだったのが、今では受け流し、あるいは直撃に合わせて楯を押し出して迎撃すらしている。

攻撃を恐れず、攻めの姿勢を忘れない。

その姿をランタンは好ましく思う。

「リリオン、――気を付けるんだよ！」

そこそこ知能の高い大猿のことだ。リリオンに隙を生み出そうと投擲《とうてき》を繰り返しているが、それでは足りないことに気付いているだろう。

魔物は基本的に逃走行動を起こさぬ死兵である。最下層に退こうと上層へ抜けようと結局はどん詰まりだからかもしれないし、あるいは人類への敵意のためかもしれない。

そろそろ大猿の行動に変化が出る頃合いだ。その変化はより積極的で攻撃的。

大猿は根の絨毯《じゅうたん》を掘り起こし、そのまま地盤を引っ繰り返してリリオンに投げつけた。そしてそれを追いかけるように突進する。ランタンをまるっきり無視したのは、より可能性を高い方に賭《か》けたのだろう。

大丈夫、な筈《はず》だ。

だがランタンは傍観《ぼうかん》しているだけで我慢はできない。援護できる位置まで身体を進めた。

「はあぁぁっ！」

リリオンは捲《めく》れ上がった壁の如き石塊《せっかい》に突っ込む。玉砕《ぎょくさい》覚悟を思わせる鋭い加速は大楯を前に。石塊はリリオンの突撃に何の影響も与えなかった。楯の表面で爆《は》ぜた石塊はまるで柔らかく握った雪玉のようで、突き抜けた先に大猿はいない。

「左！」

石塊を目隠しにリリオンの左へ回り込んだ大猿は、その手に木壁を握り込んで砕いていた。それは散弾である。大猿は鞭打《むちう》つような鋭さでリリオンの横様へ投げつけた。

「るっ――らぁ！」

裏拳を放つように振り回された楯が突風を巻き起こし、風を受けた散弾が力を失い、また楯によって打ち壊されると粉塵《ふんじん》となったそれが大猿の紅眼を襲った。

「――うん、よし」

ランタンが小さく呟《つぶや》くのと、リリオンが大剣を振るうのは同時だった。

大猿は一瞬だけ怯《ひる》んだものの、剣撃を避けるために後方に跳躍し、迷宮の壁に指を突き立てて張り付いた。

だがそこは、まだ大剣の刃圏である。

リリオンの身体の影に隠されていた大剣は、鋒《きつさき》が地面を撫《な》でるように滑り出し、そして鋭く浮かび上がった。大きく弧を描く逆袈裟《ぎやくけさ》は大猿の両膝を抵抗なく両断し、大猿は人間のような驚愕《きようがく》と、そしてすぐに苦痛を表情に浮かび上がらせた。

限界まで開かれた目は零《こぼ》れ落ちそうな程で、喉奥から絶叫を上げて大猿は壁から剝《は》がれ落ちる。どう、と背中からまともに落ちて、大猿は痛みに藻搔《もが》いている。

その大猿にリリオンは隙なく距離を詰めた。

「えいっ！」

リリオンは楯を大猿の喉に叩きつけて、柔らかく尖った楯の下部は猿の喉にめり込んで頸椎《けいつい》を砕いた。大猿は背で地団駄《じだんだ》を踏むように、大きく痙攣《けいれん》しやがて動かなくなった。

ランタンはリリオンが最後まで気を抜かずに止《とど》めを刺した光景に満足気に頷いて、まるで自らが戦闘を終えたかのように大きく息を吐く。そしてリリオンもまた大きな安堵《あんど》を漏《も》らした。

「はぁぁぁ……、――やったぁ！」

リリオンはランタンに振り返ると、大剣を掲げて喜びを露わにした。

リリオンが満面の笑みを向けると、ランタンもそれに応えて頰《ほお》を緩《ゆる》める。リリオンが最初から最後まで一人で戦闘を終えたのだ。それも完勝といっていい内容だった。

ランタンはなんだか親鳥の気分だった。

大剣を楯に納めるリリオンにランタンは駆け寄りたい衝動を堪《こら》えて、勿体《もったい》ぶって歩み寄る。

「やったね」

ランタンが掌《てのひら》を差し出すと、リリオンはその手にぱちんと手を合わせる。

その拍子にリリオンの手首に巻き付けられた深度計が揺れる。その色は青とも呼べないような青色だ。気の抜けた色だが、もう随分《ずいぶん》と深い所まできた。

「うん、やったわ！　でも、またランタンばっかり。一人でいっぱいやっつけちゃうんだもの」

笑顔のまま唇を尖らせて、ちらりとランタンを見つめるその視線。

自信は余裕と不満を生んで、ランタンは思わず苦笑する。ランタンは腰から狩猟刀を抜くと、くるりとリリオンへ柄を差し向けた。

「魔精《ませい》結晶の剝ぎ取りもやってみようか」

「いいの!?　うまくできるかしら？」

拗《す》ね顔はどこへやら、あっと言う間にリリオンは破顔する。そして今度は不安へと。

ころころ変わる表情が面白い。

「楯はちょっと邪魔だね。僕が持ってるよ」

狩猟刀と引き替えに、ランタンはリリオンからひょいと渡されてずしりと受け取る。よくもまあこんな重たい物を振り回せるものだ、とランタンは呆《あき》れ半分称賛半分に思う。だがランタンも何だかんだで片手で楯を支えて、逆の手では戦鎚《ウォーハンマー》の鶴嘴《つるはし》で大猿を引っ掛けて、その死体を青い血溜まりから引き摺《ず》り出していた。

大猿の魔精結晶は右手の指だった。小指の退化した大猿の四指。ランタンは手首を踏み付けて、戦鎚を使って器用に指を伸ばす。リリオンはぺたんと座り込んで、それを覗《のぞ》き込んでいた。

青い結晶と化したのは人差し指の、その先端である。毛むくじゃらのごつごつした指が、第一関節から急に宝石のようになっている様子は悪趣味な義指を嵌《は》めているようだった。

「ここ？　ここでいいの？」

「もうちょっと上だね。結晶の下側を削《けず》るように刃を当てて」

「うん」

「で、一気に、叩きつけるように。その狩猟刀は丈夫だから、遠慮《えんりょ》いらないからね」

「――えいっ！」

指に刃を宛《あて》がって位置を確かめると、リリオンは一度深呼吸を。そして鉈《なた》で薪《まき》を割るように狩猟刀を振り下ろした。

きん、と硬質な音。結晶が指から切り離されて、リリオンは不安そうにランタンを見上げる。

「うん、上手にできたね」

一仕事終えた、とリリオンは額を拭う。転がった魔精結晶を拾い上げて、それを掌に載せた。

魔精結晶は蝮《まむし》のように太く、第一関節だけだというのにランタンの中指程もある。毛むくじゃらと繋《つな》がっていた時は悪趣味だったが、リリオンの手の中にあってそれは宝石のようだ。

結晶は透き通る水青色《シアン》である。

純度は高くもないが低くもないという所だろうが、そこに金銭的価値以外を見出《みいだ》したのかリリオンは魔精結晶に見惚《みほ》れて口をぽかんと開けてにへらと頰を緩めた。

「見惚れるのもいいけどね」

宝石のような輝きにか、それとも自分の手際にか。

残念ながら魔精結晶は外気に触れさせていてはやがて溶けてしまう。魔精が溶け出さないように結晶を加工して装飾品とする道楽もあったが、装飾品としての魔精結晶は同重量の金よりも高価である。

「早くしないと台無しだよ」

ランタンが言葉で尻を叩くと、リリオンはあたふたと背嚢を下ろそうとして混乱していた。

その姿は自らの尻を追いかける犬にも似ている。

「慌てなくていいから。背嚢《バックパック》下ろして、結晶も貸して。向こうの四匹は一人でできる？」

「できるわ！」

「よし、じゃあ僕は待ってるから、やっておいで」

「やってくるね！」

ランタンはリリオンの背嚢から保存袋を取り出して、今までに入手した魔精結晶の中に放り込んだ。リリオンは一つ結晶を切り取るとランタンの所に戻ってきて、名残惜《なごり》しそうに結晶を袋に入れてはまた死体へと駆けていく。最後の魔精結晶を袋に入れて、それを覗き込むリリオンの視線を締め出すようにランタンは袋の口を三つ折りにした。

「ああ、わたしの結晶……」

「馬鹿言ってないで、ほら狩猟刀返して」

愛用の狩猟刀を取り戻し、鞘《さや》に収める。返される時にランタンはリリオンの指を見て、その指先の汚れが気になった。保存袋を背嚢に放り込み、代わりに取り出したのは水筒である。

「あ、ありがとう。喉《のど》カラカラだったのよ」

「――手、洗ってからね」

「これぐらい平気よ」

リリオンは自分の手を確かめてそう言い、水筒を受け取ろうと差し出した。

ランタンはその指先に無言で水を垂らす。

「わっ、もうっ、……あう、はい」

リリオンは平気でも、ランタンは平気ではない。リリオンは急な冷たさに頬を膨らませたが、思いがけず厳しいランタンの視線に負けていそいそと指を擦り合わせた。

「きれいになったわ」

「うん、じゃあ」

ランタンはポーチからハンカチを取り出そうとしたが、リリオンはぱぱっと濡れた手を服で拭いて、ランタンの手から水筒を抜き取った。

「まあ、別にいいけど」

目を細めて喉を潤すリリオンを横目に、ランタンはぼそりと呟く。迷宮内でハンカチを使うランタンの方が異端であって、リリオンの方がこの点においては探索者《ソロ》らしい。探索に不潔は付きもので、ハンカチなんて洒落臭《しゃらくさ》いものを所持する探索者は単独探索者と同程度に珍しい。

「リリオン、深度計見て」

「んー?」

水筒から口を離して、リリオンはぺろりと唇を舐《な》めた。少女は水筒ごと手首を持ち上げて、深度計を眼前に揺らす。瞳はその水青色《シアン》に気が付いて、はっと大きく開かれる。

「これって……?」

「そろそろ底が近いね」

「底?」

「最下層さ。ま、見ればすぐにわかるし、そんなに身構えなくてもいいよ。その色よく覚えておいてね」

「色？　うん、わかった」

「じゃあ、行こうか」

神妙な面持《おもも》ちで深度計の色を目に焼き付け、ぶるっと身体《からだ》を震わせたリリオンを安心させるようにランタンは軽く言った。荷物をしまうと寄り添うようにして探索を再開する。

きっともう魔物は出ないだろう。

◇◇◇

時計に目を向ける。

迷宮に降下したのは一四時丁度《ちょうど》で、今の時刻は二一時を回ろうとしていた。これまで何度か小休憩とおやつのような栄養補給もしたが、さすがにそろそろ空腹を誤魔化《ごまか》しきれなくなっているし、疲労感も同様だった。

ランタンにあるのは肉体的な疲労よりも、ランタンは無自覚であったが、リリオンの前で気取っていたがための精神的な疲労である。欠伸《あくび》を噛《か》み殺して、目を擦った。

最下層に到達したからといって、そのままそこに突入して終端の魔物と戦闘を開始するわけではない。取り敢《あ》えず今日の目標は最下層の確認までであって、それ以上は挑むにしろ引き返すにしろ明日の仕事である。

「ふぁぁ……」

噛み殺した筈《はず》の欠伸《あくび》がリリオンに伝染したようで、少女は声もなく吠えるように大きく口を開いて欠伸をする。そして猫のように目を擦り、ついでにその手で腹を押さえた。くるくるくる、となかなか可愛《かわい》い音で空腹の虫は鳴いたが、ランタンは聞かなかったことにする。

「ほら、もうすぐだよ。深度計見て」

魔物も出現せずに三〇分程をひたすら歩いたところでランタンはリリオンに言った。

「あ、色が——薄い？」

「それが底が近い証拠」

周囲に漂う魔精《ませい》の濃さに反応して青の濃淡を変える深度計が色を薄くしている。

最下層へ近付くということは、迷宮内の魔精の供給源である迷宮核に近付くことと同意であるので、本来ならば魔精は濃くなって深度計も色を濃く、と考えるのが普通である。

ならばなぜ深度計がその色を薄くするかというと、その原因は終端の魔物にある。

終端の魔物。迷宮の守護者。姿ある絶望。大妖。大魔。最終目標にして最大の障壁。ド畜《ちく》生《しょう》。

最下層にその身を構える終端の魔物は、その周囲にある魔精を貪《むさぼ》っている。

やがて訪れる迷宮核を狙う不届きな探索者を八つ裂きにするために力を蓄《たくわ》えている。

ランタンもまだ薄ぼんやり知る程度であるが、熟練の探索者であれば深度計に頼らずとも、その身一つで魔精の増減をはっきりと感じ取ることができるようになる。

「魔精の減り方も、終端の魔物の強さを計る基準になるんだよ」

「減りが早いほうが、強い？」

「うん、正解」

ランタンは周囲に漂う魔精が薄くなっているのを僅《わず》かに、けれど確かなものとして感じ取っていた。その感覚は冬の風が身体から体温を奪ってゆく寒々しさに似ている。

それ程までに最下層付近の魔精の減少は著《いちじる》しい。

どうせまた阿呆《あほ》みたいに強いんだろうな、と嫌な気分になった。

「ランタン、ランタン」

「ん？」

うんざりとしていたランタンの腕をリリオンが引っ張って、迷宮の奥を指差した。

「行き止まりよ！」

指の先には変わらず針葉樹の並木道が続き、けれど突き当たりが白い壁によって閉ざされている。それは突き当たりで直角に道が曲がっているわけでも、どこぞに隠された抜け道があるわけでもない。

これも知らないのか、とランタンは思う。

リリオンを連れていた奴らはやはり襲撃者《レイダー》崩れであって、探索者崩れですらなかった。

ランタンは足を止めて、胸に手を当てて息を整えた。

「――もう少し、近付こうか」

ランタンは袖《そで》を引いたリリオンの手を摑《つか》み、ゆっくりと行き止まりに近付く。

「あ」

リリオンはそれが何であるか気が付いたようで小さく声を上げた。

そこで足を止めるとリリオンがぎゅっと手を握り返してくる。

白い壁の正体は、濃い霧である。

迷宮口からミシャの手によって送り出されて、その際に通過したものと同じ類《たぐい》の魔精の霧だ。

雪花石膏《アラバスター》のように白く、あまりに濃密で滑らかなので道を塞ぐ霧が壁のように見える。

近付くことによって霧がほんの僅かだが、渦巻くように流れているのがわかる。

迷宮口の霧が地上と迷宮を隔《へだ》てる境界であるように、この霧も迷宮と最下層が別世界である証明だった。森林迷宮の、果たしてその奥もまた針葉樹林であるのか、それとも。

「これって、どうやって、終端の魔物を確かめるの？」

リリオンは目を凝《こ》らして霧を眺めていたが、当たり前だがそんなことをしても最下層を覗《のぞ》き込むことはできない。視線は濃く分厚い霧の幕によって遮《さえぎ》られ、リリオンは目の上に手を翳《かざ》して背伸びまでして、遂にはふらふらっとそれに近付くのでランタンは慌てて手を引いた。

「ダメだよ」

自殺も甚《はなは》だしい行為も自覚のないリリオンがランタンを振り返る。

ランタンは苦笑さえもなく、溜め息一つで背嚢《バックパック》を下ろした。

取り出したのは魔精鏡《ませいきょう》と呼ばれる探索道具である。単眼円筒のそれを覗き込めば景色は青に染まって見えた。それは魔精の濃さである。

「へえー、ふあー」

手渡された魔精鏡をリリオンは早速覗き込んで、きょろきょろと辺りを見回した。そしてランタンの姿をじっと見つめて、唇がつまらなそうに突き出された。

魔精鏡を目元から外し、淡褐色《ヘーゼル》の瞳がランタンを見下ろす。

「ランタンはあんまり青くないのね」

「そらそうだよ」

ランタンは見栄を張る様子もなく、肩を竦《すく》めて笑った。

魔精鏡には様々な種類があるが迷宮内で使用する物に限っては、どれも感度の低い、言うなれば意図的な粗悪品だった。そうでなければ地上とは比べるべくもなく魔精の濃い迷宮では、視界の全てが青く染まり何の役にも立たないのである。

そして霧の奥に、最下層に座する終端の魔物を確認するための魔精鏡は、廃品《ジャンク》と言ってもいい程に感度が低くなっている。そうしなくては霧に含まれた魔精を透かすことができず、また

える。

あるいは、そうであったとしても青く見える程に終端の魔物がその身に纏《まと》う魔精が濃いとも言える。

「ま、そのおかげでこれは安いんだけどね」

ランタンは自分の魔精鏡を取り出して、霧の奥を覗き込んだ。

魔道具としては恐ろしく安いのには理由がある。どんな貧乏な探索者であっても、粗悪品であるがゆえに廉価《れんか》な魔精鏡は所持している。魔精鏡を通して得られる終端の魔物の情報は決して多いとは言えないが、それでも無情報で挑むよりはずっとずっとずっとましである。

挑むことをせず、逃げ帰る理由を得られるのだから。

「……――ふうん、……でかいなぁ。くそう」

ランタンは思わず悪態を吐いて、忌々《いまいま》しげに魔精鏡を外した。

隣ではリリオンがようやく霧の奥を覗き込み、騒ぎも動きもしない。恐怖に固まっていると言うよりは、鼻筋に皺《しわ》の寄ったその顔は不満そうですらある。

どうしたんだろう、とランタンがその横顔を見上げると、リリオンも魔精鏡を外す。

「……よくわかんないわ、ぜんぜん動かないし」

魔精鏡を通して得られる終端の魔物の情報は基本的に四つある。

大きさ、形、動作、そして魔精の保有量である。

だがしかし、その四つですら確実に得られる情報ではない。

例えば、この霧の奥にいる終端の魔物は最低でも三メートルを超える体軀《たいく》を持っていて、見る限りでは丸い。けれど丸い形をした魔物というわけではなく、ただ丸まって身を横たえているだけだ、と推測するのが精一杯だった。

獣が丸まって寝ているのかもしれないし、大型の不定系魔物《スライム》かもしれないし、何か別のもっとおぞましい魔物であるかもしれない。

目に見えるのは青黒い小山でしかない。それは不吉が堆積《たいせき》しているかのようである。

リリオンが飽きるのも無理はない。子供にとって動かない青い塊《かたまり》なんて見ていても何も面白くはないだろうし、ランタンもそれを面白いとは思わない。

霧によって遠距離攻撃は阻《はば》まれるので、ここからではちょっかいを掛けることもできない。

「ま、しょうがないか」

「どうしたの？」

「取り敢《あ》えずはこれで充分」

得られたのは丸まった状態で三メートル以上の巨軀《きょく》と、予想より高密度の魔精の保有量。それとおそらくは翼がない。なければいいなという程度の希望的観測である。たったこれだけだが、珍しいことではない。ランタンはさっさと魔精鏡をしまってリリオンの手を取った。

「今日の探索はここまで。ちょっとだけ離れて晩ご飯でも作ろうか」

ちょっとだけは本当にちょっとだけだ。

寝返りを打って霧の中に転がり込まない程度に距離を開けて、結局すぐに立ち止まった。

確かめるのは地面の感触だけである。太い根っこがあると寝る時に邪魔なので、できるだけ根が細かく編み込まれている場所がいい。

「――別にあれが起きたからって最下層から出てくるわけじゃないからね。それとも怖い？」

「怖くないよっ。もう、ランタンったらそればっかり」

リリオンは頬《ほお》を膨らませて拗《す》ねながらも、ランタンがよいしょと背嚢《バックパック》を下ろせばそれを真《ま》似《ね》して、大きく背伸びをすれば少女も天井に向かって手を突き上げた。毛布を取り出して、ランタンが座布団代わりに尻に敷いて座り込むと、リリオンもそれに倣《なら》ってランタンのすぐ側にぺたんと座った。

ランタンが携帯用調理器具を取り出すのを、たったそれだけのことを終端の魔物を眺めるよりもずっと楽しそうに眺めていた。

「もう、近い。邪魔だよ」

「そんなこと言わないで。わたしお手伝いするから」

「じゃあ、これに水入れて。半分よりもっと上ね。結構たっぷり入れていいから」

眺めているよりも、自分でもやった方がもっと楽しい。ランタンはリリオンに飯盒《はんごう》を渡した。

「これなあに？」

飯盒の中には一度炊《た》いた米を乾燥させた物と、刻んだ乾燥野菜と干し肉が入っている。これだけ見ると砂利《じゃり》かと思う残念さであるが、これを炊いて粥《かゆ》にするとなかなか美味《うま》いのである。

「水入れたら軽く混ぜて蓋《ふた》して。指で混ぜるんなら手を洗ってからね」

「はあい」

ランタンはランタンで火精結晶コンロを弄《いじ》っている。折りたたまれた四つの脚を立てて円形の五徳《ごとく》の下に嵌《は》められている橙《だいだい》色の火精結晶に衝撃を与える。すると火精結晶は衝撃が通った部分から熱を発して、それは紙が端から燃え広がるように火精結晶全体を包み込む。

「あっつい！」

ランタンは慌ててコンロを地面に置いて、熱を持つ指先をちろりと舐《な》めた。コンロの足に反射板を立てかけて火精結晶を覆《おお》う。これによって熱が上方に収束するのである。

リリオンが陽炎《かげろう》揺らめく五徳の上に飯盒を載せた。

「すぐできるかな？」

「んーこの熱の感じなら、一〇分、一五分かなあ」

ランタンが時間を告げると、リリオンはそれが永遠に出来上がらないと聞いたかのように、しょんぼりと肩を落とした。ランタンは再び聞かなかったことにしたが、リリオンの腹がぐるるると鳴いた。リリオンは恥ずかしそうにお腹を押さえている。

「できるまでこれ食べよっか。どうせ粥だけじゃ足らないし」

取り出したのは六枚綴《つづ》りのビスケットと塊《かたまり》のチーズである。ビスケットは探索食として基本的なもので、プレーンタイプは味もへったくれもないが安価ゆえに新人探索者の常食であり、小金が入る頃にはその味に慣れてしまって何だかんだで愛されている。

だがランタンが好むのは木の実や干し果物が練《ね》り込まれたものだった。

取り出したそれは中に砕いた胡桃《くるみ》が練り込まれているし、生地自体もだいぶ甘い。それに薄切りにしたチーズを載せて食べるととても美味しい。

「おいしいねえ」

リリオンが頬を緩《ゆる》ませる。

ランタンが二枚を食べる間に、リリオンは四枚を腹に収めて、更にチーズを気持ち厚切りにしてそれだけを囓《かじ》っている。長身のリリオンが両手でチーズを持って、遠慮《えんりょ》がちに少しずつ囓っている様子は妙にいじらしい。

唇の端に付着しているビスケット屑《くず》をランタンはそっと払ってやった。

「ありがと。ねえ、ランタン」

「んー?」

「ランタンはさ、あの、お風呂の時とか、ええっと虎の時とか。こう、……ほら、ぼんってやったでしょ?」

「まあ、やったね」

要領の得ない言葉であるが、言わんとする所はわかる。ランタンはこくりと頷《うなず》いた。

「ランタンって、……その、魔道使いなの？」

「ちがうよ、たぶん」

　魔道使いとは身の内に保有する魔精を、様々な現象として発現させる技術を有する人々の総称であり、探索者の中にも少なからずその技術を保有するものがいる。

　ランタンは爆発を起こせる。

　襲撃者《レイダー》崩れを追いかけた時、湯船に溜めた水を熱した時、虎口《こぐち》に手を突っ込んだ時、それは起こった。少女の目には炸裂《さくれつ》した爆発が魔道を行使したように見えたのだろう。

「ちがう、の？」

「うん、あれはねえ。……うーん」

　どう説明すればいいものか。

　俯《うつむ》きがちになり眉間《みけん》に深く皺《しわ》を刻むと、ランタンはむっつりと黙り込む。組んだ指の上に顎《あご》を載せてしばらく言葉を探していると、リリオンがじっと見つめていることに気が付いた。視線が質量を持つように肌を触った。

　顔を上げてそちらを向くと、リリオンは言葉を待っているとは到底言えない顔をしていた。犯した罪を悔《く》いるような、罰を恐れるようなそんな顔だ。

「どうかした？」

　そう聞いてから、何となく気が付いた。

聞かれたくないことを聞かれた時の、言いたくないことを言う時の心の機微をリリオンはよく知っているのだろう。

少女はランタンの爆発を、己の血のようなものだと、沈黙を深読みして勘違いしたのだ。

「なんなんだろうね、これ。実はよくわかんないんだ。魔道かもしれないし、そうじゃないかもしれない。でもほら」

ランタンは右手を頭上に伸ばして、そこに太陽を握り込んだ。

一瞬の閃光《せんこう》と轟音《ごうおん》。そして熱が広がる。

「かっこういいでしょ?」

爆発は少女の不安を吹き飛ばして、仄《ほの》かな暖かさの残るランタンの右手がリリオンの髪を撫《な》でる。ランタンはちょっとだけリリオンに顔を寄せて、淡褐色《ヘーゼル》の瞳を覗《のぞ》き込むと悪戯《いたずら》っぽく片目を瞑《つむ》って微笑《ほほえ》んだ。

「でも急にどうしたの? 気になっちゃった?」

——僕のこと。

甘ったるい囁《ささや》きにリリオンは頬を赤くして、わたわたと手を振ってその表情を隠そうとした。

「ちがうわ! あの、ちがわないけど……ちがうの! あのね、えっとね。ランタンがぽんってやれば、そのすぐに、ごはんできるかなって、……思って」

沈黙は、恥ずかしい。

リリオンが首まで真っ赤になって、ランタンは珍しく大きく口を開けて声を上げて笑った。

「あっはっは。あー、あはは、はぁ、もう、おっかしいんだ。そうだね、そうかもしれないね。でもこれいまいち制御ができないんだよ。強い方にはどうにかなるんだけど、弱めるのがね。たぶん飯盒ぐらいの大きさじゃごはん台無しになっちゃうよ」

呼気に半分笑気が混じり息が抜ける。

ランタンは眦《まなじり》の笑い涙を何度も拭って、濡れた指で飯盒を指差した。

「でも、もう殆《ほとん》どできてるよ」

「えっ、ほんと!?」

飯盒がコトコトと鳴って、蓋の隙間《すきま》から汁が吹きこぼれ始めている。ランタンは袖《そで》の中に手をしまって、そっと蓋を外すと米の甘い香りが湯気と共に立ち上った。

「わあ、いい匂《にお》い。もう食べていいの?」

「んー、もうちょっと水分飛ばそうか」

ランタンはスプーンで粥をぐるりとゆっくり攪拌《かくはん》し、その先端に粥を一掬《すく》いしてリリオンへと差し出した。

「ふうふう、……はい、味見して」

「あむっ、んっ。あつい、――んぅー、うすい」

出汁《だし》は干し肉から充分に出ているようだったが、塩分もとはいかなかったようだ。

ランタンは岩塩の欠片《かけら》を指先で潰して粥の中に入れて味を調えていく。

乾燥米は当初の見た目は微妙だったが、出来上がりはなかなかのものである。

薄黄色の柔らかく溶けた米と水分を吸って膨らんだ乾燥野菜の黄緑色が目に美味《おい》しい。湯気の白に混じる香りはあくまでも甘く、けれど干し肉の棘《とげ》のある臭気が舌を刺して唾液《だえき》が溢《あふ》れた。

ごくり、とリリオンが喉《のど》を鳴らした。

「さ、できたよ。お椀《わん》貸して」

新品の木椀にたっぷりと粥をよそってやるとリリオンは目を輝かせた。片手に椀を、片手にスプーンを構えて準備は万端だが、それでもランタンが自分の分をよそうまでは手を付けない。

肩を揺らして、はやくはやくとその瞳に急《せ》かされる。

「はい、じゃあいただきます」

「ます！」

ふう、と息を一つ吹きかけただけでリリオンはまだ湯気の立つ粥を口に運んだ。スプーンを口に咥《くわ》えたままリリオンは目尻を蕩《とろ》けさせた。

「――んー、おいしいっ！」

「うん、よくできてる。おいし」

米には肉の出汁がよく染みこんでいるし、乾燥野菜にはほろほろとした独特の食感とほっとするような甘さがある。干し肉にはまだたっぷりと塩気と芯が残っていて、噛《か》めば噛む程に味が口の中に広がった。

「チーズ入れても美味しいかも」

熱さなど感じていないようにリリオンは一心不乱に粥を掻《か》き込んでいたが、ランタンの一言によりぴたりと停止した。そして少なくなった椀の中とランタンの顔を何度も見比べている。

「おかわりはあるから大丈夫だからね。あと、ゆっくり食べな。粥とは言え消化に悪いよ」

「うん」

明日の朝には、最下層に入り終端の魔物と戦闘を行う。

目覚めた時に熱でも出ていればまた別であったが、口腔《こうくう》の火傷《やけど》程度では探索を中止する理由にはならない。リリオンの存在も、やはりまだ不安は残るが、それも引き返すための理由としては不十分だ。終端の魔物の魔精保有量も気にならないわけではないが、それより青の濃い魔物とも戦ったことはある。

「……あつい」

ここまできたのだ。リリオンには最下層に踏み入るだけの資質も、資格もある。

「どうしたのランタン？　おかわりよそってあげようか？」

「……――うん、ありがと」

空《から》になった椀を渡すと粥が山盛りに盛られて返ってきた。

手の中でずしりと重たく、熱すぎる程に温かい。

まるで生命《いのち》そのもののようだ。

「リリオン」

「なあに？」

「んー、ふふ。ほっぺにごはん粒がついてる」

手を伸ばして頬《ほお》に触れる。唇の近くの米粒をランタンはひょいと摘《つま》んで、リリオンは擽《くすぐ》ったそうに目を細める。ランタンはそれをぱくりと食べてリリオンに尋ねた。

「おいしい？」

「とってもおいしいわ。今度はわたしが作ってあげるね！」

「それは楽しみ。またたくさんあるから、いっぱいお食べ」

「――うん！」

満面の少女の笑み。

ランタンの眼差《まなざ》しは優しく、明日はもうすぐそこに近付いてきている。

第七章

「やっぱり動かないわ。寝てるのかしら、それとも病気なのかしら」

終端の魔物の最後の確認をしてリリオンはそう言った。

睡眠はさておき、病気ということはまずないだろうと思う。何しろ相手は辺り一面の魔精《ませい》をその身に宿す終端の魔物である。魔精により身体能力の強化は免疫《めんえき》機能にも作用するらしい。

もしも終端の魔物が病に身を伏せているのならば、弱っていることに幸運を覚えるよりも、それが感染性の物でないことを祈るしかない。

リリオンは魔精鏡《ませいきょう》を外し、それが動く瞬間をちょうど見ることができなかった。膨らんで、萎《しぼ》む。たったそれだけの動きは、それが生物であることを示していた。呼吸は、もしかしたら欠伸《あくび》だったのかもしれない。魔物はもう動かず、微睡《まどろ》みの中にいる。

ランタンは魔精鏡を外し、リリオンを見上げた。

少女は昨晩ランタンと一緒に眠ることを望んだ。

迷宮の最奥にあって不安だったのだろうし、恐ろしかったのだろうと思う。一緒の毛布に包まるとリリオンはランタンにしがみついて、ランタンが身体を撫《な》でてやってようやく眠った。

その白い寝顔を見ていたランタンはあまりに眠れず、反面リリオンの寝覚めはよかった。少女は朝食もたらふく食べていたし、探索疲れも見られない。

「リリオン」

「なあに？　ランタン」

「もし寝てても、この霧を通ったら起きちゃうよ」

終端の魔物が睡眠状態であったとしてもこの霧を通り抜けようとする者は、霧に含まれる魔精を通じて魔物に感知される。この霧の魔精が終端の魔物に吸収されないのは、これ自体が魔物の感覚器官の一部であるという考察もあるが真実の程は定かではない。

なんにせよ霧を通るというのは視線を横切るどころか、体内を這《は》い回るに等しい。この警網《もう》を掻《か》い潜ることのできる探索者は高位探索者でも一握りであり、その技術はランタンには到底真似《まね》のできないものである。

「ええっと、……それって」

「霧を抜けたら即戦闘ってことだね」

にっこりと笑って言ったのは、リリオンを安心させるためである。

寝ているのかしら、病気なのかしら、という台詞《せりふ》は、リリオンは本当にそう思っているのではなく、そうあってほしいという願望なのだろう。リリオンはこの先にいる魔物を恐れている。

それは当たり前のことだ。ランタンだって戦うことは恐ろしい。

ランタンは背を丸めて俯《うつむ》いたリリオンの頬を両手でそっと包み込んだ。

淡褐色《ヘーゼル》の瞳は感情がよく現れる。笑うと黄金程も明るくなり、今は緑が濃く重たげだ。けれど触れた頬は柔らかく、血色は良い。体温は少し熱っぽいけれど、それはきっと幼さゆえのものだろう。指先にそっとなぞった顎《あご》の骨が華奢《きゃしゃ》だった。

両の掌《てのひら》に少女の頬を挟んだままランタンは背伸びをした。俯くぐらいでは足りぬ程にリリオンの顔は高い所にある。一晩寝て、もしかしたらまた大きくなったのかもしれない。

だけれども。

たった九歳の少女である。

白い寝顔と、縋《すが》り付いた腕の細さ。

撫でてやると震えるように力が抜けて、薄く開いた唇から漏《も》れた寝息は甘やかだった。

ランタンが寝られなかったのは考え事をしていたからだ。

こんな迷宮の最奥までやって来て、こんな土壇場《どたんば》になってまで。

濃い睫毛《まつげ》に縁取られた目がランタンの目を覗《のぞ》き込み、しかし逸《そ》らされる。

ランタンはじっとリリオンの目を覗き込んだまま黙っていたが、このままでは埒《らち》が明かない。

「リ――……」

もしも、もしも少女との関係が恋人やそれに類するものであるのならば、このまま顔を引き寄せて口付けの一つでもして、君は僕が守る、などというような台詞を大真面目《おおまじめ》に伝えれば、この後の戦闘を含めた探索全般がなんだかんだで解決しそうなものである。

そうであったらどれ程楽だろうか、とランタンは思う。

今この場でそんなことを行えば、きっとそれは思考回路に異常があることが間違いないので、一目散に帰還の準備をしなければならない。

「――リリオン」

ランタンは正常だ。だから帰還はしない。

ランタンは最下層に入り、終端の魔物と戦う。これは覆《くつがえ》ることのない決定事項だ。

リリオンの睫毛が震える。

少女は呼びかけに答えようと唇を開き、漏れたのは溜め息のような不安であった。

「……このまま、ここで待っていてもいいよ」

最下層直前、霧の前は安全地帯だ。この場所ならば魔物の出現はなく、終端の魔物は最下層に縛られていると言っていい。それがこの霧を抜けるのは、攻略されなかった迷宮が時間の経過に伴《ともな》い崩壊するか、あるいは探索者に打倒されて迷宮資源の一つとなった時だけである。

ランタンが終端の魔物を倒せれば最善だが、あるいは負けたとしても一人で迷宮口直下を目指せばいい。ミシャに払う代金は背嚢《バックパック》に納められている魔精結晶で賄《まかな》うことができるし、残った分を換金すればそれからの生活だってしばらくは不便することはない。

リリオンが、まるでランタンの真似をするように、その両手で少年の頬を挟み込んだ。

顔が、目が、唇が近く。

「いたいっ！」

返答は頭突きだった。

「どうしてそういうこと言うのっ！」

リリオンは額を押しつけ、睫毛が絡みそうで、いっそ泣きそうな程の怒鳴り声はランタンの唇に噛《か》み付くようだった。大きく見開かれた瞳は奮然《ふんぜん》として、そこに涙のように湛《たた》えられていた不安の一切が消え失せている。

ランタンの弱気さえも。

「あんまり、行きたそうじゃ、なかったからね」

ランタンはそう言って少女の顔を押し返す。じんじんと痺《しび》れる額を片手で押さえ、赤くなったそこを撫でる。それは意図したものではなかったがリリオンからの視線を遮《さえぎ》るようで、少女はランタンの細い手首を鷲掴みにして外した。

むう、と唇が尖る。それが引き絞《しぼ》るように横一文字《よこいちもんじ》に結ばれて、少女は鼻から大きく息を吸った。言葉に頬が膨らみ、あっという間に爆《は》ぜた。

「わたしも絶対に行くからっ！」

「もう、顔近いって」

触れそうな程の至近で啖呵《たんか》を切ったリリオンに、ランタンは笑った。最下層、白い魔精の霧の前で、終端の魔物との戦いを直前としてランタンはきっと初めて笑った。そして少女の顔を押し返すでもなく、その瘦《や》せて柔らかい頰を撫で、笑みを意地悪に歪める。

「怖いのなら、無理をしなくてもいいんだよ」

その言葉にリリオンは噴火直前の火山のように顔を真っ赤に染めて、負けん気に目を吊り上げ、胸を反らす程に鼻から息を吸い込んだ。きっちり一秒。沈黙は吸気に感情を練《ね》り込むためのもので、リリオンは叩きつけるように吠えた。

「怖くないわっ!!　ランタンの出番がないぐらいっ、わたしだって、とっても頑張るんだからっ!!」

じいんと響く鼓膜の痺れが心地良い。

ランタンはリリオンの頬から手を滑らせて、項《うなじ》を抱き寄せる。

こつんと額を合わせると、あっという間に少女は照れた。

「うん、がんばって。期待してるよ」

「……っ、――うんっ。わたし頑張るっ！」

「さて、僕もリリオンの出番がないぐらい頑張らないとね」

頷《うなず》き、身を離す。ランタンは大きく深呼吸をして、ぐっと身体《からだ》を伸ばした。

やるか。

ランタンの戦鎚《ウオーハンマー》も、リリオンの大剣大楯も戦闘に支障が出るような傷や歪みはない。リリオンにはいくつかの回復系の魔道薬を渡してもいるし、作戦と呼べる程ではないが戦闘方針も寝物語の代わりに伝えてある。

リリオンはまだ赤みの残る頬を抱きしめるように押さえていたかと思うと、その手を胸に当てた。それは昂《たかぶ》った精神を落ち着けようとしているようにも、手の中にあるランタンの体温を胸の中にしまっているようにも見えた。

表情は穏やか。その黄金に似た淡褐色《ヘーゼル》の瞳は力強い。

「リリオン、敵は生き物だよ。さっき欠伸《あくび》してた」

「ええっ、ランタンばっかりずるいっ。わたしも見たかったのにっ」

「すぐに見られるよ。――作戦はちゃんと覚えている？」

最後の確認。リリオンは不満もたっぷりにこくりと頷く。最初はリリオンには後ろで様子見をしているように伝えてあった。終端の魔物がどのようなものであるか、それを知らないままに少女を前に出すのは、心が決まった今でさえ恐ろしすぎる。

「でもでも、じゃあ、わたしはいつ戦ったらいいの？」

「それはもちろん僕がピンチになったらだよ。その時は助けに来てね、リリオン」

「――まかせて！」

花咲くような笑顔で頷いたリリオンは、けれどはっとして。

「あれ、でもランタンがピンチにならなかったら――？」

「さてリリオン。最下層に行く前の最後の準備だ」

小首を傾《かし》げたリリオンをまるっきり無視して、ランタンは円形缶を取り出してじゃらりと鳴らす。するとリリオンは疑問も笑顔もすっかりどこかに追いやって、あからさまに嫌そうな表情になった。ランタンが取り出したそれは気付け薬の携行缶であり、その中に収められた丸薬の味をリリオンは思い出したようだった。

「わたし、飲まなくても、大丈夫だと、思う」

迷宮を探索することでリリオンは幾ばくかの魔精をその身に取り込み、身体機能の上昇にも、またこの迷宮の魔精自体にも慣れた。降下の際のような魔精酔いはおそらく起こさないだろうし、本当に大丈夫だと言う確信が己の内にあるのかもしれない。

けれど泳いだ視線はただ気付け薬を服用したくないと声高に宣言しているようなものだった。

それに気付け薬は何も魔精酔いから復帰するためだけのものではない。

「必要なかったらぺってすればいいよ。噛んだり舐《な》めたりしなきゃそうそう溶けないから」

そう言ってランタンは手本を示すように丸薬を口の中に放り込み、舌先でそれを奥歯の隅へと転がしていく。

「うー、……んっ」

リリオンは摘《つま》まれた一つの丸薬をランタンの指先ごとぱくりと口の中に入れて、鼻頭に皺《しわ》を寄せて一生懸命に舌で丸薬を隅っこへと追いやっている。

ランタンは携行缶をしまい、戦鎚《ウォーハンマー》を右手にくるんと手首を回した。リリオンも楯を左手に、けれど大剣はまだしまったまま。二人揃《そろ》って深呼吸を。

「さあ、行こうか」

「――うん」

◇◇◇

手を繋《つな》いで、霧の中を行く。

霧は一気に走り抜けてもいいし、ゆっくりと歩いてもいい。霧に入った瞬間に終端の魔物はこちらに気が付くが、それで臨戦態勢になるわけではない。霧を抜けた瞬間に襲われることは、少なくともランタンは経験したことがなかった。今までのほぼ全ての終端の魔物は、霧からある程度の距離を保ち、何が出てくるかを窺《うかが》っていた。

手を引きながら、ゆっくりと歩く。

視界は白一色で何も見えない。ただ肌にぴりりとした痺れがある。それは終端の魔物の視線なのかもしれないし、それが発する気配なのかもしれない。あるいは迷宮そのものの。

なんによせ友好的なものでは決してない。

リリオンもそれを感じ取っているのか、絡めた指の力が強められた。

このまま握り返してやりたいところだが、そろそろ手を離さなければならない。

「抜けるよ」

リリオンはそれを理解している。ランタンが指先から力を抜くよりも早く、少女は自らの意思によってその手を離した。霧の中で鞘《さや》鳴りが響いた。

そして視界は白一色から、光の下へ。

最下層は広く開けている。そこに森林迷宮の面影《おもかげ》はない。霧の先は異界である。

直前の魔精《ませい》の薄い寒々しさが消え失せて、空気がねっとりと肌に張り付くようだった。

針葉樹の姿は一つもなく、荒く掘り削《けず》ったような岩壁が空間を包んでいた。地層を縦にしたような複雑な暗色の複合。その継ぎ目から光が零《こぼ》れ、頭上高くには水晶に似た発光体が突き出ていた。霧の中の白い闇に慣れた目には眩《まぶ》しく思えるような光量がある。

光は中央に臥《ふ》す終端の魔物を照らしている。光に浮かび上がる巨大な威容《いよう》はまるで盛り上がった影のようでもあり、積み上がった泥の山のようでもある。のそっと顔をこちらに向けて、視線がランタンたちを捉えると酷《ひど》く緩慢《かんまん》な動作で身を起こした。

その瞬間、影ははっきりと肉体を示し、泥は硬質さを帯びた。

微睡《まどろ》みを邪魔されて苛立《いらだ》っているのか、低く地鳴りのように喉《のど》を震わせる。

それは熊だ。

黒青色のいかにも硬そうな毛皮に身を包み、後肢二足で立ち上がったその姿は暴力的なまでに巨大だった。見上げるとランタンどころかリリオンの喉も白々と晒《さら》されるその体長は五メートルを超えている。左右に開いた腕が短く見えるのは、圧倒的な太さゆえの錯覚でしかない。

その先端には湾曲刀を思わせる長く鋭い鉤爪《かぎづめ》が五つ剝《む》き出しになっている。黒曜石《こくようせき》を削り出したような黒い爪は、肉も骨も抵抗なく切り裂くだろう剣呑《けんのん》な輝きを放っている。

目が青い。口を開くと杭《くい》のような牙に囲まれた赤い口腔《こうくう》が覗《のぞ》く。

その瞬間にランタンの意識が塗り潰された。

「――っ!?」

それは熊の咆哮《ほうこう》だった。衝撃波のような音圧に聴覚は音の一切を失い、叩きつけられた空気の振動に骨の芯までがびりびりと痺れて外套《マント》が翻《ひるがえ》った。ランタンは熊から視線を切った。

思考の一切を塗り潰したのは探索者の本能である。疾駆する熊の初動を見た。手足に力は入る。リリオンはどうだろうか、と振り返ると同時にランタンの足が跳ね上がる。

視界に入ったリリオンは放心していた。霧から抜けたそのままに大楯を左前に構えて、だが音を防ぐことはできなかった。自力で熊を避けるどころか、突撃を受け止めることすら適わないだろう。判断した瞬間にランタンはリリオンを蹴り飛ばしていた。

「しぃっ!」

力任せに押すような横蹴りがリリオンの身体を真横にすっ飛ばし、ランタンはその行く末を見ぬままに背後へ迫る気配へと意識を集中させる。蹴りの勢いのままに軸足を回して振り返り、目に触れんばかりのすぐそこに爪があった。

退くには遅い。蹴り足を大きく踏み込む。

ランタンは五爪の諸手を舐めるように掻《か》い潜り、けれど懐《ふところ》に入り込んで利があるのは人間相手のことである。小躯《しょうく》のランタンにとって巨躯《きょく》の懐《ふところ》は五臓六腑《ごぞうろっぷ》のいずれも好き放題に選べる狩り場であったが、四足を以《もっ》て突っ込んできた熊の懐、双腕の内、眼前にあるのは幼身の頭《ず》蓋《がい》を丸呑《まるの》みにして満たされず、上半身を喰らっても余りある獰猛《どうもう》な顎門《あぎと》だった。

戦鎚《ウォーハンマー》を勢い任せに横に振ったのは探索者の本能そのものであり、口に放り込まれたものに取り敢《あ》えず顎門を閉ざすのもまた獣の本能である。

衝撃。

「ひうっ！」

喉奥から悲鳴じみた呼気が溢れ、ランタンの頭部がもげそうな程に後ろへ反った。しかしランタンは戦鎚を握って離さず、鎚頭《ヘッド》の根元を左に摑《つか》み真一文字《まいちもんじ》に構えて突進を受け止めた。

衝撃に奥歯で丸薬が砕け、熊の速度と重量は骨身のいずれも蹂躙《じゅうりん》して駆け、足裏に抜けた力は地面を放射状に陥没《かんぼつ》させた。

目が潤むのは砕けた気付け薬が辛《から》いからだ。

「ぎいっ!!」

重い。嚙《か》み締めた奥歯が砕けそうで、滲《にじ》んだ涙を拭うどころか、口内を陵辱《りょうじょく》する気付け薬を飲み込む暇もない。ランタンはどうにか持ち堪《こた》えていたが、砕けた地面に足が滑り、熊を押し返すには衝撃の残滓《ざんし》が邪魔をしている。

口がでかい。捲《めく》れ上がった口唇から大きな牙が剝き出しになっていて、けれどそんな牙を使う必要もなく飲み込まれそうだった。

だが今、恐れるのは口の大きさでも、牙の鋭さでもない。凶悪な五爪は近すぎるがゆえに遠く、しかし暴力的な両腕をただ閉じるだけでランタンの小軀は薄氷のように砕けるだろう。

気付け薬のせいで口中に水っぽい唾液《だえき》が溢れて止まらない。奥歯が滑る。

「――ぷっ」

緑が舞った。唾液で溶いた気付け薬をランタンは熊の鼻先に噴き付けて、熊の鼻腔《びこう》粘膜と青眼を劇物とも称される刺激が灼《や》いた。熊が、ぎゃう、と存外可愛《かわい》く鳴いたがランタンの聴覚はまだ初撃の咆哮によって馬鹿になっているので聞こえない。

だが喉から溢れた悲鳴は頑《かたく》なな咬合《こうごう》を弛緩《しかん》させ、ランタンはその隙《すき》を見逃さず戦鎚《ウオーハンマー》を引き抜いた。手の感覚がない。僅《わず》かに仰《の》け反《ぞ》る熊の動きに合わせてランタンの爪先《つまさき》が跳ね上がった。

「うっらぁっ！」

熊の横面《よこつら》を捉えた三日月蹴りは、しかしその首を動かすことすら適わない。頭部を支える頑強な頸椎《けいつい》に衝撃を殺されたどころではない。手応えは鋼鉄の塊《かたまり》を蹴ったような痛みである。

ランタンは一瞬で追撃を諦め、爪先に起こした爆発は熊の横面を踏み台にして後方に跳躍するためのもの。文字通り弾け飛んで熊から距離を取ったランタンは、着地と同時に駆けた。よろりと起き上がるリリオンの襟首《えりくび》を引っ摑むと、そして再び跳躍して熊の背後へ回り込む。

「ぐぅ――」

リリオンが呻《うめ》いていたが、気にしている余裕はなかった。先程までランタンが居た場所には視覚嗅覚を消失しているとは思えない程、的確に爪痕が深く刻み込まれていた。

もう気付け薬から回復したのか。蹴りも、爆炎の影響も全くないようだった。

「しゃんとしな」

子猫の首根っこを摘み上げるようにリリオンを立ち上がらせて、少女は楯を杖《つえ》に身体《からだ》を支える。ランタンは戦鎚で楯の表面を小突く。音ではなく手に伝わる衝撃にリリオンは夢から覚めたようにはっとして、ランタンが涙を擦るのを見て慌てて自分の顔を拭《ぬぐ》う。

「こ――」

「怖くないからっ！」

強がった声。聴覚は復帰している。手の痺れも抜けた。

気付け薬の辛さに溜まった涙を少女は袖《そで》で拭い取り、ランタンが笑って緑の唾液をペッと吐くと、リリオンは口をもごもごとさせてぺえと垂らした。

「危なくなったら避ける、流す、受ける」

リリオンは頷《うなず》いて、しっかりと楯を構える。その脇からそっと顔を覗かせた少女に、ランタンは熊に負けじと牙を剝《む》くような笑みを浮かべる。

「それと、ちゃんと見ててよ。僕のこと。これくらいはまだ普通のことなんだから」

一言残しリリオンを背後へ置き去りにランタンは駆ける。

熊は立ち上がってランタンを待ち構えた。

腕が長い。ランタンは予測よりも随分《ずいぶん》手前で身体を沈めて、振り回された右爪の一撃を頭上に感じる。風圧で髪が暴れて、ランタンは叩きつけの一撃を外側に避けた。陥没する地面を横目に、狙いを肘に。左の袈裟懸《けさが》けは肉も脂肪《しぼう》も薄い肘頭に叩きつけられて、しかし左腕が地面を掘り返して薙《な》ぎ払われる。

「かったい」

岩石を纏《まと》い振るわれた腕に戦鎚《ウォーハンマー》を滑らせる。前腕から肘に滑り落ちて、ランタンは懐《ふところ》に飛び込む。がら空きの脇腹に戦鎚を叩きつけた。毛皮、脂肪、筋肉。ぐる、と熊の呻きが耳に聞こえ、掌《てのひら》に返ってくる衝撃は鈍い。ぐらりと熊が傾《かし》ぐが、それはただランタンを圧し潰そうとしているだけだった。

ランタンは熊の股下《またした》に飛び込んで、踵《かかと》の浮いた左後肢を鶴嘴《つるはし》に引っ掛ける。意識的な横転に外力が加わり、胸から倒れようとした熊が地面を喰らうように顔面から突っ込んだ。自重の全てを首で支え、ぐらと傾いて肩を着く。瞬間、ランタンの頬《ほお》が引きつる。

ぐるん、と。

体勢を立て直そうと熊が腰を捩り、回転は背骨を伝って接地する肩へ。力は肩甲骨《けんこうこつ》で弾けて巨軀が振り回された。まるで水面蹴りだ。巻き上がった岩石が触れる傍から砕け散った。

振り回された鉞《まさかり》のような一撃をランタンは滑り込んでどうにかやり過ごし、けれど巻き起こる風に煽《あお》られて身体を浮かされた。間髪容《かんはつい》れずの二撃目にランタンはやはり突っ込む。

四肢を使った獣の如き跳躍。襲いくる熊の臑《すね》に両手を突いて飛び越えて、回転の勢いに独楽《こま》のように立ち上る巨腕にランタンは不敵に笑った。頭上高くまで振りかぶられたそれはまるで巨木のようで、梢《こずえ》の五爪が黒い軌跡を引いて振り下ろされる。

爆発。身体が捻《ね》じ切《き》れるような速度で射出された戦鎚が、振り下ろされる腕を横様に打ち付けて一瞬の停滞。それは沈黙に似て、弾けたのは鬩《せめ》ぎ合う力の炸裂《さくれつ》だった。雷鳴のような衝突音は最下層を揺らし、ランタンは右腕を伝う痛みごと戦鎚を振り切った。

があああ、と赤い口腔《こうこう》。払われた腕を引き寄せるように熊は顔面から突っ込んで食らいつこうと。ランタンは戦鎚の速度と重みに身体を引き摺《ず》られるままに膝を跳ね上げ、下顎を迎え撃った。牙が強引に閉ざされて火花を散らし、ランタンはそれを飛び越えて、五指を嘴鶴《しかく》に纏めて腕を引き絞《しぼ》る。

青い目。

狙いを定め覗き込んだ瞬間にランタンの五指は獲物に飛びかかる蛸《たこ》のように指を解いた。目潰しは眉間《みけん》への掌打《しょうだ》へと変じ直撃と同時に熱烈な紅蓮《ぐれん》を撒《ま》き散らす。

ランタンと熊は反発するように弾き飛ばされた。

ランタンは中空で一回転して後方に音もなく着地し、熊はぐらりと後頭部から倒れ込み地面に鈍重な破壊を撒《ま》き散らしながらぐるんぐるんと後転二回。

「ふう、――はあ」

ランタンは喉《のど》の奥で留めていた呼気の全てを吐き出して、大きく肩を上下させて荒い呼吸を繰り返す。汗が頬を伝って顎から落ちて、肩口で顔を拭った。濛々《もうもう》たる砂煙の奥から視線は逸《そ》らさず、右腕を振って感覚を確かめる。痺《しび》れはあるが無視できる。骨も肉も無事だ。

熊の青い目。底の見えぬ程、深い青は指を突っ込むことを躊躇《ためら》わせた。きっと目を潰していたらそのまま眼窩《がんか》に腕を囚われていただろうと思う。青い目。それはあるいはまだ、夢の中に身を横たえているがゆえのものかもしれない。

「寝起きの悪い……まったく」

のそっと立ち上がる熊の影が砂塵《さじん》に透ける。

「リリオン！　顔隠してろっ。吠えるっ」

背後に言葉を投げかけてランタンは距離を潰す。最も恐ろしいのは突進で、二足で立ち上がれば入り込んだ懐は人のそれとそう変わらない。ただ硬質な毛皮と、分厚い皮下脂肪と、高密度の筋肉とそれを支える堅牢《けんろう》な骨格が人のそれとは比べるべくもないというだけで。

目覚めの咆哮《ほうこう》はもう音ですらない。

熊を中心に砂塵の一切が吹き飛ばされ、津波のような衝撃をランタンは戦鎚《ウォーハンマー》で迎え撃つ。遠間で空打ったように見える縦振りは、しかし戦鎚に寄せる見えざる波を叩いて重い手応え。砂塵が晴れて姿を露わにしたそこには、紅蓮に顔を灼《や》かれた化物が一匹。顔を覆《おお》う青黒い毛皮がいっそう濃くなり、ただ耳の先から煙を燻《くすぶ》らせ、青い目はゆらりと燐光《りんこう》を引いた。

肉薄したランタンは熊の膝に蹴りを叩き込み、そのまま膝を足場に爪先立《つまさき》ちに。ぐるんと肩を回して戦鎚を振りかぶる。小軀《しょうく》を目一杯伸ばして戦鎚を喉元に打ち込み、反撃の薙《な》ぎ払いをするりと躱《かわ》し、再び膝を打つ。

振り回される五爪と、薙ぎ払われる巨腕を空かし、ランタンは股下《またした》さえも潜り抜けて戦鎚を振り回した。闇雲に振るわれているようでそれが狙うのは四つの関節と腰椎《ようつい》だった。熊に外傷はないに等しく、だけれどもそれはダメージがないわけではない。内部に蓄積する痛みに熊は苛立《いらだ》ち、己に纏わり付く羽虫のごとき小軀を追い払おうと身体を振り回す。

髪の幾筋かを爪が切り裂き、硬質化した剛毛に削《けず》られるように服が裂け、時にランタンは戦鎚で衝撃を受け流すも骨身に響く。一〇発打って与えた痛みを一発で逆転される不条理さ。窮屈《きゅうくつ》そうに振り回される一撃がランタンにしてみれば必殺の一撃に等しい。

顔を舐《な》める風圧さえも鬱陶《うっとう》しい。風は一粒、見えない程の砂粒を含み目を刺した。反射的に片目を閉じて、半闇の視界に地面を裂いて迫る鉤爪《かぎづめ》が見えた。

股下に迫る鉤爪を飛び越えて、ランタンは掌に足を掛け。

跳躍。

「あっ」

熊の力を利用しての跳躍は緊急回避のつもりだったのに、ランタンの小軀は天井近くにまで跳ね上げられていた。内臓の浮遊感に顔を顰《しか》め、水晶から放たれる冷光に目を細める。

「跳びすぎたぁ」

ランタンは一時の休憩とばかりにぐるりと首を回して、身体を捻《ねじ》って痛みを確認する。落下に合わせて、地上を見た。熊がこちらを見ている。せっかく閉ざしてやった口を馬鹿みたいに開けて、ゆるりと落下する小軀を待つ姿は餌《え》付《づ》けされている飼い熊のようで。

ランタンは、――銀の尾を引く流星を見た。

リリオンが駆ける。左前に楯を構え、大剣は出遅れたように鋒《きっさき》を下に。飛び跳ねるような大股の一歩に少女の三つ編みが棚《たな》引《び》いた。流星の速度。

その燦《きら》めきに熊が気が付いた瞬間、少女は前のめりに。

「あ、転ん――」

見たままを口にしたランタンは、リリオンが爪先だけで地面を蹴るのを見て心が震える。

楯を振り回し身体を開き、回し蹴りのような右足の踏み込みに大剣が追従した。流星かと思ったらそれは銀の龍であったのかもしれない。

三つ編みの尾が揺れる。大振りの横薙《よこな》ぎ。リリオンの長身と踏み込み。大剣の射程は熊のそれを僅《わず》かに凌駕《りょうが》し、けれど鋒が舐めたのは毛皮の表面。薄皮一枚だけを切り裂かれた熊が見たのは、大剣に振り回された少女の背中である。

熊が笑ったように見えた。

牙を剝《む》いて躍りかかった熊は五爪を開いて腕を振りかぶる。

助けに、と細めた目をランタンは思わず見開いた。

大剣に振り回されたのは上半身のみ。軸の右足は杭《くい》のように固定され、踏み込みの衝撃は腰まで駆け上がって力を伝える。回る。捻れた上半身が大剣ごと引き戻された。

「やあっ!!」

裂帛《れっぱく》。少女の高く澄んだ声が熊の懐《ふところ》で響き、高速の斬《き》り返しが熊の脇腹にめり込んだ。鍔《つば》元《もと》。大剣は肉を斬り裂くに至らず、脂肪層に深く埋まり、リリオンは更にそれを押し込んだ。なんという膂力《りょりょく》か。衝撃に熊の巨躯《きょく》がぐらりと傾《かし》ぎ、斬り返しついでに引き戻された大楯が力任せに殴《なぐ》りつけた。

浮いた、熊の巨軀が。ほんの僅《わず》か、拳が入るかどうかの隙間《すきま》だが、確かに浮いた。

「んうぅ」

ランタンは全身にたった鳥肌に妙な声を上げたかと思うと、爆発を背負った。

リリオンがあんなに頑張っているのに、こんな中空をふらふらしていては勿体《もったい》ない。爆発加速に押し出された小軀は螺旋《らせん》を描き、けれど一直線に熊に向かったその顔には上気して攻撃的な笑みが抑えられない。戦鎚《ウォーハンマー》を両手で握り込み、螺旋に委《ゆだ》ねた身体が極限まで捩れる。

倒れゆく熊は空を掻《か》き、その腕を、大剣と楯の間も通り過ぎ、いよいよ地面が近くなりランタンは身体の螺旋を開放する。撚《よ》った絹束が解けるように、なめらかに動き出した戦鎚が熊と地面の僅かな隙間に吸い込まれる。鎚頭《ヘッド》が上向き、再びの爆発で花火のように跳ね上がった。

「ふっ!!」

両の掌《てのひら》に衝撃が食い込む。指と甲が揃《そろ》って悲鳴を上げた。重い。熊の全重量が掌にある。

骨の悲鳴が腕に、肩に、背骨を伝い、骨髄《こつずい》から血液さえを犯して全身に広がっていく。

ぎり、と奥歯さえもが軋《きし》みをあげて、視界の中にリリオンの戦闘靴《ブーツ》が目に入った。

ここからでは膝頭までしか見えない。

ランタンは身体の上げる悲鳴を全て無視して戦鎚《ウォーハンマー》を振り抜いた。勢い余って身体が回る。

視線が膝頭から滑り、細い腰を、荒い呼吸に上下する未熟な胸を、白い喉へと昇っていく。

顎に汗、結んだ唇が柔らかそうに震え、頬《ほお》が真っ赤。

「どうだあっ！」

リリオンはまん丸に開いた目で、錐《きり》もみ回転して吹っ飛んでいく熊を呆然《ぼうぜん》と眺めていた。

ランタンはそんな表情に誇らしげに笑い声を漏《も》らし、猫のような身のこなしで着地して、乱暴な動作で地面に鶴嘴《つるはし》を突き立てた。硝子《ガラス》を引き裂くような音を撒《ま》き散らしながら、地面にのたうつ掻き傷を描いてようやく止まった。

手応えは上々。

吹き飛んだ熊は緩慢《かんまん》に思えるように落下し接地横転すると、途端に水切り石のように大きく跳ね飛び、それだけでは留まらずに横滑りして地面を削《けず》り、遂には壁に激突してようやく止まった。最下層自体が真横にずれたような衝撃。

ランタンは揺れに足を取られぬように痛みを誤魔化《ごまか》しリリオンに近付く。

戦鎚で、ごん、と楯を叩く。

リリオンは白日夢でも見ていたかのようにはっとして、熊からランタンへと視線を動かした。

花咲くように頬が赤く、まじまじと見つめる視線が熱っぽい。ランタンはその視線が妙に気恥ずかしくて、追い払うように手を振った。爪が内出血を起こして黒く染まっていた。

痛みは全身にある。

「もう、リリオン。まだピンチには遠いよ？」

それでもランタンは余裕綽《しやく》　々《しやく》たる表情でリリオンに言った。

「――ランタン」

まだ夢の中にいるように名を呼ぶ。ランタンが視線で応えると、リリオンは赤い頬を更に赤く、意識だけが先走るように唇を震わせ、溢《あふ》れた声はひたすら甘い。

「だって戦うランタンが、――とっても格好よかったんだもの」

リリオンが背筋を擽《くすぐ》られたようにしなりと身を捩り、更に続ける。

「わたし、がまんできなくなっちゃったのよ」

胸の内から堪えきれぬ熱い吐息を漏らし、リリオンはきらきらの視線をランタンに向ける。

追い払った手振りなどものともしない少女の視線に晒《さら》されてランタンの頬も色づく。

「もう、――なに言ってんの。堪え性のない」

ふいと熊に視線を投げて、呆《あき》れるような物言いは隠しきれない照れがあった。

「言うこと聞くって約束だったのに」

「だってだって、ランタンがあんまり格好良いのがいけないんだわ」

「——ああ、もうリリオン。あの熊公は、まだ死んじゃいないいんだから集中っ！」

ランタンは自分に言い聞かせるように言って、少女はその一言に唇を結んだ。それでも抑えきれない喜色がある。共に戦うことを許可されて、リリオンの身体《からだ》が歓喜に震えた。

ランタンは含羞《がんしゅう》を深呼吸の一つで散らし、ぐるりと手首を回す。

「リリオン、僕ばっかりじゃなくてちゃんと熊も見てた？」

「うん。大っきくて、重たくて、かたくて、はやい」

「ふふふ、その印象を倍に拡大するといいよ。腕の長さは爪を含めて更に倍。それにただ速いだけじゃなくて、猫みたいにしなやかに動く。全く以《もっ》て嫌になるね」

「ランタン」

気を引き締めるために脅《おど》かすと、リリオンは興奮に僅かな不安を混ぜて名を呼んだ。ランタンはそんな少女に微笑《ほほえ》みをくれてやり、少女の真似《まね》をするように戦鎚《ウォーハンマー》を右肩に担《かつ》いだ。

「さあ、こっからが本番だ。気合い入れていくよ！」

途端に男らしい顔つきになった少年の横顔にリリオンが唾《つば》を飲み、少女はいつかランタンの手を握り締めたように大剣と大楯を強く握り締める。

待って、なんて少女は言わない。

「ランタンっ！」

先を駆ける小さな背中を追った。

濃い砂塵を切り裂いて、熊が爪も牙も、漲《みなぎ》る殺意も大露わに飛び出した。熊の脇腹からじくじくと血が染み出している。リリオンの剣撃は分厚い脂肪《しぼう》に阻《はば》まれて致命傷とはならなかったが、それでもようやく傷らしい傷が熊に刻まれ、それがランタンの打撃によって内側から押し広げられている。黒青色の毛が青い血に濡れててらてらと不気味にぬめっている。

熊の怒りはリリオンではなく、ランタンに向けられていた。

熊は脇腹の傷よりも、小さな生き物に二度も吹き飛ばされたことの方が気に入らないのだろう。巨大な図体《ずうたい》をして何ともみみっちい矜持《きょうじ》であることだ。

青の混じる唾液《だえき》が牙に絡みつき、その奥から性懲《しょうこ》りもなく咆哮《ほうこう》が吐き出された。

「うるさ」

衝撃波にランタンは頭から突っ込んで、鼓膜が痺《しび》れて一時的な無音状態になるも、三度も喰らえば慣れたものである。意識は十全。熊の挙動の一つ一つがよく見えた。

砂塵から飛び出したそれは四つ足突進。熊は上体を捻《ねじ》り、大重量の巨軀を押し進めるのは既に慣性によるものに過ぎない。それは低空を飛んでいるようだった。捻転《ねんてん》に合わせて左腕が持ち上がり、怒りがそこに流入するように左の肩背が隆起した。

瞬間。

巨腕が細竹のように撓《しな》る。肩に溜まった力の全てが腕を流れて、鉤爪《かぎづめ》の先端に収束した。見える。ランタンは体勢を低くして爪に向かって加速する。間近に見る鉤爪は漆黒《しっこく》で、しかしうっすらと透けていた。

それがランタンの命を刈り取ることはない。

振り下ろされる渾身《こんしん》の怒りを一目見ただけで呆気《あっけ》なく視線を外し、するりと鉤爪の下を潜り抜けると熊の股下《またした》に滑り込んで背後に飛び出た。鉤爪はランタンの残影のみを捉え、水面を割るように地面に沈む。

あからさまな大振りなど、どれ程の威力を有しようと避けることは容易《たやす》い。靴底《くつぞこ》が地面に触れた瞬間に爆発反転。骨折しそうな急制動の反動は幼身ゆえのしなやかな骨身に溶けてゆく。

熊の巨大な背中が全力攻撃を躱《かわ》されたことで前に崩れる。そこにリリオンが駆け寄って、巻き上がった岩石から身を守るように楯を構え、今度は転ぶことなく最高速度で熊に激突した。

「らっ！」

鼻頭から横面《よこつら》を擦り肩口に突っ込む。リリオンの裂帛《れっぱく》は衝突音に掻《か》き消えた。気合いと一緒に一歩二歩と熊を押し返して進み、だが熊が一つ吠えると少女は一歩も動けなくなった。

均衡《きんこう》した力の鬩《せめ》ぎ合いに、身動きが取れなくなったのは熊も同様である。

ランタンは担《かつ》いだ戦鎚《ウォーハンマー》に左手を添える。狙いは延髄《えんずい》。首のやや後ろに浮かび上がり、彼《ひ》我《が》の距離は必中必殺。

　呼気は鋭く、振り下ろした戦鎚は筆を払うような黒銀の尾を描き、直撃より先に破裂音がしたのは初速が音よりも速いせいだった。鎚頭《ヘッド》が白い傘を突き抜けると、そこには陽炎《かげろう》が纏《まと》わり、しかしそれは大気摩擦でも断熱圧縮のせいでもない。

　ふつ、とランタンの瞳が燃える。装甲のように固まった熊の剛毛が灼《や》け縮れた酷《ひど》い臭《にお》いに顔を歪める間もなく、陽炎揺らめく戦鎚が延髄に吸い込まれるように叩き付けられる。

　爆炎。熱と燦《きら》めき。耳鳴りと。

　聞こえたのは、熊の断末魔《だんまつま》ではない。

　それは超硬超重の金属同士が衝突するような鈍い音だった。手首に鋭い痛みがあって、肉に衝撃を吸収されるような手応えも、骨を砕く感覚も当たり前のようになかった。

　散った黒の燦めきは戦鎚のものではない。

　ランタンの頬が歪む。

「ずっりぃ……」

　毛を失い剝《む》き出しになった皮膚《ひふ》は、細かな黒鋼の鱗《うろこ》を十重《とえ》二十重《はたえ》とびっしり貼り合わせたように硬質化していた。砕けて散ったのは表面から鱗の複層。

　震える。鱗がちりちりと震動する。

「――な」

んだ、と口にする暇はなかった。寒さは汗に濡れた身体が風に撫《な》でられたからで、それは熊の方へと流れる微風だった。全身が一気に粟立《あわだ》つ。

いや、これは。微風なんて生易しいものじゃあない。

それは魔精《ませい》の流れである。

ランタンは咄嗟《とっさ》に腕で交差を作り身体を小さくした。瞬間、熊から放たれた激風にランタンは吹っ飛ばされる。上下左右もなく目まぐるしく回転する視界に一瞬リリオンの姿が映り、ランタンは少女を基点に天地と距離を反射的に導いた。

リリオンは楯を押しつけるように踏ん張っていたので、どうにか後ろに追い返されただけで済んだようだ。だがそれでも壁際近くまでの後退を余儀《よぎ》なくされている。熊と力比べをするような前傾姿勢に、べた足と低重心。それらを以《もっ》てしても。

ランタンは壁に叩きつけられる直前、その身体に爆発を纏《まと》った。

「――ひぎっ！　ぐ、――あふっ、ごほっ」

殺しきれぬ衝撃に内臓が掻き回されて肋骨《ろっこつ》に罅《ひび》が入った。しかし痛みは気付け薬の代わりに過ぎない。ランタンは剝がれ落ちるように落下して、着地の衝撃に顔を顰《しか》める。血が喉《のど》に絡む咳《せき》を漏らして、鉄臭《てつくさ》い唾《つば》を吐き捨てる。

視線の先、ランタンは風を身に纏う熊を見た。足元から旋風のような風が立ち上っている。熊が天を見上げるように吠えた。叩きつけるような咆哮《ほうこう》ではない。長く喉を揺らして、歌うように高らかに吠える。響く声に天辺の光が震える。身に纏う旋風は勢いを増して嵐のように。

まさか空でも飛ぶんじゃないだろうな、とランタンは身を固くしたが、熊は重心深く地面を踏みしめている。

りん、と。

天辺に谺《こだま》する残響の中、鉤爪が鈴のように鳴った。抑えきれぬような肉体の隆起は、熊の内にある魔精がざわめいているせいだ。

ランタンは息を呑《の》む。

巨腕のその先には巨大な掌《てのひら》があり、そこから凶悪な鉤爪が五つ伸びて扇《おうぎ》のように広げられている。爪が綴《と》じ、薄く重ねられると、それには大鎌の如き不吉さが孕《はら》んでいた。

遠く、距離があった。熊がどれ程に腕を伸ばそうとも、どれ程の踏み込みをしようとも絶対に埋めることのできない間合いの遥《はる》か外。だがここは安全圏ではない、と産毛《うぶげ》が総毛立つ。

天辺高くに谺する遠吠えの残響が降り注ぐ。

熊は極限まで反らした腕を、己を抱きしめるように振るった。

断ち裂ける。

鉤爪の軌跡は巨大な三日月を描き、風の刃が波紋のように広がり空間を切り裂いて疾走《はし》った。

「リリオンっ！」

刃は音よりも速いが叫ばずにはいられなかった。

ランタンは地面に飛び込むように刃を躱《かわ》し、背嚢《バックパック》を切り離し、前転して立ち上がると同時に走り出す。項《うなじ》に寒気。幾ばくかの後ろ髪と外套《マント》のフードが切り裂かれていた。

舌打ちを漏らす暇もなければ、安堵《あんど》に胸を撫で下ろす暇もない。

それは高価な外套を台無しにされた苛立《いらだ》ちでも、首が繋《つな》がっていることへの安心でもない。

視界の奥でリリオンがどうにか風の刃を防いだのだ。楯を前に突き出すリリオンの基本の構えに風の刃が散った。

衝撃をまともに受け、リリオンは楯を跳ね上げられて体勢を崩した。

リリオンは熊を挟んだ向こう側にいる。がら空きの胴体。再び熊が風の刃を巻き起こしたら、少女の身体など容易《たやす》く切断されてしまう。この距離ではランタンが庇《かば》うこともできない。

熊の身体に巻き付いた腕が、時間が遡《さかのぼ》るように解かれた。

「っ――らぁっ！」

刃が顕現《けんげん》する瞬間、ランタンが尋常ならざる加速で躍りかかると熊の腕に戦鎚《ウォーハンマー》を叩きつけ、爪の内出血が色を濃くした。ランタンの白目は毛細血管が破れて薄紅に染まり、だが赤光に染まった瞳孔《どうこう》に白くすら見えた。

熊の腕に纏わりつく風が霧散して、刃は形を成さずに砕け消えた。ランタンは打撃の反動で跳び、リリオンへの射線を遮《さえぎ》るように立ちはだかった。足元で地面が焦げ付き、腰を沈める。

通さない。

ランタンは割れた地面の一欠片《かけら》を爪先《つまさき》で蹴り上げると、振り上げた戦鎚がそれを砕いた。その行為を挑発と捉えたのか熊が苛立たしげに吠えて、腕を振るった。風の刃が飛ぶ。見える。

一欠片分の砂塵に不可視の刃はその姿をありありと浮かび上がらせる。

まず一つ。ランタンは戦鎚を振り下ろして刃を砕く。初撃程の圧力はない。散った刃が割れた硝子《ガラス》のように外套を撫でたが、編み込まれた防刃耐魔がそれを無効化する。

ついで二つ。右腕によって放たれた刃は、ほんの僅《わず》か一つ目よりも更に弱い。脇腹の怪我《けが》のせいだろうか。ならば狙いは、とランタンは戦鎚に伝わる手応えに戦形を組み立てる。

そのごく僅かな間隙《かんげき》を縫《ぬ》って三つ目の刃が飛んできた。予想以上に連射が効く。手首を返して戦鎚を引き寄せ、刃を受け止めた。二つに割れた刃が服を浅く裂き、左の二の腕に血が滲《にじ》む。

探索者にとっては怪我とも呼べぬ一筋。だがランタンは舌打ちを一つ吐き出して、鶴嘴《つるはし》で無数の瓦礫《がれき》を掘り返して放り投げ、四つ目の刃を瓦礫ごと爆発で粉砕する。

熱砂を駆ける。

熊は左右の腕を振り回して次々と刃を生み出し、遠距離攻撃の術《すべ》を持たないランタンがこのまま迎撃だけを続けていても、いずれ破綻《はたん》が訪れることは明白だった。

二桁《けた》を超えて数えた風の刃をランタンは避ける。刃の狙いはランタンで、その行き先はリリオンではなく地面である。ばちん、と大地に亀裂。そしてもう一つ、熊が右腕を振るった。息つく間もない。砂の幕を抜け、ランタンは爪の角度から予測を付けて戦鎚《ウォーハンマー》を。

「――な!?」

予想していた手応えがない。射線がずれたのか、いや、ならば何故、身体に斬撃もないのか。

熊はただ空を掻《か》いただけで、ランタンは騙《だま》されたのだ。

「ぐ」

戸惑いを踏み潰し、ランタンが鎚頭《ヘッド》の重みに泳いだ身体を斬り返そうと腹筋を固めた瞬間に、熊が本命の一撃を放っていた。脇腹の傷さえも擬態の一つ。風を纏った高速の薙《な》ぎ払い。

見えはしない。だが確かにそこにある。圧縮された空気か、大気圧によって生まれた真空か。なんにせよランタンを裂かんとする不可視の刃がそこにあるのだ。回避も防御も間に合わない。

砕けば外套《マント》を撫で、割れば服を裂き、避ければ地面で爆《は》ぜる。

腕一本。たぶん骨で止まる。だがそうなれば、この戦闘では殆《ほとん》ど使い物にならないだろう。

残りの一本で殺せるだろうか。

ランタンは刹那《せつな》の間に思考した結果を行動として吐き出そうと、左腕を引き寄せようとした。

影。

「――ランタンっ!!」

頭上を通して、どかん、と地面に打ち込まれた大楯の表面で風刃が砕け散った。びりりと痺《しび》れる破砕音が大気を揺らし、ランタンはリリオンによって楯の内側に抱かれた。ふあ、と一息。

楯の向こう側で熊が幾つもの風刃を放ったが、その全てが楯に防がれた。ランタンが振り返って見上げると、リリオンは表情を硬く睫毛《まつげ》を震わせた。

「ランタン、血が……」

「へーき。リリオン、助かったよ」

血が袖《そで》に染みを作っていたが出血は既に止まっている。風刃を腕で防いでいたらこの程度では到底済まない。切断された腕を繋げる術《すべ》はこの場にはないし、腕が繋がっていても大出血は免れない。頭に昇った血を抜くにはいいかもしれないが、そのためだけでは割に合わない。

怪我の治療費は馬鹿にならないものだ。場合によっては探索収支が赤字になる。

だが治療費にもならないからといってこの熊、――嵐熊《ストームベア》の脅威《きょうい》が減じるわけではない。恐るべき巨軀《きょく》とそれに見合った膂力《りょりょく》。重さを感じさせない速度。急所を守る硬質な皮膚《ひふ》と、全身を覆《おお》う毛皮に脂肪《しぼう》に筋肉の鎧《よろい》。それだけでもうんざりする程厄介《やっかい》だったのに、この風だ。

ランタンはそっと楯から顔を出した。

「ランタン、危ないわっ！」

「リリオンが守ってくれるんなら安心だよ」

風刃が楯に弾けてランタンの前髪を揺らした。直撃でも骨まで届かない。散った風の威力はないに等しく、取り敢えずの牽制《けんせい》という所だろうか。防がれるとわかっている攻撃に力を注ぐ程の低脳ではないようだ。直前、嵐熊の欺瞞《ぎまん》に引っかかったランタンは皮肉気に唇を歪めた。

風刃は振り回した腕の速度だけで引き起こされた現象ではない。延髄《えんずい》を狙ったランタンを吹き飛ばしたあの激風も、鱗《うろこ》状の皮膚に風を排出する機構が備わっているわけでもない。ランタンは散った風に鼻を鳴らした。

「魔道だね」

例えば木虎《もっこ》がそうだった。虎が体内にある魔精を熱線として三眼から放ったように、嵐熊《ストームベア》は魔精をもって風を操っているのだ。くそう出し惜しみしやがって、とランタンは唇を歪める。

嵐熊の最も恐ろしきは獣と思えぬ知性かもしれない。

腕を振るうことで発現させる風刃と全身から放出する激風。嵐熊の切った手札はこの二枚だが、まだ他に手札があるかもしれないし、その中に鬼札がないとも限らない。

だが余計な想像に攻め手を緩《ゆる》めるのはランタンの趣味ではない。

「あれは何を飛ばしてるの？」

「風の魔道。見えないし、リリオンはやっぱり取り敢えず防御優先」

「——ランタンは？」

リリオンをその場に釘付けにする風刃が止んだ。魔精切れや体力切れではなく、ただ楯の内側に二人が居る限りは無意味だと気が付いただけだろう。となるとこのままでは突進がくる。それは最も避けるべきだが、かといって身を晒《さら》せば再び風刃がくることは間違いなく、しかしランタンは楯の外へと飛び出した。

「攻めに決まってる！」

獣如きに騙《だま》される自分が嫌になる。だが騙される奴より、騙した奴の方が絶対悪い。

ランタンの瞳孔《どうこう》が苛立ちを示すように焦茶から橙《だいだい》へ、そして波に反射する光のようにまた焦茶へと不規則に色を変え、背負った紅蓮《ぐれん》の赤さにその差異を失った。

爆発加速によって距離の大半を一瞬で潰し、向かってくるランタンに嵐熊の爪が空を薙《な》ぐ。ランタンは沈み、その射線を躱《かわ》した。欺瞞《ぎまん》かもしれないし、そうでないのかもしれない。だがないものを受け止めようとするから戸惑うのであって、全てを避けてしまえば問題はない。続く二撃目を飛び越えれば、もう目の前だ。

ランタンは振り下ろされた鉤爪《かぎづめ》に戦鎚《ウォーハンマー》を滑らせて受け流し、返す戦鎚で傷になっている脇腹を打った。しかし熊は怯《ひる》むこともせず腕を振り回した。

脇腹の傷口は既に治癒《ちゆ》している。

これ見よがしに脇を開けるのはやはり誘い。だがこの距離ならば風刃は関係ない。髪を揺らしたのはただの風圧で、風の魔道ではない。ランタンはそう自分に言い聞かせて、振り下ろされる一撃を紙一重《かみひとえ》で避け、嵐熊の二の腕に鶴嘴《つるはし》を叩きつけた。穿刺《せんし》。肉を押し分けて骨に触れ、ランタンが引き抜くと血が溢《あふ》れる。

出血は少ない。浅い位置の動脈を狙ったが外れたようだ。

舌打ちを、もしかしたら嵐熊もしたのかもしれない。

苛立つのは何もランタンばかりではない。ランタンに好き放題に打たれ、必殺の風刃も防がれた嵐熊《ストームベア》の苛立ちは計り知れない。だがそれでも冷静である。

熊の大振りはランタンを叩き潰すためではなく退路を塞ぎ、身の内に抱き込むため。

巨獣の重心が沈む。震脚《しんきやく》。

熊の足元で力が弾けて一人と一匹の中心に地震が起こり、地面が粉砕した。ランタンは咄嗟《とつさ》に体勢を立て直すも、跳ね飛んだ瓦礫《がれき》の一欠片が額に小さな傷を作った。鈍い痛みに顔を歪めて、細めた視界に黒く突き出されたそれは破城槌《はじようつい》のような膝である。

合わせる。ランタンは引き絞《しぼ》るように戦鎚《ウオーハンマー》を脇に構え、けれど突如伸ばされた膝から先がランタンの頭上を通り過ぎた。

退路を断ち、体勢を崩し、必中の膝さえ真意を隠す擬態。

狙いはリリオン。

ランタンは見えざる力によって己の首が後ろに捻《ねじ》られるような錯覚をして、だがそれを意思の力でねじ伏せる。がら空きの股関節《こかんせつ》。太股《ふともも》の動脈が硬質な毛皮を脈動させて浮いている。

あの子なら、きっと大丈夫。隙《すき》を逃がす手はない。

手首を返す。速度は重さ。ランタンは腕を鞭《むち》のように撓《しな》らせる。鶴嘴が深く太股に突き刺さった瞬間、嵐熊《ストームベア》が劈《つんざ》くような悲鳴を上げた。どっと溢れた青い血に戦鎚が押し出され、直撃の衝撃が熊の身体《からだ》を駆け抜ける。

地面に残った後肢が浮いた。巨獣の跳躍と回転。

ランタンの頭上に漆黒《しっこく》の影が差し、それは熊の全体重を踵《かかと》に乗せた胴回しの回転蹴り。

「はあっ！」

迎え撃ったのは闇を払う銀の燦《きら》めきだった。

気合いが背後から響き、少女は大戦斧《だいせんぷ》の如き蹴り足を楯で受け止め、横払いに弾き飛ばした。

嵐熊は猫の身のこなしで着地をするも衝撃に血を溢れさせ体軸を乱し、ランタンの頭上を大剣が唸りを上げて横切った。

どいつもこいつも人の頭上で。防御優先と言ったのに攻めたがりなんだから、まったくもう。

どう、と左の二の腕に大剣が食い込む。毛皮を裂き、脂肪《しぼう》を貫き、筋肉を切断して、骨の半ばに埋まる。そこで止まった。ぎりり、と鋒《きっさき》が震える。

「押し込めっ！」

それは声ではなく、思念だったのかもしれない。だがリリオンはランタンの言う通りにした。

ランタンは滑り込むように位置を変え、戦鎚を大剣に叩きつけた。両刃の大剣。その刃が歪《いびつ》に潰れた。あとでグランに物凄《ものすご》く叱《しか》られるだろうが、嵐熊の片腕と引き替えならば安いものだ。

生木の割れるような音を立てて、嵐熊の左腕が切断された。どす黒い程に青い血が溢れる。

「――――」

音。鱗《うろこ》の振動音。

ランタンの目が見開かれ、血の流れを追った。

嵐熊《ストームベア》の肩から連なる半ばまでの二の腕。そこから溢れた血の流れが歪んでいた。

「リリっ！」

かっとランタンの瞳に火が入ると同時に、嵐熊は全身から激風を放射した。

この激風は攻撃ではなく、防御のためのものだ。肉体にダメージが入り危機的に状況に陥《おちい》ってからでないと発動しないのだろう。技ではなく本能で、発動直前に一度周囲の空気を引き寄せる予備動作があり、その際に延髄《えんずい》の鱗《うろこ》が震えて音を出す。

背後でリリオンがずるずると後退して、どうにか持ち堪《こた》えようとして地面を削《けず》る音が響く。予備動作と言っても一瞬のこと。リリオンは致命的な一撃を放つために攻撃に力を注いでいた。踏ん張れずとも仕方はない。

ランタンは激風に乗って後退し、視界に嫌なものを見た。青黒く、太く、きっと生暖かい。狙ってやったわけではないだろうが、切断された嵐熊の腕が強烈な速度でリリオンに向かっていた。激風の影響で楯は半端、直撃は拙《まず》い。

ランタンは鶴嘴《つるはし》を地面に引っ掛け着地すると、爆発に身体を押し出す。横殴《よこなぐ》りに打ち付ける風の勢いに身体が捻《ね》じ切《き》れそうだった。戦鎚《ウオーハンマー》を振り上げようとして肩の痛みに顔を顰《しか》め、一瞬のタイミングを逃さず左腕を槍のように突き出した。

指先に嵐熊の腕が触れた瞬間、硬く目を閉じる。目蓋《まぶた》を透かして閃光《せんこう》が瞳を灼《や》き、指先に激痛。小さな手に生まれた爆轟《ばくごう》は巨獣の肘を焼夷《しょうい》し両断するばかりではなく、熱に膨張する大気は両断された腕を左右に吹っ飛ばした。熱風に乗って硫黄《いおう》に似た臭《にお》いが顔に触れ、灰となって髪に付着する。臭《くさ》くて吐きそうだ。

嵐熊の腕は、それだけでランタンの体重を倍にして足らぬ程に重い。魔精が抜けようとも軽くなるわけではなく、高重量はそれだけで暴力だ。ランタンは拉《ひしゃ》げ折れた中指と薬指の痛みに顔を顰め、しかし骨接《ほねつ》ぎをしている余裕がない。

激風が止み、静寂が一瞬。激風は強力だがその分だけ燃費は悪いのか。しかしあの巨軀《きょく》にはまだどれ程の余力が残っているだろう。

嵐熊の全身は怒気と呼応するような逆巻く暴乱気流に覆《おお》われていて、太腿《ふともも》の穿孔《せんこう》からも二の腕の切り口からも忌々《いまいま》しいことに出血が止まっていた。

吠え、嵐熊が三肢で地面を蹴った。速い。身に纏《まと》う風が推進力となり、また空気抵抗を減らしているのか。ランタンは痛む身体に鞭打って戦鎚を構え、突進を受け止めた、筈《はず》だった。

「なっ!?」

衝撃が襲う直前に、踏ん張っていた足が浮いた。

嵐熊に纏わり付く荒れ狂う風がランタンを持ち上げたのだ。浮いた所に右腕が叩き込まれる。熊の前腕が薄い胴を消し飛ばす程の勢いで薙《な》ぎ払われた。

防御も回避も間に合わない。

直撃の瞬間、衝撃を相殺《そうさい》するための爆発を巻き起こし、ランタンはすんでの所で胴を繋《つな》ぐ。

だが殺しきれぬ衝撃に内臓が圧迫され、肋骨《ろっこつ》が幾つか割れた。迫り上がった横隔膜《おうかくまく》が肺腑《はいふ》の空気を残らず押しだし、ランタンは苦痛に喘《あえ》ぐ。

「ひぎぃっ――ひ――うぇっ」

呼吸が引きつる。手中から戦鎚《ウォーハンマー》が零《こぼ》れ落ち、吹っ飛ぶ小軀に追い打ちの風刃が迫った。単発なのがせめてもの救いか。震える手が伸びて、ランタンはそれを受け止めようとした。

「ランタンっ！」

一瞬の意識の空白は、地面に叩きつけられた衝撃でも、腕を断ち切られた痛みのせいでもなく、リリオンに抱きかかえられた安堵《あんど》によるものだった。ランタンは横合いから受け止められて、そのまま赤子のようにリリオンの胸に掻《か》き抱かれている。

みっともない、とそう思ったが今、放り出されたらそれこそ赤ん坊のように無力である。ランタンは涎《よだれ》の垂れる口を喘《あえ》ぐようにぎこちなく動かして息を整えた。

汗の匂《にお》い。甘酸《あまず》っぱく湿ったリリオンの匂いがする。直前の硫黄臭のためか、それをいい匂いだと思った。ランタンはその甘美な匂いを胸一杯に吸い込むと、ついでに酸素が肺に取り込まれて暗転しかけていた視界が開ける。

「リぃ……」

リリオンはランタンを抱きかかえたまま逃げ回っていた。左腕に楯を嵌《は》めて、右腕にランタンを抱いている。大剣は楯に収納されておらず、どこかに放り出されていた。

「ああ、よかった」

「リリオン……？」

呟《つぶや》いた言葉がリリオンの胸に押しつけられた。リリオンが急反転する際に強くランタンを抱きしめたのだ。ランタンは頰《ほお》で柔らかくも小振りな胸を押し分けて、リリオンの顔を仰《あお》ぎ見た。

解《ほど》けた銀の髪が靡《なび》いていた。光に透けて極光《オーロラ》のように色を変える。

リリオンの髪が、ランタンが結い、三つ編みして足首近くにまで垂らしていた髪が腰の辺りでばっさりと断ち切られている。

「リリオン」

「わたしなら平気よ。怪我《けが》一つないわ」

「リリオン」

リリオンは応えず、その場に立ち止まるとランタンを降ろし両手で楯を支えた。嵐熊《ストームベア》が突っ込んでくる。強烈な衝撃が楯に弾け、大気が震え、リリオンの髪が逆立った。足元で地面に罅《ひび》が入り、だがそれだけでランタンは完全に守られている。

「――さっさと終わらせる。少し頼むよ」

「まかせて、――でも無茶はやあよ」

ランタンは笑うだけで言葉はない。折れた指を根元から扱《しご》き上げるように引っ張って接ぎ直し、喉奥に張り付いた血を吐き捨てた。親指で唇を拭うと、それは紅を引いたようである。

頭に昇っていた血がいくらか抜けた。ランタンは己の内に荒れ狂う感情を冷静に認識している。煌々《こうこう》と燃える瞳を彷徨《さまよ》わせて戦鎚《ウオーハンマー》を探した。それを見つけると少女の髪を愛《いと》おしく一つ撫《な》で、少年は楯の内側から飛び出した。嵐熊《ストームベア》の視線がランタンの尻を追いかけるが、リリオンが暴乱気流をものともせずに嵐熊を押さえ込んでいる。

ランタンは戦鎚の柄を引っ摑《つか》み、瞳から溢《あふ》れた赤光が最短を駆ける。

その姿をカボチャ頭と誰かが呼んだ。それは橙《だいだい》に燃える瞳のせいかもしれないし、口元に浮くあどけなくも獰猛《どうもう》な笑みのせいかもしれない。あるいはくり抜かれたように空《から》っぽな、後先を考えない苛烈《かれつ》な振る舞いのせいかもしれない。

ランタンはぞっとするような速度で嵐熊へと肉薄すると、楯をこじ開けんとする巨腕に鶴嘴《つるはし》を叩きつけた。暴乱気流にねじ込んだランタンの腕に無数切り傷が刻まれたが骨にまでは届かない。筋繊維《きんせんい》が繋がっていれば充分だと言わんばかりに、一瞬で真っ赤に染まった腕も気にせずランタンは力任せに鶴嘴を深く押し込み、そして戦鎚が爆《は》ぜて肉を抉《えぐ》った。

絶叫。風が止む。

その好機を見逃さずリリオンが楯をかち上げて嵐熊の身体《からだ》を開く。激風はない。魔精が尽きたとは思えないが、来ないのならば攻めればいい。ランタンは自身の爆発で後ろに押し返される身体を強引に前傾姿勢に持ち直す。無理な挙動に罅《ひび》で済んでいた肋骨は完全に折れた。

激風は本能だ。つまり今まで二度、嵐熊に命の危険を感じさせた。片腕の喪失はもちろん、延髄《えんずい》への打撃も。あれは完全に防がれたと思ったが、そうではないのだ。戦鎚が地面を舐《な》める。

リリオンの髪を切り裂いた礼に顔面へ一撃ぶち込みたいが、腕を伸ばしても背伸びをしても届かない。

「うっらぁっ！」

ランタンの逆袈裟《ぎゃくけさ》の一撃は爆発によって加速して嵐熊の胴、脇のすぐ下にめり込んだ。ぎし、と骨の軋《きし》みは己か獣か。ランタンは痛みに奥歯を嚙《か》み締めて戦鎚を振り抜き、切り返し脇腹を殴打《おうだ》する。嵐熊の身体がくの字に折れ、ランタンは返しの一撃を腿《もも》に叩きつけた。

嵐熊が傾《かし》ぎ、それは意地の薙《な》ぎ払いだった。

青く濡れる巨腕がランタンの頭部を砕かんと振るわれて、ランタンはそれを左手で受けた。

爆発。

繋いだばかりの指がまた折れ、甲が割れた。爆発は衝撃を相殺《そうさい》させるものではなく、自身の身体を旋転させるための更なる加速を呼ぶ。嵐熊に背を向けて、正面にはリリオンが。高速で流れる少女の顔が、はっきりとランタンを捉えて赤面した。

手負いの小軀。太陽の瞳。額を伝って流れる一筋の出血に片目を閉じて、青白い顔に血濡れた唇は紅い。血は凄艶《せいえん》な戦化粧《いくさげしょう》のようで、唇に笑みが浮かぶ。

リリオンを背後に。

戦鎚《ウォーハンマー》が直撃する瞬間に嵐熊《ストームベア》が激風を放射したが、旋転の勢いは止まらない。ランタンは寸前手首を返して嵐熊の肋骨さえ砕いて鶴嘴《つるはし》を根元深く突き刺し、だがランタンの握力は既に失われつつあった。掌《てのひら》の皮膚《ひふ》が引き千切《ちぎ》れる既《すんで》の所で戦鎚を手放して距離を取った。

嵐熊は弱っていたが、さすがに迷宮の主というだけあって気を抜けば膝が折れそうな程の重圧を放っていた。砕けた肋骨の影響を微塵《みじん》も感じさせず、その腕を振り回す。

「わたしがっ！」

リリオンが楯を構えてランタンの横を駆け抜ける。抜き打ちに放たれた風刃は、地面を紙のように裂きながら猛烈な速度でリリオンに向かって疾走《はし》る。衝突まで瞬く余裕もなかった。だがリリオンが楯をほんの僅《わず》か、柔らかく寝かせた。風刃がその上を滑り、直撃を逸《そ》らした。

素晴らしい集中力だった。ランタンはその瞬間、リリオンにはっきりと見惚《みほ》れた。

嵐熊は風刃を放ったまま腕を振り抜き、そのまま振り上げられた腕の間合いにリリオンが踏み込んでいる。真上から叩きつけられる一撃をリリオンは受け止めて、嵐熊は闇雲に少女に突進した。鼻頭をぶつける程に不格好な頭突きをして、楯の表面に牙を滑らせ、半ばまで二の腕さえ叩きつけて、鉤爪《かぎづめ》を振り回す。

リリオンはそれを逸らし、受け止め、殴《なぐ》り返すも嵐熊の猛攻は凄《すさ》まじい。嵐熊の掌が楯の表面を叩き、鉤爪が楯の内側に引っ掛けられた。

跳び蹴り。ランタンの爪先《つまさき》が嵐熊の脇腹に突き刺さって鮮烈な紅蓮《ぐれん》が迸《ほとばし》る。硬質の体毛が灰になり、炭化した皮膚がぐずぐずと崩れ、その下から鮮やかな色の肉が。収縮。劈《つんざ》くような大絶叫は、その喉奥《のどおく》から風を喚《よ》んだ。

嵐熊の口腔《こうくう》は今や血に染まって真っ青で、吐き出されたそれは漆黒《しっこく》の風塊だった。吐血を孕《はら》んだそれは楯の表面に壮絶な黒を撒《ま》き散らして、ランタンの心臓は高く鳴る。

ランタンの稼《かせ》いだ須臾《しゅゆ》にも満たない間隙《かんげき》に、リリオンは体勢を立て直して受け止めた。しかし大きく後退したリリオンの表情は強張《こわば》っている。ランタンも口を半開きに肩で息をし、同じ表情をしている。

それ程にギリギリだった。

「剣をっ！」

「――はい！」

少女を勇気付けるようにランタンは表情を変じて叫び、リリオンは応える。

武器が必要だった。嵐熊は血を失うにつれて魔精を減じ、しかしそれでも爆発は命までは届かなかった。無手ではどうしようもない。ランタンは汗と血を拭い、そして己の状態と使えそうなものを確かめるように身体を撫でる。

視線を嵐熊の足元に。

「僕の――」

戦鎚《ウォーハンマー》を踏みつけにしている。

引き寄せられるように歩き、早足になり、走った。爆発による加速は必要ない。嵐熊《ストームベア》の攻撃手段は突進、鉤爪《かぎつめ》、風刃。身に纏《まと》う暴乱気流は既に失われて、先程の風塊は激風と同じく不《ふ》随意《ずいい》の魔道だ。ランタンの身体も十全ではないが、避けるのは難しくない。

横薙《よこな》ぎは当初と比べると緩慢《かんまん》ですらあり、ランタンはそれを避け、何かに引き寄せられた。

激風とは違う、はっきりとした吸引。鉤爪の描く三日月の軌跡は、まさしく闇夜の月のようにそこに浮かんでいた。

真空の三日月にその欠けを埋めるように空気が流れ込み、ランタンは吸い込まれ――

「は」

ランタンは自らの首を裂くようにして外套《マント》の結びを解いた。切り離された外套によって真空は塞がれ、呆気《あっけ》なく自由になったランタンは鼻で笑った。鬼札《おにふだ》にしてはお粗末だ。ただの悪あがきでしかない。踏みつけにしている戦鎚もあるいはランタンから武器を取り上げるためか。

ランタンは嵐熊に跳びかかった。もし激風が来ても耐えられるように嵐熊の毛に指を巻き付けて握り締め、腰から狩猟刀を抜き放って逆手に握り込む。

毛を摑《つか》む右手は振り解かれまいと力を入れた瞬間に傷口が開いて血が溢れ、骨折を無視して狩猟刀を握る手は痺《しび》れる程に痛く、熱い。

手間かけさせやがって。

ランタンは硬く握り込んだ狩猟刀を、鶴嘴《つるはし》によって穿《うが》たれた傷口に叩き込んだ。骨は既に砕いてある。狩猟刀は一息に根元まで埋まり、ランタンは手首を捻《ひね》った。

嵐熊は絶叫し三肢を振り回したが、ランタンは祈るような澄んだ目をして平然としている。

深く、呼吸を一つ。

この狩猟刀は大振りでランタンの手には少しだけ余ったが、それでも何にでも使う程に気に入っていた。魔物の解体も、塩漬け肉を薄切りにするのも、バターを塗るのにさえ。

戦鎚と同じく、苦楽を共にした相棒である。肉体の一部である。

さようなら、と祈りを捧げてランタンはその刃を爆発させた。

砕けて無数の破片と化した狩猟刀が嵐熊の肺腑《はいふ》を攪拌《かくはん》する。

ランタンは嵐熊から飛び降りて、手元に残った柄をベルトに押し込み、足元から戦鎚を拾うと吐血を被《かぶ》らないように後退した。

嵐熊はもう痛み以外を、ランタンもリリオンも認識していなかった。大量の血を溢れさせて狂乱している。振り回した鉤爪から辺り構わず風刃を放って、それは生命の流出に他ならない。

さっさと息絶えればその苦痛から解放されるというのに、嫌になる程にしぶとい。

ランタンは焦茶色の冷めた視線で嵐熊を眺めた。激痛にのたうつまま、無秩序に暴れ回る嵐熊は、まさしくその身で嵐を体現しているようなものだった。

どうしたものか。

あの狂乱に飛び込む程の激情は、すでにランタンの中から失われていた。

そんなランタンの心中を察したわけではないだろうが、リリオンが剣を構えて走った。弓弦《ゆみづる》を引くように大剣を構えて、引き絞《しぼ》られた背筋から繰り出される平突きは幾重もの風刃を纏めて穿《うが》ち、歪むことなく一直線に嵐熊《ストームベア》の胸に突き刺さって背中に抜けた。

ランタンによって一つの肺を潰されて、そして残った肺をリリオンに穿たれた嵐熊は声無き声で高く吠え、しかし重たげに腕を振りかぶった。リリオンの表情が驚愕《きょうがく》に歪み、深く差し込んだ大剣は抜けず、焦りゆえに柄から手を放せないでいた。

まったくもう。

「ランタンっ!!」

「はいよっと」

助けを求める切迫したリリオンの叫びに、ランタンは大剣の鎬《しのぎ》にふわりと飛び乗る。

「そのまま支えてね」

同じ目線に嵐熊の顔がある。腕を伸ばしても、背伸びをしても届かない顔が。

「おらぁっ!」

ランタンはその眉間《みけん》に目がけて、骨身が軋《きし》むのも楽しげに全力で戦鎚《ウォーハンマー》を振り抜いたのだった。

第八章

胸から生える大剣をずるりと引き抜きながら嵐熊《ストームベア》がゆっくりと後ろに傾いてゆく。

ランタンは大剣から飛び降り、少女の隣へ。膝は柔らかく着地の衝撃を和《やわ》らげたが、それでも全身に痛みが走った。

ランタンは、あ、と表情を歪める。

打撲《だぼく》、裂傷《れっしょう》、骨折、その他。骨肉の全てから発せられる痛みが強く自己主張をし、乳酸《にゅうさん》の溜まった筋肉がこっちも忘れるなとふて腐れるように痙攣《けいれん》した。

かくん、とランタンの身体《からだ》が沈んだ。

「わあ」

驚いた声にさえ張りがない。

「ランタンっ！」

リリオンがあれ程手放せなかった大剣をあっさりと投げ捨て、慌ててランタンの身体を支える。ランタンの代わりに地面に転がった大剣が鈍く響き、そしてその音色を掻《か》き消すような地響きを鳴らして嵐熊が仰向《あおむ》けに倒れた。

最下層のすべてが悲鳴のような軋みをあげて、天井から剝離《はくり》した光源の破片が、にわか雨のようにぱらぱらと降った。

リリオンに支えられてなお地面が揺れる。それは疲労によるふらつきのためではない。嵐熊があまりにも重たいせいだ。どうと倒れ込んだ際に巻き起こった風が、まるで最後の抵抗であるかのように瓦礫《がれき》を巻き上げて吹き荒《すさ》んだ。

リリオンがランタンを抱きしめてその風から身を守る。

こうして楯の内側に抱かれるのは何度目だろうか、とランタンは安心感を覚える己にふと気が付いた。この子は本当にピンチの時に来た。それは嬉しくもあり、恥ずかしくもある。

おかしいなあ、とランタンは思う。

リリオンの出番がないぐらいに、格好良く決めるつもりだったのに。

ランタンは痛む身体に鞭《むち》を打つ。ならば最後の最後だからこそ、しゃんとしなければならない。温かさや柔らかさが名残《なごり》惜しくないと言えば嘘になるが、ランタンは平然とした表情を作って少女の顔を見上げた。

「ありがと、もう大丈夫だよ」

「ほんとう？」

「ほんと」

心配するリリオンに頷《うなず》きを返し、いよいよ震えそうになる足に力を込めた。それは男としての見栄だとか矜持《きょうじ》だとか、あるいは心配するリリオンを欺《あざむ》くためだけではない。

迷宮核が顕現《けんげん》するのだ。

穏やかな引き潮がやがてその勢いを増し、大きな波を連れてくるように。

自らの身体に宿る魔精《ませい》が僅《わず》か、奪われるように失われたかと思ったその時、吐き気を催《もよお》すような痛みがランタンを襲い、またリリオンが顔を青くして膝から崩れる。

「ぐっ」

ランタンはきつく奥歯を嚙《か》み締めて、咄嗟《とっさ》にリリオンの腰を抱き支えた。痛みは全身の骨に鋭い棘《とげ》が生えて内側から肉を刺すようだった。

凝縮して形を成した迷宮核。

それから零《こぼ》れ、溢《あふ》れ出した魔精が最下層を満たし、二人の身体に吸収されたのである。

強く感じる痛みは魔精酔いによる急激な感覚の鋭敏化によってもたらされたものだ。

本来は魔精により感覚が鋭敏化しようとも痛みを強く感じることはない。正確には痛みに対する耐性も同時に向上し互いに打ち消し合うために強く感じることもなければ、弱く感じることもない。

だが急性中毒症状である魔精酔いの場合は全ての感覚が、一時的なものであるが無秩序に、滅茶苦茶《めちゃくちゃ》に跳ね上がるのでこのようなことが起こる。

リリオンの手から楯が零れ落ちて音が耳を打った。その響きは熊の咆哮《ほうこう》よりも酷《ひど》く脳を掻き回したように思える。視界も先よりも大きく揺れた。地揺れは疾《と》うに収まっているが、心臓の鼓動、その振動ですら拡大されている。

ランタンはゆっくりとした呼吸を何度も繰り返して、どうにかポーチから気付け薬を取り出してそれを奥歯で嚙み砕いた。味を感じないのは強化された味覚に対し与えられた刺激がその知覚の限界を大幅に超えたからだろう。ただぼろぼろと涙だけは流れている。

ランタンはそっと戦鎚《ウォーハンマー》を手放し涙を拭《ふ》いて、リリオンを寝かせた。

魔精の吸収による能力強化は次第に慣れ、また強化率も大抵は鈍化していく。

初めて迷宮核の顕現に立ち会ったリリオンの感覚の跳ね上がり方は酷《ひど》いものだろう。ランタンの初体験はちょっと思い出したくもない。

この様子では気付け薬を口に含ませたら、冗談ではなくその刺激にショック死してしまうかもしれない。可哀相《かわいそう》だが苦しみは時間に癒《いや》してもらうしかない。最大の脅威《きょうい》である嵐熊《ストームベア》はすでに排除されているのだから時間はたっぷりとある。

戦っている時には何時間も戦っているような気もしたが、時計を見てみれば実際に過ぎ去った時間は一時間に満たない。

ランタンは無言で、しかし安心させるように柔らかく微笑《ほほえ》んだ。それが認識されていないと理解していても。罅《ひび》の入った硝子《ガラス》に触れるように可能な限り優しく、短くなってしまった髪を撫《な》でた。下手《へた》に触れると傷つけることになる。額に浮いた汗を拭ってやれないのがもどかしい。

すぐ戻ってくるよ。口には出さずランタンは立ち上がる。

背嚢《バックパック》を回収し、水筒と保存袋を取り出す。戦鎚を、そして大剣を拾い上げると鋒《きっさき》を引き摺《ず》りながらゆっくりと嵐熊に近付いた。

ランタンの魔精酔いは既に殆《ほとん》ど治まっている。しかし怪我《けが》は当たり前に痛む。だけれども治療よりも先に迷宮核を回収しなければならない。迷宮核は終端の魔物の魔精結晶であり、道中の魔物とは違い結晶化する部位は決まっている。

心臓というべきか、あるいはその魂である。

解体のための狩猟刀は失われてしまった。ランタンは切なげに息を吐いて、その気持ちを洗い流すように口を濯《すす》ぎ、血と一緒に吐き捨てた。腰に戦鎚《ウォーハンマー》を結び、大剣を手にする。

血を流して萎《しぼ》み、しかし臥《ふ》しても山のようである嵐熊《ストームベア》の死骸《しがい》によじ登った。

大剣の鋒を嵐熊の鳩尾《みぞおち》に押し当て、強《こわ》い毛皮に体重を使って突き刺した。体重を掛け刃を肉に沈め、鋒が胸骨に触れると骨の表面を撫でるように喉元《のどもと》まで裂く。むわりと生臭《なまぐさ》い熱が。

真白く分厚い皮下脂肪《しぼう》と弛緩《しかん》した筋肉。

ランタンは身体ごと鋒の向きを変えて、肋骨《ろっこつ》から肉を削《そ》いだ。

硬い筈《はず》だ、と呆《あき》れる。太く白い肋骨が檻《おり》のように迷宮核を閉じ込めている。青い血溜まりの中に浸り、それでも青い迷宮核は嵐熊のしぶとさを納得させる巨大さだった。

ランタンは立ち上る強烈な死臭も気にならないように唾《つば》を飲んで、唇に垂れた汗をぺろりと舐《な》めた。大剣を戦鎚に持ち替えて袖《そで》を肘まで捲《めく》り上げ、不安定な足場で戦鎚を構えた。

「えいっ！」

頑強な肋骨を砕き、その度《たび》に自身の肋骨も痛む。だがランタンは気にした様子もなく、嵐熊の肋骨を鶴嘴《つるはし》に引っ掛けて退かし、戦鎚の血を振り払うとベルトに結んだ。ランタンは身を乗り出し、指先で血溜まりに沈んだ迷宮核を寄せた。

生暖かく粘性のある血は蓮《はす》の葉を打つ雨粒のように迷宮核の表面を玉になって滑り落ちた。

両手に少し余る程の大きさ。光に透けて指の隙間《すきま》から青が溢れる。色の表情を変える様は凝縮された魔精が嵐となって荒れ狂っているようだった。

「らんたん」

ランタンが死骸から降りもせず、うっとりとそれを眺めていると、まだ滑舌《かつぜつ》の覚束《おぼつか》ないリリオンが下から声を掛けた。長く陶酔《とうすい》していたのか、それともリリオンの回復が早いのか。

ランタンははっと視線を向けて、死骸から飛び降りた。

「――いっ、――たくないよ」

着地の衝撃が傷に響く。学習しない己を内心で罵倒《ばとう》しながらランタンは強がる。

「ほんとだよ」

その表情は嘘を吐いていることを白状しているも同然だったがランタンはもう一度、本当だよ、と繰り返して迷宮核をリリオンの眼前に突き出した。せっかくの迷宮核を目《ま》の当たりにしてもリリオンの表情は晴れない。

魔精酔いの影響も残っているのだろうし、ランタンのことも心配なのだろう。

もっと気合を入れて見栄を張ればよかった。ランタンは表情から苦痛の一切を消して、迷宮核の輝きに負けずとも劣らない輝く笑みを頬《ほお》に湛《たた》える。

「ほら、リリオン。すごいでしょ?」

まだ青白さの残るリリオンの頬に薄紅が浮かび上がった。

「うん、すごいきれい! すごい、おおきい」

リリオンは瞳をうっとりさせてランタンを、そして眼差《まなざ》しを伏せると人差し指で迷宮核の表面をつつと撫でた。まるで恥ずかしがってもじもじとしているようで、ランタンも何だか少し気恥ずかしい。

「撫でるのもいいけど、しまわないとね。そこの袋取れる?」

「――うん」

返事をしてからたっぷり五秒程結晶を撫でて、リリオンは嵐熊《ストームベア》の脇に置かれた保存袋を拾い、その口を広げてランタンに差し出した。ランタンはその中に迷宮核をそっとしまう。

「じゃあ、この結晶もリリオンに持って帰ってもらおうかな」

「わたしが、いいの?」

「うん、――でも責任重大だよ。ちゃんとできる?」

「まかせて!」

口を縛った袋をリリオンは強く胸に抱きしめた。

ランタンはその様子を微笑ましげに見つめて、水筒の水でジャブジャブと手を洗った。神経質に爪の間まで清め、しかし内出血に染まった爪は塗ったように黒紫のままだった。ランタンを汚すのは青い血ばかりではなく、自分の赤い血もある。

右の前腕は粉砕機に突っ込んだような有様で水を掛けると染みて痛んだ。左手の折れた指は腫《は》れていて冷やすと気持ちいい。冷静になると手首も挫《くじ》いているのがわかった。

「リリオンは痛い所は？」

「ふえ？」

保存袋の上から迷宮核をぽんぽん叩いていたリリオンは悪戯《いたずら》が見つかったように変な声を漏《も》らした。そして地面に保存袋を置いて、自分の身体を弄《いじ》った。

「わたし、――平気よ！」

「左腕、痛いの？」

少女が左腕を揉《も》んだ際の一瞬の違和感をランタンは目敏《めざと》く見ていた。

「隠さなくてもいいのに」

リリオンは強烈な攻撃を何度も受け止めたのだから、腕の一つや二つが折れていても不思議なことではない。ランタンもリリオンによって幾つかの窮地《きゅうち》を救われたことを自覚している。

魔精による強化も殆《ほとん》どない、すっぴんの身体だろうに。

これがきっと生まれ持った身体能力の差なのだろう。

さすがは――

ランタンはそこで意識的に思考を止めた。

「腕、出しな」

「平気だってば！　ほら！」

ランタンが腕を出すように要求すると、リリオンは無事を見せつけるように勢いよく腕を突き出した。

「それに――」

だがそれは見せるためではなく、ぐいとランタンの手を掴《つか》んで引き寄せる。

「平気じゃないのは、ランタンでしょう？」

ぐうの音《ね》がでない程のもっともな言い分だった。出血は既に殆ど止まっていたが、だからこそ剝《む》き出しになった傷口は凄惨《せいさん》なものである。

その傷口を見てしまったリリオンの手が、声が震えた。

「大丈夫、……なの？」

「平気ですけど」

「嘘よ！　隠さないで！」

「冗談だよ。もう、そんな怒んないでよ」

半ば本気で怒っているリリオンをどうにか宥《なだ》める。

多少の傷ならば自然治癒《ちゆ》に任せても充分な身体であるが、この傷は多少の範疇《はんちゅう》を超えているし、治療をしなければならない部位は腕ばかりではない。ランタンは痛みに快楽を覚える類《たぐい》の嗜好《しこう》を持ち合わせていないと認識しているし、実際にはのた打ち回りたい程に痛かった。のた打ち回らないのは、リリオンが見ているからだ。そんなみっともない真似《まね》をするぐらいならば死んだ方がいい。

「これ使って！」

リリオンは戦闘前にランタンが持たせた魔道薬の一つを押しつけるように差し出した。銀の円筒容器に収められた水薬は治癒促進剤と呼ばれるものだ。代謝を促進させることで傷の治りを早める効果がある。この腕の傷ならば一晩と経たずパテで塞ぐように治癒するだろう。だが骨折した部位は歪《いびつ》に繋《つな》がる可能性もあるし、服用すると酷《ひど》い睡魔に襲われる。

そして馬鹿みたいに高価だ。

「こっちで充分だよ。こんなのいつものことなんだから」

ランタンはポーチから傷薬を取り出した。四段構造の容器は、四種類の軟膏薬《なんこうやく》を収めている。それをリリオンにぽいっと放り、薬の臭《にお》いをすんすんと嗅《か》いでいる姿を横目に服を脱いだ。血と汗を吸って、脱いだ服がべっとりと重たい。

「貸して」

「わたしが塗ったげる！」

「……」

「なんでよ！」

ランタンは何も言ってはいないが、服を脱いでから軟膏薬《なんこうやく》を取り出せばよかった、とは思った。そうすればリリオンに軟膏薬を渡さなくて済んだからだ。だがもう軟膏薬はリリオンの手中にあり、後悔はいつだって先に立たない。

「じゃあ、お願い……」

「まかせて！」

「でも、まずは身体拭くからちょっと待って」

取り敢《あ》えず指の骨をちゃんと接ぎ直す。びきっと音が鳴ってリリオンがびくっと驚く。

腕の裂傷《れっしょう》には触れさせるつもりはないが、打撲《だぼく》骨折ならば多少乱暴に弄《いじ》られても我慢はできる。ランタンは望まぬ初夜を迎える生娘《きむすめ》のような悲壮《ひそう》な決意を固め、丁寧《ていねい》に身体を清める。

そして傷ついた身体を諦め半分にリリオンへと差し出し、ぺたんと座った。

「いくわよ」

「どーぞ、お好きに」

消炎鎮痛剤を指先に掬《すく》い取り、真珠《しんじゅ》色の軟膏より白い指がランタンの身体に触れて這《は》い回った。ランタンの身体には濃淡様々な打撲痕が浮かび上がっている。氷を押し当てられたように少女の指を冷たく感じたのは患部が熱を持っているためだろう。

リリオンの指が肋骨《ろっこつ》の下端、淡く浮き出たその硬さを丁寧になぞり、軟膏を擦り込んでゆく。

なんというか。

「……んう」

物凄《ものすご》く擽《くすぐ》ったい。手つきは優しく、予想していた痛みはない。

鼻にかかった甘い声を漏《も》らしたランタンに、リリオンは軟膏を塗る手を止めてその顔を窺《うかが》った。奇妙な緊張を孕《はら》んだ視線が絡み合い、ランタンは小首を傾《かし》げる。

「なに？」

「……え、や。……なんでもない、わ」

つづけるね、とリリオンは言ってばつの悪そうに視線を逸《そ》らす。しかし指先に更に軟膏を取り、リリオンは掌《てのひら》にそれを広げると執拗《しつよう》にランタンの身体を触った。形を確かめるような指先は患部ばかりではなく、その周辺にまで及んでいる。

ランタンの幼身は、その肉付きの薄さとは裏腹に柔らかく、風呂好きも相まってすべすべとしている。そして出血の影響よりも、戦闘を経て筋肉に流入した血液は少女めいた身体に男性的な陰影を浮かび上がらせていた。それはまさしく探索者の肉体《からだ》だ。

ランタンは香辛料を塗り込まれる生肉の気分になった。擽ったさの代わりに薄ら寒さを感じたのは、リリオンがごくりと生唾《なまつば》を飲んだからだろう。

リリオンの指がはっきりとした鎖骨《さこつ》をなぞり、胸筋の谷を下り、腹筋のオウトツを撫《な》でて臍《へそ》にまで伸びようとしたのでランタンは堪らずにこれを制止した。捌《さば》いた腹の中にまで香辛料を塗り込むのは料理の味を向上させる秘訣《ひけつ》だが、今はこれっぽっちも関係ない。

「あとは自分でやるから、大丈夫。貸して、っていうか返して」

薬を取り戻そうと伸ばした手が摑まれる。

「わたしがやるから！　痛くなかったでしょ？」

痛いかどうかを聞かれれば痛くはなかった。それどころか擽《くすぐ》ったさには、そこはかとない艶《なま》めかしさすらあり、つまりは気持ちがいいということだ。それも痛みが引くことによる気持ちよさではなく、指の柔らかさだとか手つきだとかそういった理由によるもので。

折れた指は熱を持って腫《は》れている。その指にベタつきが無くなるまでせっせと軟膏を塗り込むリリオンの指使いをランタンは無表情に眺めていた。諦めではなく無心であって、だがリリオンがその視線に気が付き顔を上げると、ランタンは視線を横に逸らした。

「痛くない？」

「うん」

「きもちいい？」

「うん」

「よかった！」

「……うん」

ただの治療を受けているだけなのに、込み上がる罪悪感がある。

リリオンの心底嬉しそうな笑顔がとても痛くて、ランタンは馴染《なじ》みのないその痛みに内心狼《ろう》狽《ばい》している。魔精での強化や、根性では耐えられない不思議な痛みだった。

「でも、さすがにこっちの傷は自分でやるから。ありがとうね」

開いた傷口に触れる勇気はないのか、それとも有無を言わせない口調にたじろいだのかランタンはリリオンの手から軟膏薬を抵抗もなく奪い返した。代わりに背嚢《バックパック》から包帯と着替えを出すように指示をして、その間に慣れた手つきで軟膏をべたべたと裂傷《れつしよう》に伸ばす。糊《のり》付けするように傷口に軟膏を押し込み、剝《は》がれた皮膚《ひふ》を貼り付ける。それは治療というよりも傷口に塩を塗り込む拷問《ごうもん》のようだ。

この軟膏は血止めであり、化膿《かのう》止めであり、痛み止めでもある。

だが染みて痛い。擽ったくも気持ちよくもないそれは、いつもの感覚だ。リリオンにやって貰えばこの傷でも気持ちいいのかな、などと思考が暴走しているがランタンは表情を変えず差し出された包帯をグルグルと腕に巻いて傷を隠した。

「指は？」

「指はこのままだね。添え木すると動かせなくなるし」

ランタンは鎮痛の錠剤《じようざい》を水で流し込み、予備の戦闘服に着替えて、すっと立ち上がる。

左手を握っては開く。薬がよく効いている。痺《しび》れはあっても痛みは微《かす》か。だが腫れのせいもあって握力は二割減といった感じである。右手は強く握ると皮膚が引っ張られて傷口がやや痛むが無視できる。身体《からだ》を伸ばし、捩り、広げ、深呼吸。痛みと、可動域と、出力を確認する。

まあ、こんなものだろう。帰還には何の問題もない。いつものことだ。

ランタンはリリオンの背に手を伸ばし、白銀の髪に指を滑らせた。解けた髪は緩《ゆる》く波打ち背中に広がる。

「……短くなっちゃったね」

「うん、短くなっちゃった」

切なげな表情のランタンに、リリオンはゆっくりと首を振った。

リリオンは髪を一纏《まと》めにすると、まるで花束を差し出すかのように胸元に掲げる。そしてその切り口を、愛《いと》おしそうに撫でた。男が身体に刻まれた傷痕を勲章として誇るように。

それはランタンを守った証そのものだった。

リリオンはぱっと髪から手を離すと、その手をランタンへと伸ばした。指先が耳たぶを掠《かす》め、掌が項《うなじ》に触れて、髪の柔らかさを確かめるようにそっと少年の後頭部を撫で上げる。

「ランタンとおそろいよ」

そう言って微笑《ほほえ》んだリリオンに、ランタンは一瞬ぽかんとして、そして声を出して笑った。

「……——あはっ、あはは！　そーだね、うん、確かにお揃《そろ》いだ」

ランタンは頭を撫で続けるリリオンの手から逃れて、また自分でも短くなったその襟足《えりあし》に触れた。露出した首は涼しく、火照《ほて》った身体にはちょうどいいのかもしれない。

「なんにせよ首が繋《つな》がっていてよかったよ」

ランタンは冗談めかしてそんなことを言ったが、リリオンは唇を尖らせて笑わなかった。

「本当だわ。もう、……ランタン」

「無茶しないで、って？」

戦闘時に楯に抱かれて言われた言葉をランタンは口に出した。

「無茶はするよ。だって見てみなよ」

嵐熊《ストームベア》を指して肩を竦《すく》める。

腹を割かれ、心臓を取り出されたその姿であるのにもかかわらず、そこにはまだ重圧が燻《くすぶ》っている。抜き取った迷宮核をぽいっと腹の中に放り込み、腹部を縫《ぬ》い合わせれば再び動き出すのではないかと思わせた。

無茶をしないで済むのならばそれに越したことはないが、無茶をせずに打倒できる相手ではない。リリオンもそれは身をもって体感した筈《はず》である。

「もっと――」

「ん？」

「もっとわたしを頼って！　わたしがんばるから！」

包帯を巻いた右腕を、そして腫《は》れた左手もリリオンは白く滑らかな手にそっと握った。

「リリオンには充分助けられたよ」

それは本心だった。だがリリオンはそれを否定するように弱々しく首を振った。

「わたしがいなかったら、ランタンはこんなに……」

単独《ソロ》での戦闘と勝手が違うのは事実だった。だがそんなことは最下層までの道中で理解していたことで、傷ついた身体の言い訳をリリオンに求めるのは屑《くず》のすることだ。

リリオンが居なければ、確かにまた別の戦い方もあっただろう。そしてそれはもっと楽で安全な戦闘だったのかもしれないし、もっと酷《ひど》い血みどろの戦闘だったかもしれない。

だがそれはもしもの話でしかない。

実際にリリオンとランタンは一緒に戦い、そしてランタンは窮地《きゅうち》を救われた。

それで充分なのではないか、とそう思った。だがそれを口には出せなかった。

「ねえ、わたし、もっと強くなるから……！」

「ちょっとリリオン、どうしたの？　急に変だよ」

傷を見て不安な表情になった。迷宮核を見て目を煌めかせた。身体に触れて頬《ほお》を赤らめた。髪を掲げて誇らしくなった。それよりも前、嵐熊《ストームベア》との戦闘の時はどうだったかな、とランタンはリリオンの表情を思い出そうとした。

だがこんな表情はしていなかった、と思う。

「わたし、だって、あれ、わたし……おかしい？」

見上げる位置にあるリリオンの顔を、ランタンは深い井戸の底を覗《のぞ》き込むように見つめる。小刻みに揺れる淡褐色《ヘーゼル》の瞳。様々な色を見せていた表情がすっぽりと抜けて落ちている。

戦闘により昂《たかぶ》った精神が一度落ち着きを取り戻し、その揺り戻しが唐突《とうとつ》にやってきたのか。

それとも。

下睫毛《したまつげ》に滴《しずく》が一つ、それはみるみるうちにぷっくりと膨らんで。

「……魔精酔いの影響がまだ残っているんだよ」

「ちがっ――」

「違いません」

強い口調にリリオンの身体が硬直した。

ランタンは摑《つか》まれた腕を外し、リリオンの項に手を掛けた。首ごと顔を引き寄せ、唇が触れるかという程の間近、驚く顔の少女に微笑みながら足を払った。

「きゃっ!?」

ランタンは素知らぬ顔で少女の身体を胸に抱きかかえる。

軽いが、重い。折れた肋骨《ろっこつ》が不満を垂れるように痛みを響かせ、他の部位もそれに呼応するかのようだったがランタンは全く表情を変えなかった。何事もなかったように平然と、リリオンの重さを感じさせぬ足取りで歩く。

途端に大人しくなったリリオンがしおらしく面差《おもざ》しを擡《もた》げてランタンを見つめた。

ランタンはそんな少女を壁際でそっと降ろした。人形を飾るように壁を背にして座らせて、リリオンはされるがままだった。ただ視線はひたすらにランタンを追いかける。

立っていると白い喉《のど》を晒《さら》してランタンの顔を見上げて、しゃがむとこくんと頷《うなず》くようだ。

目線を合わせ頭を撫でると、最初はそれが何か分からないようにぱちりと大きく瞬き、それからようやく気持ちよさそうに目を細めた。

「ちょっと色々持ってくるから、大人しくしてるんだよ」

撫でていた手でぐいと頭を押さえつけて無理やり頷かせるとランタンは微笑みを一つくれてやって、返事を待たず踵《きびす》を返した。

背嚢《バックパック》を拾い、真空圧縮された外套《マント》を広げて皺《しわ》を伸ばして羽織《はお》り、切り離されたフードも回収する。嵐熊《ストームベア》を回り込む際に投げ出された腕を跨《また》いで、ふと足を止めた。

ランタンは少し逡巡《しゅんじゅん》して、嵐熊の指を一つずつ砕いてその指先から鉤爪《かぎづめ》を引き抜く、そして更に首を回してもう片方の手を見つけるとその指も残らず砕いた。一〇の鉤爪、その先端を隠すようにフードで包む。延髄《えんずい》を守る鱗《うろこ》状の皮膚も回収しようか、と考えて嵐熊を裏返すのも面倒だと諦める。何より鱗を削《そ》ぐための狩猟刀も失われてしまっている。

鉤爪を結晶とは別の保存袋に収め、出しっ放しのあれこれと一緒に背嚢にしまい、リリオンの大剣と大楯を持ち上げる。

それはひどく傷ついている。

大剣は大きく刃毀《はこぼ》れし、大楯は歪み無数の抉《えぐ》れたような跡が刻まれていた。

一生懸命に戦った、その証《あかし》。

「よくわらかないな……」

茫洋《ぼうよう》と呟《つぶや》いたランタンは、困ったように頬を掻《か》いた。

ランタンは歪んだ大剣を鞘《さや》となる大楯に力任せに押し込んで、ずるずるとそれを引き摺《ず》った。

「よ、っと」

戻る途中、横たわる三つ編みからそっと髪紐を抜き取ってポケットにねじ込んだ。

引き摺った楯の轍《わだち》が深く、ランタンの足跡を削《けず》り取っていた。ランタンはさも重たそうに楯を壁に立てかけ、リリオンの隣に寄り添うように腰を下ろした。

視線を感じながらランタンは水筒を咥《くわ》える。水を飲むとほっそりとした首が上下した。

「――いっぱい飲んだら動けなくなるわ」

「ん、ふふ、そうだね。はい、あげる」

唇の端から零《こぼ》れた水を手の甲でぐいと拭い、ランタンはリリオンに水筒を渡す。リリオンは天井を見上げるように、がぶがぶと水を飲む。それはまるで言いかけた言葉を呑《の》み込むように、不安を押し流すように水筒を空《から》にしてしまった。

空の水筒をそっと降ろし、けれどリリオンは淡く光る天井を眺めたままだった。

大きな瞬き。

やがてその淡い光に耐えかねるように、眩《まぶ》しそうに眼差《まなざ》しを伏せて俯《うつむ》いた。

少女の体温がはっきりと温かい。

「いっぱい飲んで動けないから、少し休もうか」

「……うん」

戦って、戦って、戦いの果てに訪れた休息。

リリオンはこてんとランタンの肩に頭を預けて何かを呟いた。

けれどそれはランタンには聞き取ることができず、ただ甘い吐息が耳を撫《な》でるだけだった。

そしてリリオンの頭は重みに耐えかねたようにランタンの肩から胸を滑り、あるべくしてあるように太股《ふともも》の上に収まった。

白い寝顔をそっと撫でる。

「……よくわからないなあ、女の子は」

白銀の髪をさらりと持ち上げて光に透かす。

その髪を手櫛《てぐし》で柔らかく梳《す》くとランタンは黙々と髪を編み始めた。

ダッシュエックス文庫

カボチャ頭のランタン01

mm

2015年1月28日 第1刷発行

★定価はカバーに表示してあります

発行者 鈴木晴彦
発行所 株式会社 集英社
〒101−8050 東京都千代田区一ツ橋2−5−10
03(3230)6229(編集)
03(3230)6393(販売/書店専用) 03(3230)6080(読者係)
印刷所 凸版印刷株式会社

ISBN978-4-08-631025-3 C0193